CLAUDE IZNER

LA FEMME AU SERPENT

10/18

Grands détectives

créé par Jean-Claude Zylberstein

ISBN 978-2-264-06378-6

À Etia, Maurice, Rachel et Nathan,
singing in the stars.

Nous remercions M. Omar Yagoubi
de nous avoir fait découvrir
les Concerts Salade de Jean Wiéner.

« Lorsque les pianos auront pitié des déménageurs,
Lorsque ceux qui font des affaires
avec les sentiments des autres mettront
du sentiment dans les affaires,
Lorsque seront coupés en quatre
ceux qui coupent les cheveux en quatre,
Alors quelque chose aura changé. »

Maurice MARC

PROLOGUE

Florence, années 1500

Le peintre entama un œuf dur et but une gorgée d'eau, puis il se pencha vers le panneau en bois de peuplier et déposa une touche d'ocre sur le téton droit de la jeune fille. Il recula pour juger de l'effet. Son coude heurta une cruche qui vola au sol où elle se brisa. Poussant du pied un tesson dans la lumière qui tombait d'une lucarne, il l'envoya valser sous un tabouret et se concentra sur son œuvre.

Elle était belle, Simonetta, il l'avait particulièrement réussie. Ce front dégagé à la mode florentine, cette chevelure tressée, cette poitrine... Comment croire qu'elle était morte si jeune en crachant ses poumons ? Grâce à lui, elle échappait au néant. Que ne pouvait-il lui redonner vie, la prendre dans ses bras, étreindre sa chair, mordre sa bouche !

Il ferma les yeux, assailli de visions voluptueuses. Après quelques minutes, apaisé, il considéra la miniature qui lui servait de modèle. Il n'avait pas perdu la main. Fier de son talent, il entreprit d'éclaircir le ciel nuageux sur lequel se détachait le visage de la jeune fille, se demandant avec curiosité quel serait le destin de son tableau, et si les siècles futurs en auraient connaissance.

1

Mardi 27 septembre 1921

Jeremy Nelson avait toujours vu Londres à travers ses lectures de Dickens : une ville tentaculaire bâtie au hasard, où les émanations d'essence se diluaient dans les effluves de tabac blond, de goudron humide et d'eau de mer. Depuis son retour d'une tournée épuisante à Brighton, il rongeait son frein en misant sur la chance et la constance. Il était à cran : impossible de contacter ce M. Legris susceptible de lui fournir des indices quant à ses origines. Déterminé à ne pas lâcher prise, il consacrait ses dernières journées sur le sol anglais à guetter le lieu où il aurait l'opportunité de le rencontrer.

Depuis le matin il arpentait Charing Cross Road. Il avait comptabilisé plus de deux cents bus rouges à impériale, soixante-douze tricycles de livraison, une kyrielle de chapeaux melon-parapluies, ingurgité des *fish and chips* aussi salés que la mer Morte, sans que la pancarte *closed* de la librairie ne le cède à *open.*

Il s'octroya un ultime essai en priant le génie des quêtes problématiques de lui accorder le succès. Un nuage creva. Il s'arracha à la contemplation de la jeune femme en pantalon et casquette juchée sur une échelle, en train de tapisser les murs d'affiches criardes à la gloire de Bovril, « le plus goûteux des concentrés de bœuf », et fila se réfugier dans le hall du Garrick Theatre. Indifférent aux photographies de Basil Rathbone[1], il tira de sa poche un bout de papier tellement manipulé qu'il partait en lambeaux et vérifia l'adresse :

Legris and Co
Booksellers
72, B Charing Cross Road
WC2, Westminster

Il consulta sa montre musicale, satisfait d'avoir fait réparer cet oignon dont l'aigre mélodie lui rappelait son enfance. Bientôt dix-sept heures trente.

Le ciel s'était tari. Un joueur d'orgue de Barbarie débitait l'impérissable *You Should See Me Dance the Polka*.

« Ma parole, c'est leur nouvel hymne national ! »

Il avait interprété cette rengaine jusqu'à la nausée. Ah, il avait été bien inspiré de venir en Angleterre ! Sitôt arrivé à Londres, il s'était confronté au chômage. Le jazz band qu'il devait intégrer dans un bouiboui de Battersea s'était dispersé. Comble de déveine, la librairie de Charing Cross Road serait fermée jusqu'à la fin septembre. Les poches vides, il s'était vu forcé d'accepter un engagement minable à Brighton. Six semaines de soirées mondaines et de matinées dansantes à taper sur un clavier. Ballotté entre le *Grand Hôtel*, le *West Pier* et le *Palace Pier*, il avait pris en grippe cette composition de George Grossmith[2], plébiscitée par une audience mixte de quinquagénaires nostalgiques.

1. 1892-1967. Acteur de théâtre shakespearien, Basil Rathbone commence une carrière cinématographique en 1921. Parmi de nombreux rôles célèbres, il incarnera, entre autres, à partir de 1939, le personnage de Sherlock Holmes.

2. 1847-1912. Comédien anglais, auteur, compositeur, acteur et chanteur.

Il fléchit le cou de droite à gauche, ses vertèbres craquèrent, prémices inquiétantes d'un refroidissement.

Miracle ! La pancarte *closed* de la librairie avait été remplacée par *open*.

Deux hommes bavardaient sous l'auvent d'une épicerie. Le plus grand, un Asiatique impeccablement vêtu, une canne à pommeau sous le coude, salua son interlocuteur.

« Serait-ce Kenji Mori, l'associé de Victor Legris ? »

Nonchalamment, Jeremy s'approcha tandis que l'Asiatique rejoignait la librairie.

Kenji Mori empila des reliés sur son bureau, il aimait l'odeur du cuir, et l'idée que ces ouvrages aient franchi les ans sans trop de dommage l'étonnait toujours. La vieillesse s'était sournoisement insinuée dans ses os, responsable de douleurs inédites et d'un incontestable manque d'entrain.

« Je m'enlise dans la routine », songea-t-il, considérant son porte-plume. De temps en temps, il jetait un coup d'œil au jeune homme planté devant la vitrine en espérant qu'il entre. Depuis la fin de la guerre, le commerce des beaux livres stagnait. Les flâneurs admiraient les éditions rares et poursuivaient leur chemin. Lorsqu'un amateur poussait la porte, rien ne présageait qu'il allait acheter. Huit fois sur dix, il papillonnait d'un rayonnage à l'autre sans se décider et repartait les mains vides. Autrefois, Kenji s'agaçait de voir ces désœuvrés déplacer les volumes, les caresser, s'informer de leur contenu pour finalement lancer un « je vais réfléchir », mais, à quelques semaines d'une fermeture définitive du magasin, il aspirait simplement à tromper sa lassitude.

La clochette de l'entrée tinta. Le jeune homme s'inclina, s'immobilisa près d'une pile de livres brochés et en déchiffra le titre : *The Mysterious Affair at Styles*, d'Agatha Christie.

« Encore un aficionado de romans policiers », se dit Kenji, l'accueillant d'un bref signe de tête avant de se replonger dans ses fiches.

Jeremy Nelson fit quelques pas, cherchant comment engager la conversation, et tomba en arrêt devant une armoire vitrée d'où l'observait un buste de saint personnage en stuc crème, flanqué de celui d'un d'homme coiffé d'une perruque.

— Bouddha et Molière, précisa l'Asiatique.

Jeremy s'arracha à sa méditation.

— Les estampes à gauche et à droite sont de Hiroshige, un artiste nippon, enchaîna l'Asiatique sans l'honorer d'un regard.

— Bonjour, dit Jeremy, je désire parler à M. Legris, Victor Legris.

— Désolé, il est absent.

— M. Legris m'avait dit de passer, il devait me montrer un atlas, je me nomme Jeremy Nelson et…

— M. Legris ne travaille plus ici.

Jeremy esquissa un sourire qu'il regretta aussitôt.

« Bon sang, il me traite de haut ! »

Il était furieux mais, conscient de la nécessité d'obtenir l'adresse de Victor Legris, il s'obligea à la courtoisie.

— S'il vous plaît, monsieur, dit-il d'un ton pondéré, où pourrais-je le joindre ?

L'Asiatique fit pivoter son fauteuil. N'étaient ses pommettes striées de ridules et ses cheveux blancs, son masque impavide lui conférait une parenté avec le bouddha.

« Impénétrable », pensa Jeremy.

À cet instant, le mécanisme musical de sa montre se déclencha. Il la tira vivement de sa poche et stoppa le remontoir. L'Asiatique manifesta un semblant d'attention.

— Vous permettez ?

Jeremy la lui tendit. L'Asiatique ajusta ses demi-lunes pour décrypter l'inscription minuscule gravée sur le couvercle finement décoré :

E. L. de D. 1859

Ses traits s'étaient imperceptiblement altérés. Les yeux rivés sur le boîtier, il murmura :

— Une antiquité. J'en possédais une pareille autrefois, elle exécutait une *nursery rhyme.*

— Celle-ci aussi. Appuyez sur le petit bouton, elle joue *London Bridge Is Falling Down.* Quand j'étais enfant je ne me lassais pas de l'écouter… Vous êtes monsieur Mori ?

L'Asiatique opina. Ses prunelles étrécies lui donnaient l'apparence d'un chat sur le qui-vive.

La ritournelle s'égrena, il sursauta.

« Impossible ! protestait un second Kenji au-dedans de lui, un Kenji affolé. Je deviens sénile, c'est ça ? Je suis rouillé, et la rouille c'est la mort de l'horloge… Non ! Cela ne saurait être une coïncidence, ces initiales, cette date… »

Un instant il parut extrêmement fatigué. Le jeune homme le regardait avec gravité et il se força à adopter une attitude neutre, mais ses réflexions étaient hors de contrôle. L'anxiété le gagnait à l'idée que les années s'étaient écoulées si vite. « J'ai dépassé les quatre-vingt-deux ans ! »

— Belle pièce, conclut-il. Où vous l'êtes-vous procurée ?

Il paraissait détaché, alors que ses pupilles faisaient la navette entre Jeremy et la montre posée au creux de sa paume.

« Nom d'un chien, pour quel motif s'intéresse-t-il à cette toquante ? »

Jeremy se réappropria son bien.

— Je l'ai héritée de ma mère, elle est morte en 1905, j'avais neuf ans, répondit-il, contrarié. C'est un souvenir.

— J'ai emmagasiné suffisamment de souvenirs sans m'encombrer de ceux d'autrui ! répliqua Kenji tandis qu'il calculait mentalement : « Neuf ans en 1905… Ce jeune homme est né en 1896… » Il buttait sur ces quatre chiffres. Que s'était-il produit en 1896 ? Sa mémoire sombrait dans un puits. Comment savoir pourquoi cette date le titillait ? Il soupira. 1896, il avait cinquante-sept ans, plus tout jeune, mais pas assez vieux pour renoncer aux plaisirs de la vie. Il se surprit à conjuguer en lui des silhouettes de femmes.

— Monsieur Mori ! Où puis-je toucher M. Legris ?

Kenji entendait les mots sans en saisir le sens, la réponse à sa question palpitait. Il prolongea le silence pour ne pas la perdre, et d'un coup elle jaillit. Les muscles de ses épaules se détendirent, il se redressa.

— Excusez-moi, j'avais la tête ailleurs, souffla-t-il, encore incertain de sa décision. Quel est votre nom, monsieur ?

— Jeremy Nelson, je vous l'ai déjà dit… Monsieur Mori, vous êtes souffrant, ça va ?

— Assurément. Voyez-vous, monsieur Nelson, ce n'est pas la curiosité qui m'aiguillonne, mais vous avouerez que votre insistance est singulière. S'il s'agit de vous fournir un atlas, si rare soit-il, je m'en charge.

— Je dois m'entretenir en privé avec M. Legris.

Jeremy s'efforçait de se maîtriser, mais sa voix tremblait d'exaspération.

Kenji Mori réfléchissait. Il s'empara d'un carnet.

— Votre adresse ?

— C'est du provisoire, je quitte Londres après-demain.

— Un téléphone ?

— Ma logeuse n'a pas le téléphone. Notez-moi celui de M. Legris, ce sera plus commode.

— Évidemment, c'est une solution. Trop tard aujourd'hui, appelez-le demain avant dix-huit heures.

Jeremy remarqua que les doigts de l'Asiatique étaient si crispés sur le porte-plume que leurs articulations blanchissaient.

Kenji Mori, affichant un sourire de commande, lui remit un feuillet.

— Au revoir, je boucle, maugréa-t-il en s'absorbant dans ses fiches.

La sonnette de l'entrée vibra.

— Merci, monsieur Mori, lança Jeremy, la main sur la poignée de la porte.

Quand Kenji Mori releva la tête, le jeune homme s'était éclipsé. Il alla ôter la pancarte *open*, tira le verrou et se dirigea vers le téléphone mural. Vite, avertir Victor.

2

Mercredi 28 septembre 1921

Le flanc battu par son cartable à partitions, Jeremy Nelson foulait les pelouses de St James's Park, peu fréquenté en ce milieu de journée automnale. Il fit une pause devant un kiosque à musique investi par un orchestre féminin de l'Armée du Salut qui attaqua *You Should See Me Dance the Polka*.

« Non ! Au secours ! »

Il s'éloigna à grands pas, poursuivi par des rafales de cornets à pistons.

Incapable de résister à l'envie d'appâter quelques écureuils, véritables maîtres des espaces verts londoniens, il effrita sur l'herbe émaillée de colchiques des morceaux de biscuit, illico repérés par une boule de poils gris qu'il baptisa Gaufrette.

Le rendez-vous avait été fixé près du Blue Bridge, un pont suspendu en métal d'où l'on apercevait à l'est Big Ben, à l'ouest Buckingham Palace. À l'instar de tout bon anxieux, il était en avance. Il réajusta l'œillet ramolli qui pendouillait à sa boutonnière, signe de ralliement convenu entre des inconnus, et, de son mouchoir chiffonné, s'essuya le visage. Il regrettait cette démarche stupide. « Si infime que soit ta chance d'aboutir, tente-la. Qui ne risque rien n'a rien. »

Le long du lac, il croisa un groupe de nurses stylées distribuant le goûter à des enfants sages. Des gargouillis lui signalèrent la vacuité de son estomac. Ignorant l'expression scandalisée d'une matrone en jumper et jupe plissée, il s'affala sur un banc et se gava de gâteaux secs, sourd aux protestations des canards dont les *coin-coin* ne leur valurent pas la moindre obole. Hypnotisé par les jeux de lumière à la surface du lac, il se récita à mi-voix les mots de Camille griffonnés au dos d'une vue du mausolée de Cecilia Metella :

Ave Caesar, cher jazzman,

La Via Appia est un havre de paix. Irez-vous applaudir les Ballets russes ?

Bises,

Jeanne Arthur, alias Camille

En trois mois, ils n'avaient échangé qu'une douzaine de cartes postales laconiques et impersonnelles. Ils n'étaient pas amants et, hormis un baiser volé et la promesse de rester en contact, aucune relation intime n'avait été amorcée, alors comment expliquer cet élan de tendresse envers elle ? Pour la première fois au cours de ses vingt-cinq ans d'existence, il éprouvait ce sentiment envers une femme autre que sa mère. Étaient-ce l'éloignement, l'incertitude des retrouvailles ou bien le désir de l'impressionner avec un contrat mirifique ? Elle lui écrivait qu'elle prolongeait sa tournée de concerts, Vienne, Prague, Lausanne, Rome. Et lui dans tout ça ? Après cette virée lamentable à Brighton, c'était fichu. Jamais une pianiste de talent ne s'intéresserait à un humble tapeur de jazz courant le cachet.

« C'est ridicule, oublie ! » Mais en dépit de sa volonté, les parfums de l'automne le ramenaient à cette soirée où il était tombé sous son charme.

Un gamin, harnaché d'une épuisette et d'un seau, lança un caillou dans l'eau. Les ronds concentriques engloutirent la Via Appia, les Ballets russes et les remous lointains de la polka honnie. Jeremy harponna un journal au fond d'une corbeille et reprit sa flânerie, prodiguant un reliquat de miettes à Gaufrette déterminé à le suivre.

Il identifia le salon de thé à sa pergola couverte de chèvrefeuille. Sur le seuil, il hésita, scruta la vaste salle peuplée d'amateurs de sandwiches au concombre : pas d'œillet blanc en perspective. Il alla s'attabler près d'une baie vitrée et, pour se donner une contenance, parcourut le quotidien rescapé d'une poubelle.

> APPEL DES INTELLECTUELS POUR LA RUSSIE
>
> « Une terrible catastrophe due à des forces naturelles est survenue en Russie. Dans les régions de la Volga et de la Kama, la récolte a été anéantie par la sécheresse. Plus de vingt millions d'êtres humains sont victimes de la famine, et le choléra sévit. Au bout de sept années de guerre le pays est épuisé. Le comité de secours constitué à Moscou appelle à l'aide. »

Il déchiffrait les noms des signataires, d'Henri Barbusse à Bernard Shaw, quand il décela une présence.

Un homme tiré à quatre épingles, fleur à la boutonnière, les tempes grisonnantes, le dévisageait d'un œil insistant. Il devait avoir une soixantaine d'années. Excepté trois sillons en travers du front et une étoile superficielle au coin des paupières, son visage était juvénile.

Le dandy à costume de cheviotte, coiffé d'un chapeau mou, et le musicien maigre au nez aquilin, en veste et pantalon froissés, se jaugèrent en silence, puis le dandy tendit une main à Jeremy.

— Monsieur Nelson ? Vous avez trouvé facilement ? demanda Victor Legris, s'asseyant sur une chaise paillée.

— J'ai été cantonné à Londres en 1918.

— Qu'attendez-vous de moi, monsieur Nelson ? Vous avez été sibyllin au téléphone, assez pour chatouiller ma curiosité.

— Je souhaitais vivement vous rencontrer, parce que, jadis, vous avez peut-être côtoyé mon père.

Victor Legris se pencha par-dessus la table, pressé d'entendre ce qu'il pressentait.

— Son nom ?

Fouillant son cartable, Jeremy en extirpa une enveloppe qui livra une page pliée en quatre.

— Je détiens une lettre de lui.

HÔTEL MANHATTAN
Madison Avenue
42nd and 43rd Street

28 avril 1915

Cher Sean. Merci pour les nouvelles. Ainsi que nous l'avons décidé ne dis pas à mon fils Jeremy que je suis à New York. Je dois te voir, c'est important. J'embarque sur le Lusitania. *Rendez-vous demain au bar de l'hôtel à quinze heures.*

Ton fidèle et redevable ami.

P.K.

— P.K. ? Qui est P.K. ?

— Mon père.

Victor se renversa sur sa chaise et demeura immobile, les yeux perdus sur un écureuil effronté collé à la baie vitrée. Pas le moindre doute, une seule de ses relations signait ainsi sa correspondance : Pinkus Kherson, disparu depuis six ans. Il lutta pour réprimer son émotion. Il lui fallait des preuves. Cette histoire le déroutait. Par quel tour de passe-passe Jeremy Nelson possédait-il une montre musicale en tout point identique à celle qu'il avait offerte à Kenji trente ans auparavant ? Kenji était formel, mêmes initiales, même *nursery rhyme*, même date. Si, à bien des égards, ce jeune homme semblait sincère, il pouvait aussi être un usurpateur ou un maître chanteur. Ne rien lui révéler, mener sa propre enquête sans pour autant rompre le lien, lambiner un maximum.

— J'ai besoin du nom complet de votre père, cela m'aidera à convoquer mes souvenirs.

— Pinkus Kherson.

Victor Legris secoua négativement la tête.

— Ça n'éveille rien en moi. Vos motivations sont troubles, monsieur Nelson. Que désirez-vous réellement ?

— Retracer le parcours de mon père.

— Vous avez peu d'espoir d'y parvenir. Il est écrit dans cette missive que P.K. a embarqué sur le *Lusitania*[1], or ce paquebot a été torpillé par un sous-marin allemand au large des côtes d'Irlande quelques jours après avoir appareillé. Pardonnez-moi, mais je ne vois pas de raison d'en faire mystère.

— Je n'en fais pas mystère, monsieur Legris, je ne me nourris pas d'illusions, mon père est décédé, j'ai consulté la liste des survivants, et…

— Vous vous fourvoyez, protesta Victor, je ne suis pas votre homme, ou alors c'est un canular habilement monté. Vous avez fait un pari avec des camarades ? Quels renseignements comptez-vous me soutirer ?

— Je suis de bonne foi, je vous assure !

— Comment vous accorder ma confiance ? Vous auriez pu fabriquer ce document ou vous le procurer d'une façon illicite, rien n'indique qu'il vous appartienne. Prouvez votre filiation !

— Vous mettez ma parole en doute ? Pourquoi agirais-je de la sorte ? Ce qui justifie mes recherches,

1. Le *Lusitania*, paquebot de ligne de la Cunard, quitta le port de New York le 1er mai 1915. Il fut coulé au large de l'Irlande par un sous-marin allemand le 7 mai 1915.

c'est la conviction que Pinkus Kherson avait de la famille à Paris. À part cette quasi-certitude, sa vie est une énigme. Ma mère ne me parlait jamais de lui, elle refusait de répondre à mes questions, c'était un sujet tabou.

— Vos parents étaient séparés ? Votre nom de famille n'est…

— Plus tard, j'ai compris. Je porte celui de ma mère, mon géniteur ne l'a pas épousée. J'ignore jusqu'à son âge. Vous avez lu sa lettre, il a évité de me contacter quand il a embarqué en 1915. Tout ce que j'ai appris, je le dois à mon tuteur, Sean O' Flaherty. Peu de temps avant sa mort il m'a dévoilé avoir été l'associé de Paul Kherson de 1893 à 1902. Ils avaient exploité ensemble des salles de cinéma à Manhattan, ensuite leurs routes ont bifurqué. Paul Kherson s'est lancé dans la distribution de films entre les États-Unis, la France et l'Angleterre.

— Quel serait mon lien avec cet imbroglio ?

— J'ai déniché d'autres documents en triant les effets de ma mère, poursuivit Jeremy.

Il saisit l'enveloppe et en tira l'épreuve photographique d'une jeune femme souriante cadrée à mi-corps.

— La reconnaîtriez-vous, par hasard ?

Victor examina la jeune femme comme s'il explorait sa mémoire. Bien sûr qu'il la reconnaissait, c'était pour lui qu'elle avait posé sous l'acacia de la cour de leur logement, rue Fontaine. Impossible d'attribuer à l'épreuve une date exacte, mais leur fille n'était sûrement pas née.

— Ce tirage est de mauvaise qualité, trop pâle, grommela-t-il afin de dissimuler son trouble.

— C'est un contretype de l'original, répliqua Jérémy.

— Qui est cette jeune femme ?

— Après de nombreux recoupements, j'en ai déduit qu'elle s'appelait Tasha, la meilleure amie de Doucia, ma mère, je crois qu'elle était peintre. Quant à son patronyme…

— De quelle année date ce tirage ?
Jeremy retourna la photo.
— 1895.
Victor reconsidéra le cliché, l'esprit entraîné vers une époque révolue, la rue des Dunes, les Buttes-Chaumont... Il s'enquit d'un ton neutre :
— Pourquoi devrais-je la reconnaître ?
— J'ai de bonnes raisons de présumer qu'elle a épousé un libraire parisien.
Victor rétorqua avec un rire qui manquait de naturel :
— Un libraire ! Il y en a des centaines, à Paris.
— Les témoignages que j'ai recueillis convergent vers vous.
— C'est un comble ! Quels témoignages ?
— En particulier celui d'un professeur de danse, Olga Vologda, elle appréciait la librairie Elzévir, rue des Saints-Pères.
— Laissez-moi réfléchir, murmura Victor.
Il consulta ostensiblement sa montre et, tandis qu'il contemplait la course de la trotteuse, un éclair de réminiscence le projeta vingt-cinq ans à rebours. La silhouette de l'Opéra de Paris émergea du brouillard.
« J'étais à la fleur de l'âge, je piaffais d'impatience, je rêvais d'égaler les exploits de M. Lecoq[1], j'y suis parvenu... Pourquoi l'Opéra ? »
La réponse fusa de ses méninges.
« Un ballet : *Coppelia* ! Une enquête... une danseuse... Olga Vologda ! »
— Monsieur Legris ?
Un élancement douloureux le ramena au présent. Jeremy Nelson le dévisageait.
Victor Legris avait entendu trop de mensonges, trop de récits trompeurs racontés en toute innocence. Il était

1. Détective célèbre, créé par l'écrivain français Émile Gaboriau (1832-1873).

rompu au jeu subtil de la duperie mâtinée de vérité, il l'avait maintes fois pratiqué.

« Sonder ce jeune homme, démêler le vrai du faux. »

— J'ai croisé nombre de Russes à Paris, mais aucun professeur de danse, affirma-t-il.

— Cette dame m'a signalé un commerce de livres, rue des Saints-Pères. Aujourd'hui c'est un magasin d'antiquités.

— Où voulez-vous en venir ?

— Je suis persuadé que mon père a eu une fille d'une première liaison.

Victor fronça les sourcils tandis que sa voix intérieure lui soufflait : « Attention où tu mets les pieds, prudence. »

— En quoi cela me concerne-t-il ?

— Vous étiez trois à gérer la librairie Elzévir : vous, M. Mori et un homme dont je n'ai pu retrouver la trace, il écrit des pièces de théâtre, il n'a jamais quitté la France.

De nouveau, Victor s'abîmait dans ses réflexions. Il se fit violence pour adopter une attitude conciliante.

— Je ne sais rien de ce professeur de danse, elle aura confondu. Notre clientèle était éclectique : des bourgeois avides de romans populaires, des érudits, des collectionneurs… Mes associés et moi vendions aussi bien du neuf que de l'ancien, nous drainions plusieurs lectorats. Votre histoire est rocambolesque, j'aimerais vous épauler, mais il y a de cela si longtemps, rendez-vous compte ! Qui est cette femme sur la photo ?

— Ma demi-sœur. Du moins, mes déductions m'incitent à envisager cette hypothèse.

— Si ce cliché date de 1895, aujourd'hui elle doit avoir plus de cinquante ans, c'est une grande différence d'âge.

— Trente ans environ, nous n'avons pas la même mère.

Victor Legris vit Jeremy ranger le portrait de Tasha dans l'enveloppe. Une sensation de menace diffuse l'oppressait. Alarme fondée ? N'y avait-il pas, au contraire, lieu de se réjouir ? « Sans doute, mais... Je dois d'abord préparer Tasha à cette nouvelle, elle ne rentre de Genève que fin novembre. La prévenir ?... Non, ça la bouleverserait trop. Gagner du temps. »

Une serveuse providentielle passa, il commanda deux chocolats.

— Merci, dit Jeremy, pour moi ce sera un café noir, je ne supporte pas le lait. Vous disiez, monsieur Legris ?

Son regard ne reflétait aucun sentiment.

— Je viens de penser à une chose, dit Victor Legris. Autrefois j'étais passionné de photographie. Je conserve d'abondantes archives, j'ai tâté de tous les sujets, le travail des enfants, celui des forains, des femmes. Qui sait, parmi notre clientèle de la rue des Saints-Pères... Votre professeur de danse a peut-être vu mes photos, j'ai participé à quelques expositions avant de m'installer à Londres. Je suis prêt à coopérer, mais accordez-moi un délai. Je vais fouiller mon stock, il est possible que je découvre un nom, une date. Je vous contacterai. Où habitez-vous ?

— Je retourne à Paris. Il faut que je dégote un logement. Pour le courrier, voici où me l'adresser : Jeremy Nelson, chez M. et Mme Lavergne, 25, passage Thiéré.

— Passage Thiéré ? Où est-ce ?

— Pas loin de la Bastille, à l'angle de la rue de Charonne.

— Vous avez un lieu de travail ?

— Tout dépend de la demande, je me débrouille, tantôt à droite, tantôt à gauche... de la Seine.

Victor repartit d'un ton malicieux :

— En quelque sorte vous avez des emplois intermittents.

— Locution circonstanciée pour désigner une plage de chômage ponctuée d'engagements payés en monnaie de singe.
— Quelle est votre occupation ?
— Pianiste de jazz.
Victor griffonna dans un calepin dont il arracha la page.
— Allez de ma part à *La Dame Blanche*, c'est un restaurant de Pigalle appartenant à des relations, Simone et Fernand Monnery. Si vous vous contentez d'un salaire raisonnable, il y a là l'éventualité d'une embauche, ils me sont redevables.
Il alluma une cigarette, son esprit s'activait : « Comment garder ce jeune homme à l'œil ? L'envoyer chez la Teutonne ? Bonne idée. Elle t'est dévouée. Si tu lui confies une mission secrète, elle s'en acquittera. Tu la rétribueras avec une dizaine d'affiches de films. »
— Pour le logement, faites un saut au 60, rue Notre-Dame-de-Lorette, présentez-vous à Mlle Helga Becker, elle loue des chambres meublées, négociez le loyer en lui apportant un bouquet, elle est sensible aux hommages masculins. De nos jours, se loger à Paris n'est pas une mince affaire.
— Merci. C'est chic de votre part. Et moi, où pourrai-je vous écrire ?
— À la librairie de Charing Cross Road. Monsieur Nelson, ma montre est arrêtée, vous avez l'heure ?
Jeremy sortit son oignon de sa poche.
— Seize heures trente.
Victor se leva, l'objet correspondait à la description de Kenji. Sa tension s'accrut jusqu'à devenir insupportable.

Des visages tourbillonnaient autour de Jeremy, il étouffait. Plus que trois heures avant l'embarquement. Dans la pénombre de la chambre sentant le renfermé il ouvrit la fenêtre. De lourds nuages noirs fuyaient vers le large, Douvres s'ébrouait sous la pluie. Appuyé contre le garde-corps, il aspira des goulées d'air imprégné de fumée. Ce Victor Legris en savait beaucoup plus qu'il ne l'avait affirmé, et il savait que Jeremy savait qu'il savait. Pour l'instant : statu quo, souscrire à ses recommandations. Une fois à Paris, se rendre aux adresses indiquées, récolter un toit et un emploi seraient une bénédiction.

3

Dimanche 23 octobre

« C'est dimanche, repos à tous les étages ! » proclamaient les immeubles de la rue Saint-Georges. À trois heures de l'après-midi, le quartier de la Nouvelle Athènes somnolait sous un ciel cendré porteur de pluie.

— *Sunday*, le jour du soleil, tu parles d'une blague bien parisienne, marmonna Jeremy Nelson.

La rue de la Chaussée-d'Antin et le boulevard Haussmann offraient un regain d'animation. Marcher jusqu'à la place de l'Étoile ne lui prendrait qu'une demi-heure.

Avenue de Messine, il remarqua un important service d'ordre cernant un attroupement hérissé de calicots sur lesquels on pouvait lire :

COMITÉ DE DÉFENSE SOCIALE DES MARINS
DE LA MER NOIRE

FÉDÉRATION DES LOCATAIRES

JEUNESSES COMMUNISTES ET SYNDICALISTES

— Qu'est-ce qui se passe ? s'enquit-il auprès d'un bourgeois à canne et melon.

— Des bandes d'excités qui viennent brailler devant la résidence de l'ambassadeur des États-Unis.

— Myron Herrick ?

— Visez-moi ces énergumènes ! Ils s'indignent parce qu'en Amérique on a condamné à mort un tandem de Ritals, des anarchistes. Impossible de retenir leurs noms, Sacci, Vanzetto.

— Non, l'inverse, Nicola Sacco et Bartolomeo Vanzetti.

Le bourgeois avala ses lèvres et le fusilla du regard.

— Vous me paraissez bigrement renseigné.

— J'ai parcouru les journaux, comme tout le monde, plaida Jeremy. On accuse ces hommes d'avoir dévalisé une manufacture de chaussures l'année dernière, dans une ville du Massachusetts. Il y a eu deux morts. Le second procès vient de s'achever, ils ont été déclarés coupables.

— M'est avis que les Ricains sont dans le vrai. C'est une pépinière de nihilistes, là-bas, ils assassineraient père et mère pour quelques dollars, ça les aide à prêcher leur bonne parole. Vous n'en seriez pas un ?

La lippe méfiante, le bourgeois toisait Jeremy qui préféra s'éloigner. Le rassemblement avait été interdit, mieux valait ne pas attirer l'attention.

Jeremy songea aux prophéties de son tuteur : « C'est toujours risqué d'être un étranger doublé d'un révolté, ressassait l'oncle Sean, perpétuellement en guerre contre les grosses compagnies de cinéma. L'Amérique s'est édifiée sur une mosaïque d'immigrants, seulement les rejetons des premiers arrivés voient débarquer les nouveaux venus d'un sale œil. Prends-en de la graine, mon garçon ! Ils ont commencé par léser les authentiques Américains qualifiés d'Indiens à cause de cet abruti de Christophe Colomb, persuadé d'avoir accosté le continent des maharadjahs, et maintenant c'est moi qu'ils agressent ! Les Irlandais ne font pas tous carrière chez les flics, nom d'un chien ! »

— Libérez nos camarades ! scandaient les sympathisants de l'Internationale communiste.

Avenue Kléber, des barrages d'agents, de gardes républicains et de gendarmes à cheval laissaient circuler les passants revenant du Bois, prêts à charger si des groupes suspects se formaient.

Jeremy aborda la rue Pauquet[1] et gagna *Le Chapelier Fou*. Il palabra avec la caissière et put entrer gratis.

Ce n'était pas, ainsi qu'il l'avait supposé, un vulgaire bastringue, mais une de ces boîtes sélectes où les gens fortunés avaient l'impression de s'encanailler sans quitter leur territoire.

Au tango s'étaient ajoutés le fox-trot et le shimmy. Se souciant peu que les créateurs de ces danses soient des Noirs de Louisiane, les mondaines décolletées et les messieurs en frac se trémoussaient au rythme d'un ragtime. Un des participants décida de faire cavalier seul.

— *Me shake*, affirma-t-il à une femme de l'assistance.

Celle-ci rétorqua :

— *She shake.*

Le duo se livra alors à des mouvements syncopés des épaules assortis d'une danse du ventre débridée. Leurs tremblements évoquaient un déshabillage qu'on espérait en vain.

À la faveur de dandinements endiablés, les dames se contentèrent de révéler fugitivement des parties de leur anatomie qu'il eût convenu de dissimuler.

Campés sur une estrade, clarinettiste, tromboniste, cornettiste, batteur et pianiste adonnés au style dixieland désertaient leur perchoir à tour de rôle pour se rafraîchir. Jeremy se fraya un passage à travers la cohue afin d'atteindre le jazz band. Une main l'agrippa. Il reconnut Denver Southern, un géant café-au-lait, originaire des Bahamas, croisé lors d'une tournée en Belgique. Denver l'entraîna dans le couloir des toilettes.

1. Rue Jean-Giraudoux depuis 1946.

— Salut ! C'est un pote qui m'a refilé ton adresse ! s'écria-t-il.

— Quel pote ?

— Jim Stapleton, je l'héberge.

— Ah oui, le pseudo-Yankee, Jean Sapelle, c'est ça ?

— C'est ça. Tu te souviens de moi ?

— Je ne suis pas là pour tes beaux yeux, tu m'as promis une rétribution en échange de mes services.

— Rubis sur l'ongle, tu seras réglé ! Trois cents balles, le prix de trois bouteilles de champagne.

— J'ignorais l'existence de ce dancing.

— C'est un ancien garage racheté par un lord anglais ! Il a déboursé une fortune, mais l'entrée coûte vingt francs, il va vite se rattraper. Mon vieux, ces pékins ont de la galette ! Rien qu'avec le pognon que valent les nippes d'une bonne femme, tu te la coules douce six mois.

— Tu joues en solo ?

— Ouais, et le piano est accordé. Tiens, je te file les partitions.

Jeremy feuilleta *Keystone Rag*, *Victory Rag* et *Miss Tricky*, il connaissait cela par cœur.

— Tu débutes par *Kankakee*, un one-step. Après, c'est toi qui choisis l'ordre des morceaux.

— D'habitude on danse le soir. C'est autorisé pendant la journée ?

— L'Angliche fête son jour de naissance, cinquante balais au bas mot, des dents de cheval plaquées or et il se vante d'être trentenaire. Il a toutes les huiles de la Préfecture dans sa poche, il leur a graissé la patte pour qu'ils soient plus glissants que de coutume ! Pas de mouron, c'est licite !

Denver s'étira, lissant soigneusement les pans de sa veste de velours. Il était plus massif que Jeremy et ses cheveux crêpelés le rehaussaient de quelques centimètres.

— Un rendez-vous galant ? s'informa Jeremy.

— Ben mon pote, t'es extralucide ! Elles sont toutes folles de moi, et je ne veux en décevoir aucune, mais je ne m'engage jamais pour plus d'une quinzaine, que ce soit en amour ou dans le boulot !

Le band s'était tu. On entendait des raclements de chaises, des toussotements, des rires en cascade.

— Prends ma place mais ne te retourne pas, de dos personne ne fera la différence ! lança Denver en lui assenant une bourrade sur l'omoplate.

Jeremy s'installa devant le piano relégué dans un angle obscur sous l'estrade. Il fit craquer ses jointures, se frotta les mains et attaqua le one-step.

Le brouhaha cessa. Jeremy devinait que les convives commençaient à frétiller. Les semelles ébranlèrent le plancher en cadence, il martela le clavier de plus belle et ne tarda pas à transpirer.

Une première pause lui permit de boire le bock qu'il réclama à une serveuse distribuant des coupes de champagne. Il prisait d'autant moins ce vin pétillant qu'un de ses copains fabriquait du faux veuve-clicquot-ponsardin aux effets purgatifs dévastateurs.

Moulée dans une robe tubulaire cintrée à la taille par une ceinture de métal, une blonde platinée coiffée d'un turban à aigrette louvoya vers lui.

— Tiens, vous avez rétréci ! Je vous trouve mauvaise mine, mais vous avez de la branche. J'avais la certitude que seuls les types de la trempe de Denver déployaient un tel tonus !

— Un de ses collègues m'a enseigné.

— Tout s'explique. On trinque ?

Elle fronça son nez retroussé tandis que leurs verres s'effleuraient. Un costaud en gabardine la saisit par le bras.

— Muguette, quand tu auras fini de flirter, on rentre ! Je ne tiens pas à être pris en tenaille entre les flics et la populace. Le bruit court que les camions des brigades centrales tournicotent place de l'Étoile.

— Va, cavale, vole à la maison, mon petit Hubert ! Moi, je méprise le danger ! Je suis une téméraire, l'égale d'Isadora Duncan.

— Quel rapport avec la manif ? gronda Hubert.

Muguette s'adressa à Jeremy :

— Vous connaissez Isadora ? Elle gambille.

— Oui, c'est une compatriote.

— Figurez-vous qu'elle va se produire au Bolchoï dans deux semaines. Les Soviets commémorent l'anniversaire de la révolution. Ils l'ont invitée à séjourner chez eux, c'est Rachilde qui me l'a soufflé.

— Parce que tu es communiste, maintenant ? s'esclaffa Hubert. Une communiste qui occupe un hôtel particulier avenue Jules-Janin ! Laisse-moi rigoler, madame la comtesse de Vermont, vaut mieux entendre ça que d'être sourd !

— Et alors ? Le sang bleu et les idéaux ne sont pas incompatibles.

— Si tu le dis.

— Musique, musique ! protestèrent les danseurs.

Jeremy amorça *Miss Tricky*. À mesure que le ragtime l'enivrait, les couples envoûtés sacrifiaient à la magie du foxtrot.

Entre deux glissandos, un rouquin d'une quinzaine d'années s'était figé près du piano. Son regard bovin exprimait la plus totale indifférence. Mâchonnant un chewing-gum périmé dépourvu de saveur, il patientait, n'interrompant sa mastication que pour se gratter l'oreille. Lorsque Jeremy plaqua l'ultime accord, il lui tendit une enveloppe et se retira sans quémander de pourboire.

Persuadé qu'il s'agissait de sa rémunération, gêné par les minauderies de la blonde platinée, Jeremy empocha l'enveloppe. Un *Keystone Rag* eut tôt fait de l'absorber et de clore le bec de Muguette de Vermont.

La salle résonnait d'un piétinement digne d'une charge de bisons. Les talons brutalisaient le sol, les seins ballottaient, les joues luisaient, le mascara fondait.

Déterminé à prohiber toute conversation avec son admiratrice, Jeremy enchaîna plusieurs morceaux échevelés. L'enthousiasme de son public déclinait, c'en était trop, les pieds imploraient grâce. Seuls quelques couples bien rodés s'interdisaient de ralentir.

Quand il égrena les dernières notes de *Victory Rag*, les assistants demeurèrent rivés au parquet, en équilibre instable. De brefs applaudissements se muèrent en orage.

Muguette allait le harponner, quand son acolyte en gabardine s'écria :

— Faut calter, bécasse, ça vire au vinaigre ! Y a du grabuge du côté de la Défense et de Levallois, dix arrestations. Tu as envie de passer la nuit en taule ? Affole-toi, comtesse !

— Je me soucie des hirondelles comme de colintampon. J'ai assez de relations pour acheter le ministère de l'Intérieur !

Jeremy profita de cette querelle d'amoureux pour s'esquiver dans la coulisse, où il avait aperçu Denver Southern.

— Déjà ? lui demanda-t-il.

— Mon vieux, les femmes et les cigarettes c'est kif-kif. Tu les allumes, tu les respires, tu savoures une bouffée, et tu te prends la fumée dans la trombine ! On a bouclé l'affaire à la six-quatre-deux, après quoi elle s'est trissée en prétextant un rendez-vous avec une cousine de Vierzon et en me piquant cinquante balles pour le taxi ! Voilà ton dû.

Il fit craquer trois billets neufs et les froissa entre ses doigts.

— Oh, dis donc, vise la platinée ! Un peu maigrichonne à mon goût, mais y a du monde au balcon !

Denver se précipita vers Muguette qui résistait mollement à Hubert.

Excédé, Jeremy regagna la rue Pauquet où de rares promeneurs commentaient en riant la manifestation avortée.

— Ben, pour ne pas changer, il sera remis aux calendes grecques, le matin du grand soir ! prédit un escogriffe à casquette.

Soulagé de ne pas se heurter aux forces de l'ordre dispersées, Jeremy s'enquilla dans l'avenue de Wagram avec le sentiment d'avoir vécu un événement extravagant.

— Mince, il m'a payé deux fois ?... L'enveloppe !

Il la sortit de sa poche et souleva le rabat qui n'était pas collé. Il tourna et retourna une carte postale vierge de message et de destinataire. Elle représentait le portrait colorisé d'une jeune femme, une certaine Simonetta Vespucci. Le peintre se nommait Piero di Cosimo, le tableau appartenait à la collection du musée Condé, à Chantilly. Très jolie damoiselle, aux cheveux dorés nattés sur l'occiput, à la gorge ceinte d'une chaînette autour de laquelle s'entortillait un serpent. Une plaisanterie, probablement. Denver Southern jouissait d'une telle réputation de don Juan qu'une de ses maîtresses blondes, dotée du physique de Simonetta, cherchait sans doute à réveiller sa mémoire. Le messager rouquin n'avait pas reçu la consigne de s'assurer que le pianiste à qui il délivrait son message était le bon, voilà tout.

Troublé, Jeremy s'attarda afin d'examiner à loisir le buste menu souligné par un châle à rayures ne cachant que le ventre. Les seins petits et fermes lui évoquaient ceux de Camille. Il la voyait assise face à lui à une table du *Bouillon Racine*, elle portait un chapeau cloche sans fioritures, il pouvait deviner la naissance de ses rotondités par l'échancrure de son tailleur.

« J'aime la façon dont vous prononcez Camille, ce n'est qu'un pseudonyme, mais j'y tiens. Mon véritable nom est Jeanne Arthur », lui avait-elle révélé. Il n'avait osé lui demander si elle était mariée.

Il visualisa la coupure de presse serrée dans son portefeuille. Camille, photographiée près d'un maestro en queue-de-pie, lui décochait un sourire de défi. Sa robe de scène accentuait la minceur de sa taille et les courbes de sa silhouette.

« Camille ? Jeanne Arthur ? Comment t'appeler ? »

Six mois auparavant, plongé à corps perdu dans des plaisirs sensuels en compagnie de la dame vestiaire du *Mi-Ka-Do*[1], il se croyait à l'abri de toute perturbation et avait attribué son engouement pour la brune Camille à leur passion commune de la musique. Lorsqu'il avait découvert ses talents de concertiste, il s'était senti floué. Étaient-ce l'ambiguïté de la situation ou les subtiles dérobades de la jeune femme qui avaient attisé en lui ce désir de conquête ?

Pourquoi l'identifiait-il à cette blonde Florentine au collier de serpent ?

Boulevard de Clichy, un vendeur de petits formats braillait le célèbre refrain de *Phi-Phi*, repris en chœur par les badauds.

— *C'est une gamine charmante, charmante, charmante*… fredonna-t-il au passage.

Peu à peu, il avait dérivé des quartiers huppés vers des rues populeuses. Les rez-de-chaussée d'immeubles blafards hébergeaient des boîtes de nuit où s'engouffraient marlous et filles de joie. Automobiles et autobus freinaient à regret derrière quelques carrioles à chevaux. Des gamins, boudinés dans des redingotes rapiécées, se

1. Voir *Le Pas du renard*, 10/18, n° 5213.

livraient à des surenchères oratoires pour écouler leurs paquets de quotidiens :

— Demandez, lisez *L'Humanité* ! Sauvons Sacco et Vanzetti !

— *Le P'tit Parisien* ! Le meeting communiste refoulé par la garnison !

— Démonstration devant l'ambassade américaine ! Charles de Habsbourg part en avion à l'assaut d'un trône ! Demandez *L'Huma* ! Vingt centimes !

— Accord franco-turc signé ! Tous les détails dans *Le P'tit Parisien* ! Quinze centimes !

Place Blanche, les publicités électriques garantissaient aux quidams des spectacles affriolants. Deux tirailleurs sénégalais en goguette étudiaient la liste des plats inscrits à la craie sur la vitrine d'une gargote à l'enseigne de *La Dame Blanche*. Jeremy éternua en rafales, transpercé par l'humidité noyant la ville, et poussa la porte du restaurant.

Simone Monnery, la patronne, achevait d'harmoniser des fleurs dans un vase. Elle gratifia ensuite chaque table d'un menu calligraphié à l'encre bleue, s'interrompant pour rectifier l'alignement des couverts. Jeremy la salua d'un sourire contraint. Bien qu'elle fût moins grande que lui, cette femme au front carré et aux cheveux raides l'intimidait. Il s'entendait beaucoup mieux avec son époux, Fernand, un bonhomme bedonnant à la moustache drue et aux tempes tavelées de taches lie-de-vin. Le couple se débattait contre des difficultés financières. Malgré un maître-queux aveyronnais, roi des pommes de terre à la sarladaise, deux filles de salle efficaces, et des nappes à carreaux rouges et blancs, le genre de la maison ne convenait plus à l'ambiance échauffée des troquets bon marché de Pigalle, où les nourritures essentielles n'étaient pas l'aligot mais la musique et le corps à corps. Sans la recommandation de M. Legris, les Monnery auraient hésité à engager un tapeur, mais puisqu'ils avaient hérité d'un piano droit et que le musicien se contentait d'un modeste cachet, ils s'étaient décidés à sauter le pas.

Jeremy dînait avec le personnel aux frais de la maison. Ensuite, de dix-neuf heures trente jusqu'aux environs de minuit, il était chargé de créer une atmosphère propice à la dégustation. Rares étaient les soupeurs qui lui concédaient plus de deux minutes d'écoute. Quelquefois, fourchette en suspens, l'un d'eux accompagnait ses mélodies à mi-voix, puis ses mandibules s'activaient de nouveau. Si un couple de vieux garçons, amateurs d'omelette aux cèpes, appréciait ses performances, la plupart du temps sa musique se diluait sous la cacophonie des conversations, le tintement du tiroir-caisse et les commandes hurlées par les serveuses.

Exilé près des cabinets rebaptisés *lavatory*, avachi sur un tabouret trop bas, le dos crispé, il devenait captif du piano, une vraie casserole. On tapait un *ré* majeur, on produisait un *mi* bémol. Et ces gens qui mangeaient, mangeaient, et se fichaient éperdument de ce qu'il leur offrait ! Où s'étaient égarés ses rêves de compositeur à succès ?

Découragé, il opta pour un pot-pourri des œuvres d'Irving Berlin et s'efforça de se remonter le moral en interprétant successivement *A Pretty Girl Is Like a Melody*, *After You Get What You Want You Don't Want It*, et *At the Devil's Ball*.

Nul impresario ne bondit vers lui en le suppliant d'accepter un contrat juteux, aucun client ne l'ovationna. Il perçut distinctement les mots « musique de zoulou » mâchonnés par une dame revêche, et se retint de claquer le couvercle de l'instrument.

Au cours d'un bref entracte, il se souvint de la carte postale. Il la libéra de son portefeuille et la fixa sur le lutrin. La posture adoptée par le modèle était étrange. Visage de profil mais buste de trois quarts.

Que contemplait Simonetta ? Quelle menace symbolisaient ce nuage ténébreux et cet arbre mort en arrière-plan ? Il continua de malmener le clavier, peu soucieux de l'exactitude des mélodies, hypnotisé par une veine affleurant le cou de la Florentine à l'expression légèrement ironique.

4

Mardi 1er novembre

Au faîte de l'immeuble, les fenêtres mansardées serties dans les toitures noircies jetaient des lueurs rousses. Les traînées de lumière se reflétaient sur le glacis des gouttières, butaient sur les cheminées pour se perdre dans un ciel de suie. Novembre venait d'empoigner la ville.

Jeremy se réveilla, un goût amer dans la bouche. Il avait bourlingué de naufrages en noyades, il avait eu froid. Le songe s'évanouit dès qu'il ouvrit les yeux. Sa vision était brouillée par le sommeil, et les ombres de l'aube lui évoquèrent une flottille sillonnée de gens affairés qui avaient l'air de fous. Il se recroquevilla sous les couvertures, repoussant le moment d'affronter une cité gris souris, qui vous mâchait sans cesse et ne vous digérait pas.

Lorsqu'il reprit conscience, un jour laiteux filtrait entre les rideaux. Il s'ébroua comme un animal qui aurait dormi dans l'herbe, la tête entre les pattes. Son cerveau était une grotte sombre où se mouvaient les reflets imprécis de visages connus, la bouille d'un gamin hirsute s'y profilait, s'estompait, chassée par celle d'une femme rondelette et d'un jeune homme ahuri.

— Sammy... Léa, Jacob, grogna-t-il en s'extirpant péniblement du lit dévasté.

Le souvenir de ses faits et gestes depuis son installation rue Notre-Dame-de-Lorette se réduisait en une suite de déambulations dans Paris, de soirées monotones face à un clavier et de rares cachets d'appoint, heureusement ponctués de deux repas chaleureux chez Léa et Hector Lavergne, passage Thiéré. La semaine précédente, Léa lui avait remis une lettre de Victor Legris :

Londres, 25 octobre 1921

Cher monsieur Nelson,

J'ai exploré mes archives. Je suis en mesure de vous fournir le peu de renseignements que je possède concernant la dame de la photo. Son prénom est bien Tacha (ou Tasha). Hélas, l'unique cliché d'elle remonte à loin, 1889, et j'espère que cela vous sera de quelque utilité. À cette époque j'effectuais un reportage sur les métiers féminins et le journalisme me semblait être un bon sujet. Cette jeune femme m'avait été présentée par un ami qui venait de fonder un quotidien intitulé Le Passe-partout.

Voici ce que j'ai glané :

Tacha (ou Tasha), âge 22, 23 ou 24 ans.

Petite, mince, rousse, j'ajoute – si je peux me permettre – jolie et séduisante.

Profession : caricaturiste pour des magazines parisiens dont ce nouveau journal qui a glissé la clé sous la porte à la fin du siècle. Le Passe-partout, *lancé un mois avant l'ouverture de l'Exposition universelle de 1889, relatait surtout des faits à sensation dans la lignée du* Petit Journal illustré, *sans en atteindre les tirages.*

Mme Tacha (ou Tasha) était de nationalité russe ou ukrainienne.

Adresse : inconnue.

J'espère découvrir des détails susceptibles de vous intéresser. Nous restons en contact.

Veuillez croire, monsieur Nelson, à l'assurance de ma coopération.

Victor Legris

« Tu ne la retrouveras jamais, pensa Jeremy, tu vas finir par te gâcher l'existence. »

Sa rencontre avec Victor Legris lui aurait toutefois été bénéfique : il avait décroché un emploi à *La Dame Blanche* et un meublé sous les toits.

Il retapa son lit et s'y laissa retomber en soupirant. Séparé d'un monde âpre, souvent incompréhensible, par une solide cloison de brique, il jouissait au moins d'une chambre chaude et spacieuse.

« Je vais pouvoir souffler un peu avant de me jeter à la Seine. »

Le bistrot de la rue La Bruyère où il aimait déguster son petit noir était vide. Il achevait de dévorer un croissant quand il avisa Jim Stapleton, un gros type joufflu au nez en aubergine, avec qui il avait eu la mauvaise idée de discuter littérature dans un des troquets de la Nouvelle Athènes.

En réalité le bonhomme se nommait Jean Sapelle. Monté à Paris de son Quercy natal pour y écrire le futur prix Goncourt, il avait réussi à rédiger vingt lignes dont il infligeait la lecture à ses relations, avant d'expédier sa prose à la corbeille et de recommencer.

— Le début doit être impeccable. C'est aux deux premières pages qu'on estime ou non le talent d'un auteur. Je prends exemple sur l'épouse d'Ulysse, je tisse ma tapisserie jusqu'à la perfection, quitte à la massacrer sans pitié et repartir de zéro, serinait-il à qui avait le malheur de lui prêter attention.

Ces déclarations lui avaient valu le sobriquet de Pénélope. Du plus loin qu'on identifiait sa chemise d'un blanc douteux, on le fuyait, mais c'était compter sans sa ténacité car il parvenait toujours à imposer sa présence. Démuni de ressources, Stapleton se logeait et se sustentait aux crochets de ses proies. Quand on le flanquait à la rue, il se débrouillait pour lever un nouveau gogo.

— J'ai la dalle, gémit-il en lorgnant le zinc où six œufs durs se morfondaient sur leur support.

— Je suis fauché, répliqua Jeremy.

— Il m'est arrivé un truc terrible. T'es au courant ?

— Tu as écrit une page inédite ?

— Figure-toi que lundi, pas hier, celui d'avant, j'émerge de mon pageot vers midi, une cuite phénoménale à *La Closerie des Lilas*, grâce à une Bostonienne toquée de littérature. Je croyais Denver dehors depuis longtemps, il avait rendez-vous de bonne heure avec le directeur de *La Tour de Babel*. Je discerne un renflement sous sa courtepointe. Je me frotte les paupières, je m'approche. Devine qui c'était ?

— La Bostonienne ?

— Non, Denver *himself*. Seulement il ne dormait pas.

Il marqua une pause, jugeant de son effet, mais Jeremy n'eut aucune réaction. Il reprit :

— On ne peut pas coincer la bulle sans respirer. Tu donnes ta langue au chat ?

Jeremy le dévisageait sans comprendre. Le romancier génial en profita pour commander un double crème-tartine.

— Raide mort, qu'il était, le Denver.

Jeremy déglutit de travers.

— Tu plaisantes ! Je l'ai vu il y a quelques jours au *Chapelier Fou*, en pleine forme !

— Mort, je te dis, on ne peut plus mort. À mon sens, c'était prévu, il se gavait de pilules. Ingurgiter de la chimie, ça vous tue la santé. Les poulets m'ont cuisiné ! Pour un peu, ils m'accusaient d'assassinat. Heureusement, le toubib a confirmé la crise cardiaque.

— Ça alors, il est mort, murmura Jeremy.

— Au moins, il n'aura plus jamais mal aux dents, conclut Jim Stapleton, la bouche pleine.

Il lapa une goulée de son double crème et adopta l'attitude accablée d'une pleureuse à gages.

— Comment je vais me dépatouiller, maintenant ? Je n'ai pas dégoté un rond, chez lui, et puis il n'y a rien à béqueter !

Il fixait Jeremy avec espoir et insistance.

— Inutile, je n'ai pas la place, trouve-toi un mécène, c'est dans tes cordes. Où a-t-il été enterré ?

— Ses potes lui ont offert le cimetière du Montparnasse, la cérémonie a eu lieu hier, après, on s'est pintés à sa mémoire. Dis, tu peux me rendre un service ?

— Ça dépend.

— Y a une drôle de bestiole à côté de son sofa, ça m'a fichu la trouille, je n'ai pas osé la ramasser, et comme je prévois de prolonger mon séjour une semaine ou deux…

— Une bestiole ?

— Une espèce de tuyau racorni, renflé à un bout. Ça mord peut-être.

Jeremy faillit l'envoyer promener mais l'annonce du décès de Denver l'avait secoué, la curiosité l'emporta. Il paya les consommations sans rechigner et emboîta le pas à Stapleton jusqu'au métro Saint-Georges.

Ils étaient descendus à Saint-Michel et avaient remonté le Boul'mich. Boulevard Saint-Germain. Les étudiants se mêlaient aux gobe-mouches. Des femmes aux jupes courtes d'où s'échappaient des jambes gainées de soie ou de fil bousculaient les flâneurs. Près de l'arrêt du bus, un professeur à la retraite affirmait à un vieux magistrat que la guerre avait gazé les poètes mais que les cafés fourmillaient d'émules de Verlaine aux imprononçables patronymes d'Europe centrale.

Ils parcoururent la rue de la Montagne-Sainte-Geneviève, la rue Descartes, puis embouquèrent la rue Mouffetard.

Jeremy ahanait.

— On aurait mieux fait de sortir à Saint-Jacques, grogna-t-il.

Stapleton fit la sourde oreille et piocha dans le cornet de frites qu'il lui avait extorqué.

« Il va me ruiner », pestait Jeremy.

Harcelés par les vendeurs ambulants qui vantaient papier d'Arménie, cirage, bottes d'ail ou savon minéral, ils fendaient le flot humain imprégné d'une tenace odeur de caniveau. Entre l'échoppe d'un brocanteur et une boucherie chevaline badigeonnée de rouge, Stapleton se faufila dans un boyau étroit au fond duquel Denver Southern louait une ancienne cordonnerie.

À l'ouverture de la porte, un remugle prit Jeremy à la gorge. Dans le demi-jour, il distingua un énorme poêle surmonté d'un tuyau digne d'une fonderie, deux lits en désordre, trois chaises dépaillées, une table piquetée d'épluchures et un sofa dont les ressorts pointaient.

— C'est une cave, bougonna-t-il. On ne pourrait pas chauffer un peu ?

— Avec quoi ? Les sièges ? Plus un radis pour acheter des margotins ! Rien à brûler, l'huile pour les lampes, macache ! Il n'y a même pas le gaz dans cette turne ! Ah ! C'est la dèche, Denver m'a lâché en pleine panade !

— Il préférerait être encore là, et se dispenser de la charge d'un coucou.

— Tu as un cœur de pierre, constata Stapleton.

— C'est derrière cette ruine, ta bestiole ?

L'illustre auteur opina. Jeremy hésita puis, résolument, tira le sofa. Quelle poire il était ! Pourquoi se laissait-il attendrir par ce pique-assiette ? Il se baissa et distingua une sorte de stick poussiéreux d'une soixantaine de centimètres.

— C'est quoi ? demanda Stapleton, resté prudemment à l'écart.

— Je vois mal… Ça ne m'inspire pas confiance.

Jeremy se voûta davantage.

— Pas de pattes, pas de poils, c'est immobile. File-moi un chiffon.

— Une chaussette, ça ira ?

De ses doigts recouverts de coton, Jeremy palpa la forme d'un bâton noueux. Mû par une sombre fascination, il s'approcha de la fenêtre. Sa prise, inerte, était dotée d'une tête large aux paupières closes et au museau retroussé.

— Mince, un serpent !

Jim Stapleton bondit de l'autre côté de la table.

— Attention ! Venin ! glapit-il.

Jeremy pila. Quelque chose se dessinait dans son esprit.

« Oui, se dit-il. Oui ! La Florentine ! La carte postale ! »

Stapleton le fixait comme s'il avait été transparent.

— Et si ce serpent avait mordu Denver pendant son sommeil ? suggéra Jeremy en se débarrassant de la chaussette.

— Ça m'étonnerait. Le toubib l'a examiné sous toutes les coutures et conclu à un accident cardiaque, combien de fois faudra-t-il que je le répète ? C'est un hasard, voilà tout ! Un hasard !

À moitié convaincu, Jeremy observait le serpent dont le dos écailleux s'ornait de bandes transversales foncées.

— D'où vient-il ?

— J'n'en sais fichtre rien ! assura Stapleton. Ici, y a pas d'intrus.

— À part toi.

— Moi ? Moi je suis invité, nuance. Qu'est-ce que tu vas inventer ? s'indigna Stapleton. Il se sera glissé par une fente ou une fissure. Il a crevé d'inanition, c'est le sort qui me guette ! Le mieux c'est de le balancer aux ordures.

Jeremy se résigna à attraper un journal qui traînait sur un lit pour en envelopper le reptile. Il alla fourrer la dépouille dans une poubelle trônant au milieu de la cour.

Il se contraignit à saluer l'écrivain. Celui-ci se cramponna à sa manche.

— Qu'est-ce que je vais devenir ?

— Le loyer est réglé jusqu'à la fin du mois, non ? C'est chaleureux, agréable, ici, un vrai nid d'amour.

Stapleton lui décocha un regard assassin. Un gargouillement sortit de sa gorge, il éructa :

— Je mets les bouts ! T'auras ma mort sur la conscience !

Jeremy posa la carte postale de Simonetta sur sa table de chevet. Le serpent enroulé autour de la chaînette offrait une vague ressemblance avec l'hôte de Denver Southern : ventre clair, dos foncé, environ soixante-dix centimètres de longueur, espèce inconnue. Qui serait assez inconséquent pour projeter un meurtre en comptant sur la bonne volonté d'un serpent ? Pourtant, la carte postale du tableau signé Piero di Cosimo, destinée à Denver, n'était pas un cadeau fortuit. Avait-on voulu le menacer ? Pouvait-on succomber à une morsure de ce type de reptile ?

« Tu as trop d'imagination, abandonne. »

Il cala le traversin contre la tête de lit et s'allongea, les mains sous la nuque, en attendant l'heure d'affronter les mélomanes de *La Dame Blanche*.

Jeudi 3 novembre

Helga Becker avait déjeuné en conversant avec Georges Richard, un loulou de Poméranie incontinent, puis, harnachée pour la circonstance d'une antique jupe-culotte bouffante, elle avait enfourché sa Mercier dernier cri et effectué deux cents tours de roue dans la cour de l'immeuble, avant de monter rappeler aux occupants du troisième que leur terme était échu.

Pour la deuxième fois, elle entendit le grincement de la porte cochère. Elle écarta son rideau et eut le temps d'apercevoir son locataire du cinquième s'engouffrer sous le porche.

Il avait débarqué début octobre. Helga Becker avait d'emblée identifié le jeune homme minutieusement décrit par M. Legris : visage ouvert, nez aquilin, abondante chevelure noire, mise bohème. Elle l'avait examiné, indécise. Allait-il lui causer des ennuis ? Il avait l'air si jeune, il était si poli, et il avait de si beaux yeux !

Follement excitée, elle s'était empressée de répondre à M. Legris qu'elle acceptait la mission :

> ... *Soyez-en certain, mon ami, je serai muette comme l'Armée, je veillerai au grain et vous*

tiendrai régulièrement au courant des allées et venues de M. Nelson. Mille mercis pour la superbe affiche de film, cela remue en moi le souvenir de vos exploits d'enquêteur. Nick Carter, roi des détectives, parade désormais en bonne place dans mon appartement parmi les réclames de vélos et d'automobiles que j'ai décollées des murs de la capitale au fil des ans...

Son regard glissa sur les affiches bigarrées accrochées à touche-touche aux cloisons de son salon. Elle se sentait bien. Dans ce logis douillet où chaque objet ressuscitait ses chers fantômes, l'usure des ans n'avait pas d'emprise sur son moral. Helga Becker avait reçu la grâce de préserver du néant le monde magique de l'enfance.

Georges Richard émit un jappement éraillé.

— Plus tard, plus tard, G. R., soulage-toi dans la litière ou retiens-toi, j'ai à faire.

Elle s'ébroua, rafla un journal sur le guéridon et se précipita sur le palier, plaquant sa jupe-culotte contre ses cuisses.

Arrivé au cinquième, Jeremy prit conscience qu'il courait. Était-ce parce qu'il avait toujours eu le sentiment de passer à côté de quelque chose de capital s'il ne se hâtait pas ?

Il jeta son chapeau sur une chaise, suspendit à l'espagnolette sa chemise récupérée à la blanchisserie et s'affala sur le lit où il resta immobile, la tête appuyée sur une main, à comparer les charmes de la blonde Simonetta de la carte postale à ceux de Camille-Jeanne Arthur sur la coupure de presse :

COURRIER MUSICAL

« La brillante pianiste, Mlle Jeanne Arthur, élève de Georges Boskoff, a interprété hier, pour le plus grand bonheur du public de la salle Gaveau, du Debussy, du Bach et du Fauré.

Mlle Jeanne Arthur se prépare à exécuter, pendant trois mois, une série de récitals en Italie. »

Des coups insistants ébranlèrent sa porte. Avant qu'il ait le temps d'ouvrir, une femme boulotte, fagotée d'un caraco et d'une culotte ballon, se faufila dans la chambre. Ses cheveux blancs roulés en macarons sur les oreilles lui donnaient l'allure d'une vieille petite fille.

— *Guten Tag*, monsieur Nelson, je vous ai monté le journal, vous pouvez le garder. À part des détails sur la capture de Landru, rien de sensationnel, sauf l'interdiction de placarder des affiches dans les environs de l'Élysée et du Panthémon. Vous savez ce que c'est, vous, le Panthémon ?

— Sans doute le Panthéon, les typos auront mal orthographié.

— Ceux qui votent ces décrets méprisent les citoyens. Les réclames ne sont pas simplement des supports pour les fabricants de parfums ou d'automobiles, mais des œuvres d'art à la portée de tous !

« Mon Dieu, épargnez-moi ce verbiage ! » implora mentalement Jeremy sans se départir de son masque affable.

Tout en jacassant, Helga Becker allait et venait à travers la pièce, ramassant une paire de chaussettes égarées sous la commode, retapant l'édredon, poussant l'indiscrétion jusqu'à inspecter le cabinet de toilette.

— Je vous en prie, mademoiselle Becker, je m'en tire parfaitement, protesta-t-il.

— On dit ça, on dit ça, regardez-vous, pâle comme un œuf, la peau et les os ! Vous ne mangez pas suffisamment, monsieur Nelson, il faudrait songer à vous nourrir au lieu de courir la prétentaine !

— Je suis d'une chasteté exemplaire, je vous assure.

— Et qui sont donc ces jeunes personnes, là, sur votre table de nuit ? Allons, allons, on ne me la fait pas.

— Deux lointaines cousines. Merci pour le journal, vous êtes une mère, pour moi, mademoiselle Becker.

— Si j'étais votre mère, je vous aurais eu bien jeune ! lui lança-t-elle avec une moue enjôleuse. Bon, je descends, sinon mon Poméranie va s'oublier partout. Vous ai-je dit pourquoi je l'ai baptisé Georges Richard ? C'est un hommage à la marque de ma première automobile, en 1897, un vis-à-vis. À demain, monsieur Nelson. Oh, vous avez du courrier, il a été déposé ce matin par je ne sais qui, ça m'a étonnée, d'habitude le facteur me le remet en main propre.

Elle lui tendit une enveloppe contenant un mot :

> *Vous n'êtes jamais là ! C'est arrivé hier soir. Léa m'envoie vous porter cette bafouille, elle a pensé que c'était urgent. Salut, Sammy.*

Une enveloppe plus petite avait atterri sur le plancher, aussitôt récupérée par Helga Becker.

— Ça vient d'Albion, la patrie du gentleman qui vous a recommandé pour cette chambre : M. Nelson, aux bons soins de M. et Mme Lavergne, 25, passage Thiéré, déchiffra-elle. Passage Thiéré ? Où est-ce ?

Jeremy eut du mal à contrôler le tremblement irrité de sa voix.

— Vous permettez ?

Il considéra l'enveloppe estampillée d'un timbre anglais.

— Mademoiselle Becker, vous connaissez bien M. Legris ?

Elle amorça un geste vague.

— Oh, je sais très peu de chose, il était libraire, je fréquentais sa boutique avant le tournant du siècle, c'est si loin ! D'ailleurs ils étaient trois. Ils me fournissaient des ouvrages sur les ancêtres de la bicyclette. En 1900, le magasin a fermé et tout le monde s'est dispersé aux quatre vents. Mon tour est venu en 1914.

Le regard voilé, elle s'appuya au chambranle de la porte.

— Je m'en souviens, c'était un dimanche d'août. La crémière m'a annoncé qu'on avait collé de nouveaux placards sur les murs. « Vous devriez allez voir, mademoiselle Becker, m'a-t-elle conseillé, ça vous concerne. » En effet, j'ai lu que tous les étrangers alliés ou neutres devaient, dans les quarante-huit heures, se présenter munis d'une tonne de justificatifs à la mairie de leur arrondissement pour se faire délivrer un permis de séjour. Je vivais en France depuis cinquante et un ans, je n'aurais jamais imaginé une telle chose. Et puis cet ordre visait-il les hommes et les femmes ou seulement les hommes ? Je n'étais ni alliée ni neutre. Alors je me suis résolue à quitter mon Paris chéri sans musarder, surtout après les saccages des commerces supposés allemands. J'ai couru chez mon notaire, et nous avons décidé de confier mon immeuble à un administrateur jusqu'à ce que ça se tasse. Le lendemain je prenais le train pour la Suisse où je…

— Mademoiselle Becker, parlez-moi de M. Legris.

— Comment ? Ah oui, M. Legris… Il avait deux associés, le plus vieux était un Japonais très érudit. Le plus jeune écrivait des histoires à épisodes sans queue ni tête dans une feuille de chou, *Le Passe-partout*, sous quel nom, pfft, ça m'échappe.

— Serait-ce Joseph Pignot ?

— *Ja, ja*, Pignot Joseph.

— M. Legris était en ménage ?

— Je ne m'intéressais pas à sa vie privée mais à son expérience !

— Mais enfin, mademoiselle Becker, si M. Legris m'a orienté vers vous c'est que vous entreteniez des rapports amicaux !

— *Das stimmt*, mais est-ce parce que l'on procure l'adresse d'un médecin réputé à ses relations que l'on cultive des liens privilégiés avec celui-ci ? Ce que je peux vous affirmer, c'est qu'il avait beaucoup de charme, M. Legris. Mon amie Mathilde de Flavignol en était folle. Vous n'ouvrez pas votre lettre ?

Elle lui décocha un large sourire qu'il feignit de ne pas remarquer.

— Plus tard, je déjeune en ville, je dois me raser.

— *Auf Wiedersehen*, monsieur Nelson. On prévoit du brouillard, aujourd'hui, mettez votre cache-col.

Il écouta les pas d'Helga Becker décroître le long du couloir, enclencha le verrou et décacheta sa missive.

Londres, 30 octobre 1921

Cher monsieur Nelson,

Je me suis pris au jeu. J'ai retrouvé dans mes archives le portrait d'une dame qui logeait non loin du parc des Buttes-Chaumont. Si la mémoire m'est fidèle, il me semble que c'était une amie de Mlle Tasha (ou Tacha), la jeune caricaturiste du Passe-partout. *Cette dame se nommait Djina K. Le prénom slave et le K du patronyme m'ont intrigué. Je me suis laissé bercer par mon imagination : et si cette Djina K. avait un lien de parenté avec votre père disparu ? Je serais désolé que mes spéculations suscitent en vous un espoir vain, mais sait-on jamais ? Ce que l'on considère comme le fruit du hasard est souvent programmé par le destin. Au dos de ce cliché où Djina K. pose en train de peindre devant un chevalet j'ai noté la date de la prise de vue : temple de la Sybille, avril 1894. Je doute qu'à vingt-sept ans de distance, cette dame soit encore domiciliée dans ce quartier mais, si tel est le cas, elle devrait être âgée de plus de soixante-dix ans. Malheureusement je ne possède pas son adresse.*

Tenez-moi au courant. J'attends votre réponse.

Bien à vous,

Victor Legris

Jeremy secoua la tête.

« Victor Legris est-il sincère ou détenait-il déjà ces tuyaux quand nous nous sommes vus à Londres ? Merci, monsieur Legris. J'ai été averti de ces faits au mois de juin, sinon comment vous aurais-je débusqué ? Ce qui m'étonne, c'est que vous avez soutenu ne pas connaître Tasha et, soudainement, vous vous rappelez qu'elle vous a mis en contact avec Djina K. »

Assise à son secrétaire, Helga Becker posa son porte-plume, passa le tampon-buvard sur le papier à lettres et relut le post-scriptum qu'elle venait d'ajouter à sa missive.

P.S. Monsieur Legris, en récompense de mes loyaux services, pouvez-vous me procurer l'affiche allemande du film Le Cabinet du docteur Caligari *? Cela me comblerait !*

Des patins de feutre sous les chaussures pour ne pas salir son plancher de chêne, elle tangua jusqu'au salon.

— Debout, Georges Richard, grande nouvelle ! Je suis fière de moi, je m'en suis tirée haut la main, M. Legris a bien placé sa confiance, aucun renseignement n'a franchi le seuil de mes lèvres, hormis le violon d'Ingres du troisième associé, mais M. Nelson était au courant puisque c'est lui qui m'a soufflé son nom.

Helga Becker ajusta la fourrure de sa vaste pèlerine et décrocha la laisse.

— Un petit effort, mon Poméranie chéri, viens enfiler ton manteau, on sort, promenade pipi. Si cet avenant pianiste s'imagine que je n'ai pas flairé sa manœuvre ! Pauvre jeune homme, il en est pour ses frais, il y a beau temps que j'ai repéré le magasin *Lila*, du passage Thiéré !

Jeremy avait exhumé son cartable caché sous le lit et en triait le contenu. Sur la couverture il disposa, d'un côté, les deux documents soumis à Victor Legris, de l'autre, une liasse de papiers et un carnet qu'il consulta pour relire les notes jetées en vrac lors de ses recherches, cinq mois auparavant :

Résultat de mon entretien avec Olga Vologda : le professeur d'aquarelle qui lui a vendu l'appartement de la rue des Dunes, près des Buttes-Chaumont, est doté d'une double identité : Mme Djina Mori Kherson.

Kenji Mori ! Le Japonais, l'associé ! Pourquoi n'avait-il pas fait le rapprochement ! Kenji Mori avait-il convolé avec Djina Kherson ? En ce cas Victor Legris en était parfaitement avisé !

« C'est tout de même clair ! Bon Dieu, je ne crois pas ce type quand il prétend être étranger à cette affaire ! »

Il assena un coup de poing sur l'édredon.

« Il me distille des nouvelles dont il ignore si je suis ou non déjà informé ! Ça ne tient pas debout ! »

Il réfléchit un long moment, puis décida de transmettre à Victor Legris la description du dernier indice qu'il gardait sous le coude :

Cher monsieur Legris,

Merci de vos révélations concernant la présence de Mme Djina K. dans le quartier des Buttes-Chaumont. Malheureusement, sans nom de rue et à vingt-sept ans de distance je crains que le porte-à-porte ne s'avère voué à l'échec, surtout après cette guerre, cause de multiples allées et venues.

Je ne peux vous fournir la moindre preuve tangible de mon honnêteté. Ma quête n'est dictée par aucun intérêt, si ce n'est le désir de me connecter à une parentèle. Je conserve cependant un ultime joker, une trace fragile, qui peut-être éveillerait les réminiscences de Mlle Tasha si vous aviez l'opportunité de le lui décrire, ce dont je doute fort puisque vous la fréquentiez à peine et l'avez perdue de vue depuis des décennies. Mais on dit que l'espoir engendre l'optimisme...

Cet automne, lors de notre rencontre à Londres, j'ai omis de vous montrer un médaillon de forme ovale hérité de ma mère. Il est dépourvu de portrait. Je suis parvenu à déchiffrer une inscription minuscule gravée dans le métal : Odessa 1875 (ou 76), et, au milieu d'un cœur, quatre lettres : D.T.R.H.

Si vous jugez bon de me répondre, je vous prie d'adresser désormais votre courrier au 60, rue Notre-Dame-de-Lorette.

Veuillez croire, cher monsieur Legris, à ma reconnaissance pour votre compréhension.

Il introduisit sa lettre dans une enveloppe qu'il cacheta, rangea son cartable et feuilleta machinalement le journal. Sa logeuse lui ayant gâché le plaisir, il allait le replier quand, au détour d'une page, inséré entre un article fustigeant l'augmentation des transports en commun et celle du pain, un intitulé l'interpella :

UNE MORT RENAISSANCE

« Découvert sans vie par sa concierge dans son logement du 5 de la rue Pierre-Picard, Robert Escaudain, décorateur du fameux music-hall de la rue Bergère, *La Tour de Babel*, semblait dormir paisiblement au fond de son fauteuil. Bien en vue sur ses genoux enveloppés d'un plaid reposait une carte postale représentant le portrait d'une jeune femme blonde aux seins nus, le cou paré d'une chaîne en or entrelacée d'un serpent. Il s'agit de Simonetta Vespucci, noble Italienne de la Renaissance. M. Jules Dunières, le beau-frère de Robert Escaudain, domicilié à la même adresse, a sur-le-champ alerté les autorités. Le légiste a conclu à une embolie foudroyante. S'il existe une vie après la vie, souhaitons à M. Robert Escaudain de retrouver sa belle Florentine dans un décor à sa mesure. »

6

Vendredi 4 novembre

— Un cadeau, m'sieu, vous pigez ? Un cadeau de Noël avant Noël ! Alors, profitez ! Votre petite amie ou votre épouse l'a guigné à la devanture des Galeries Farfouillette sans pouvoir se l'offrir !

Juché sur une caisse, un camelot haut comme trois pommes agitait un châle blanc en crêpe de Chine, tel un soldat sollicitant sa reddition. Des monceaux de tapis déroulés sur le pavé, des draperies multicolores crachées vers les trottoirs par les boutiques gavées de dentelles et de rubans métamorphosaient la rue Pierre-Picard en bazar oriental.

— Ici on lutte contre la vie chère ! Du velours ou du satin à ce tarif-là, c'est un sacrifice, zézayait une vieille édentée qui malaxait un lot de coupons aussi énergiquement qu'elle eût baratté de la crème.

— Halte-là ! De la toile de Jouy authentique, mon prince ! hurla-t-elle au moment où Jeremy la dépassait.

Les oreilles agressées, il fit un saut de carpe et percuta une pyramide de culottes à jarretières et de corsets. Confus, il aida la vendeuse frisottée à les empiler de nouveau. Sa maladresse déchaîna les quolibets de ménagères armées de cabas.

— Visez-moi ce loustic, probable qu'il dirige un harem, faut le gratifier d'un prix de grosses !

— Méfie-toi, gamine, il est ficelle, il va te piquer une ou deux ceintures de hanches au passage !

Se soustraire à cette meute de houris, atteindre la grève d'un territoire pacifié.

— Vous êtes touriste ou explorateur ? lui demanda un joueur de mandoline filiforme qui grattait *Ma Tonkiki, ma Tonkiki, ma Tonkinoise.*

— Je cherche Jules Dunières, sa concierge m'a raconté…

L'homme interrompit sa romance incertaine et tira quelques bouffées de cigarette.

— Oui, oui, Jules, le beau-frère de ce regretté Robert. Vous voyez la tache verte, entre le déballage de peaux de lapin et le bonimenteur qui brade ses bas de soie artificielle ? Ben c'est là.

Le joueur de mandoline courba le front d'un air implorant.

— Une petite pièce, siouplaît.

Dix centimes rebondirent à ses pieds, au fond d'une boîte vide de Lithinés du Dr Gustin.

Jules Dunières vendait des faux cols souples ou empesés, des manchettes et des fixe-chaussettes. Rangés selon les modèles, les tailles, les nuances, blancs, ivoire, coquille d'œuf, ils s'exposaient dans leurs emboîtages alignés sur les étagères d'une échoppe. Le propriétaire, un homme courtaud coiffé d'un béret basque d'où pointaient des sourcils broussailleux, le menton en galoche, véritable rocher de Gibraltar, gesticulait autour des chalands. Jeremy se tint à l'écart jusqu'à ce qu'un tête-à-tête soit possible.

— Monsieur Dunières ?

— Quelle forme ? Quelle taille ? Pressez-vous, je ferme, beugla l'intéressé.

— C'est à propos de votre beau-frère.

— Robert ? Infortuné Robert ! C'était un bon vivant, il avait un de ces coups de fourchette ! Hélas, tout le monde mange, sauf les morts ! Je suis sous le choc, monsieur. C'est la gamine de la concierge qui a découvert son corps, c'est sa mère qui a prévenu les flics et c'est moi qui ai écopé d'un interrogatoire en règle ! Vous parlez d'une misère ! Où est l'équité en ce bas monde ?

Tout en se répandant en imprécations, Jules Dunières remettait son étalage en ordre, mouillait la pointe de son crayon et recopiait méticuleusement le montant de ses ventes.

— Ah ! Je le maudis, votre confrère du *Figaro* ! Il m'a tenu le crachoir, il a fouiné partout mais il n'a pas publié une seule photo de moi. Vous trimez pour qui, vous ?

— Je suis pianiste itinérant, les bals, les troquets…

Jules Dunières parut désappointé.

— Splendide. Qu'est-ce qui vous amène ?

— Une carte postale.

Jules Dunières repoussa son béret et caressa un crâne chevelu troué d'une tonsure. Il jaugea longuement Jeremy d'un œil inquisiteur avant d'ôter le bec-de-cane.

— Vous êtes collectionneur ?

— Oui, agréa Jeremy. Robert et moi, on s'échangeait des doubles. Justement, j'en possède un de Simonetta.

Jules Dunières plissa le front.

— Ah oui, j'ai lu dans *Le Figaro* qu'on avait retrouvé son portrait sur les genoux de ce pauvre Robert. Cette carte de Simonetta est la dernière qu'il m'ait extorquée. Donc, vous travaillez dans le spectacle. Robert aussi travaillait dans le spectacle, mais pas dans la même branche, lui c'était plutôt le genre beaux-arts, les petites femmes, les plumes, les paillettes, si vous voyez ce que je veux dire. Il concevait des décors. Remarquez, à *La Tour de Babel* il pouvait donner libre cours à sa frénésie d'ambiances exotiques, vu la distribution : antipodistes roumains, jongleurs chinois, chanteurs espagnols, illusionnistes hongrois, une salade russe ou une macédoine, au choix. Babel, quoi ! C'est rue Bergère, vous situez ?

Jeremy acquiesça sans conviction. Une vague réminiscence rôdait à la surface de ses pensées. Les mots de Jules Dunières se répercutaient en écho : Babel… Babel. Il distingua une sorte de phare en spirale qui grimpait à l'assaut du ciel… et il se souvint ! « Il avait rendez-vous de bonne heure avec le directeur de *La Tour de Babel*… » Qui avait prononcé cette phrase ?

— Vous m'écoutez ? s'enquit Jules Dunières avec une note d'impatience.

— Oui, oui, *La Tour de Babel*…

Gagner du temps. Inventer n'importe quel mensonge, se garder de susciter la méfiance de ce marchand de faux cols.

Jeremy s'efforça d'adopter une attitude nonchalante et s'entendit répondre :

— C'est à *La Tour de Babel* que Robert et moi nous nous sommes découvert un penchant commun pour les cartes postales de tableaux.

L'image apparut dans un recoin de sa tête. Jim Stapleton, accoudé au zinc du bistrot de la rue La Bruyère, lui relatant : « Je croyais Denver dehors depuis longtemps, il avait rendez-vous de bonne heure avec le directeur de *La Tour de Babel*… »

Jules Dunières l'observait sans aménité.

— Monsieur, si je vous rase, clignez trois fois des paupières.

— Excusez-moi. Mes journées sont longues, je dors peu. Si j'ai bien compris, vous êtes membre du club des collectionneurs.

— Ça se pourrait.

— Pourquoi avez-vous cru bon de préciser : « C'est la dernière qu'il m'ait extorquée » ?

— Parce que le bougre ne me demandait pas la permission. Quand ça lui plaisait, il se servait, alors j'ai préféré la lui céder, grinça-t-il, la mine féroce.

Jules Dunières s'embrouillait, il essayait de s'expliquer mais ne parvenait à mâchonner que des borborygmes. En désespoir de cause, il fit signe à Jeremy de le suivre.

Ils remontèrent le trottoir, s'arrêtèrent au pied d'un immeuble miteux et empruntèrent un corridor menant à un appartement en rez-de-chaussée.

— J'habite ici, annonça Jules Dunières. Robert et Clotilde logeaient de l'autre côté du palier. Clotilde c'était ma sœur, elle nous a quittés voilà deux ans, Robert n'a pas eu le courage de déménager. Lui et moi, on s'accordait à merveille, on mangeait souvent ensemble, c'est moi qui préparais les repas.

Il débarrassa deux chaises d'une pile de fixe-chaussettes et de bretelles.

— Asseyez-vous.

Jeremy étouffait. L'homme au béret offrait l'apparence d'un déséquilibré mental, l'atmosphère confinée de la chambre aux volets clos, les meubles Directoire sombres et massifs, l'éclairage terne dispensé par une ampoule au plafond contribuaient à accroître son malaise. Lorsque Jules Dunières ouvrit brusquement les battants d'une armoire pour en tirer trois boîtes à chaussures scellées de couvercles qu'il posa violemment sur la table, la mélodie lancinante de *L'Apprenti sorcier* s'immisça sournoisement dans sa tête.

— Voilà ma passion, aboya Dunières. Je récolte les personnages peints par des artistes, célèbres ou non. Si j'étais riche, j'acquerrais les œuvres originales. Si je l'étais moins, je me satisferais de copies. Mais, étant donné mes maigres ressources, je me contente de cartes postales, la plupart en noir et blanc, quelques-unes colorisées. Abstenez-vous de fredonner, ça m'égratigne les nerfs !

Il souleva les couvercles, caressa son trésor.

— Dans une boîte, je remise les hommes. Dans la deuxième, les femmes. Je m'amuse à les marier.

— Que contient la troisième boîte ?

— Les enfants nés de ces unions aléatoires que je provoque par tirage au sort, si vous voyez ce que je veux dire.

Éberlué, Jeremy contracta sa gorge assaillie d'une forte envie de pouffer.

— Vous pigez ? glapit Jules Dunières. C'est un jeu très simple et sans cesse renouvelé. Démonstration.

Il s'inclina vers la première boîte.

— Je prends une carte. Le *Portrait de Susanna Fourment*, par Peter Paul Rubens. Je l'apparie à…

Il fouilla dans la boîte suivante.

— … *L'Homme au gant*, du Titien. Et je pioche leur rejeton dans la dernière boîte. Il s'agit de… *L'Infante Marguerite-Thérèse d'Autriche*, de Diego Vélasquez. Voilà, j'ai engendré une lignée, et je me suis créé une de mes innombrables parentèles. Vous tentez votre chance ?

Jeremy choisit trois cartes postales. Il eut bientôt devant lui l'autoportrait d'Élisabeth Louise Vigée Le Brun, un de ceux de Rembrandt, et le *Portrait de petite fille, tenant des cerises*, de John Russell.

— Les trios peuvent devenir quatuors ou tribus, énonça Jules Dunières, le béret de travers. Il y a les grands-parents, les oncles, les tantes, les cousins, les cousines. Je pourrais postuler pour le prix Cognacq-Jay, vingt-cinq mille balles, c'est une somme ! Ça vous fait rire ? Mais je ne m'ennuie jamais, moi, monsieur, je m'occupe. Ça me console de l'absence de Robert, on l'enterre lundi auprès de ma sœur, dans le caveau de famille. Ça m'arrange, c'est mon jour de fermeture. Oh, j'avais prévu son départ, il s'empiffrait, il buvait sec. L'état de ses artères était tellement déplorable que le médecin lui avait prédit des embêtements, si vous voyez ce que je veux dire. Qui êtes-vous, en fin de compte ? Pourquoi je vous débite ça ?

Tapis sous les buissons des sourcils frémissants, ses yeux s'étrécirent.

— À cause de la carte postale de Piero di Cosimo.

— Jamais entendu parler de ce Pierrot.

Déconcerté, Jeremy subodora une manœuvre.

— Vous avez déclaré que votre beau-frère vous avait extorqué une reproduction de Simonetta Vespucci.

— Nom d'un chacal pouilleux ! Faut-il vous le chanter sur l'air du *Trouvère* ? Oui, Robert m'a tellement tanné que j'ai fini par la lui donner, sa Simonetta convoitée.

Jules Dunières attrapa les boîtes de cartes postales et les rangea rageusement dans l'armoire.

— Vous commencez à m'échauffer ! Vous vous imposez à moi, vous posez des tas de questions ! Comment avez-vous obtenu mon adresse ?

— J'ai lu l'article du *Petit Journal*.

— Vous voulez dire *Le Figaro*.

— Non, *Le Petit Journal*. Il se trouve que je possède une carte postale identique à celle posée sur les genoux de votre beau-frère défunt. On me l'a remise par erreur.

— Ça me fait une belle jambe !

— En fait, elle était destinée à un ami pianiste qui travaillait à *La Tour de Babel*. Il est mort récemment, attaque cardiaque.

Ces mots eurent sur Jules Dunières l'effet d'une piqûre de guêpe.

— Ben merde ! Quelle coïncidence ! Quelquefois, à l'heure du digestif, Robert et moi on s'amusait à inventer des familles. Un soir, dans la boîte des femmes, il a dégoté une carte postale de Botticelli et il m'a supplié de lui en faire cadeau. Il devait être salement mordu.

— Minute ! Botticelli ou Piero di Cosimo ?

Jules Dunières contempla Jeremy avec commisération.

— Piero di Cosimo : inconnu à mon domicile. Simonetta Vespucci a inspiré des peintres, mais je ne suis pas spécialiste de la Renaissance italienne. Ce dont je suis sûr, c'est qu'elle a servi de modèle à Botticelli pour incarner l'une des trois Grâces de son *Printemps*. Montrez-moi votre carte.

Jules Dunières saisit l'enveloppe que lui tendait Jeremy et étudia longuement le portrait qu'elle abritait.

— C'est Simonetta, mais ce n'est pas le bon tableau.

— Où est la carte postale mentionnée par *Le Petit Journal* ?

— Monsieur, je ne me repais pas de ce canard à sensation, je m'intéresse aux publications sérieuses. Pauvre Robert ! Quand les types de la morgue l'ont enveloppé dans son plaid avant de l'embarquer, ces charognards de journalistes piétinaient partout et moi, j'étais dans la chambre à coucher entre les pattes des poulets qui me questionnaient sur mon emploi du temps. De toute façon, jusqu'à ce que je parcoure *Le Figaro*, j'ignorais l'existence d'une carte postale. Vous voulez m'échanger la vôtre contre une des miennes ? Je peux vous proposer *La Naissance de Vénus*, susurra-t-il d'un ton doucereux

— Non merci, j'en ai encore besoin, répondit Jeremy en récupérant son bien.

— C'est pas ordinaire, marmotta Jules Dunières. C'est qui votre ami pianiste ?

— Denver Southern.

— Robert n'a pas prononcé ce nom devant moi, je déteste le music-hall. Ces animaux savants, ces trapézistes impudiques, ces fakirs à la noix, ça me rase !

Jeremy parvint à esquisser l'ombre d'un sourire. Jules Dunières gratta son menton qui, dans la pièce mal éclairée, s'élargissait en un promontoire menaçant.

— Passez-moi donc la bouteille, là, sur le guéridon, je vous offre un godet.

— Non merci, jamais d'alcool à jeun, dit Jeremy.

— Moi, si.

Jeremy se pencha, heurta le guéridon, tenta vainement de s'emparer du litre d'apéritif. Un vase empli de roses fanées valdingua au sol, entraînant dans sa chute un cendrier. Des pétales s'essaimèrent sur une forme insolite, semblable à un tentacule spiralé, gisant au milieu d'une flaque.

— Ah, vous êtes doué ! tonna Jules Dunières.

Jeremy recula, un grognement s'échappa de ses lèvres.

— Là… Là, c'est quoi ?

— Un serpent crevé, orvet, couleuvre, peu importe ! Je l'ai estourbi avant-hier et je l'ai enfourné au fond du vase.

— Il est mort ?

— Pardi ! Je faisais mon ménage quand je l'ai vu se tortiller. Ni une ni deux, j'ai brandi le balai, crac !

— Mais pourquoi l'avoir fourré dans le vase ?

— Je désirais l'avis du pharmacien.

Jeremy s'agenouilla près de la dépouille. Impossible de déterminer si ce serpent appartenait à une espèce identique à celui du domicile de Denver, il était trop abîmé.

— Y a-t-il une cloison mitoyenne entre votre logement et celui de Robert ?

— Non. Ah, si ! Les cuisines sont contiguës. Vous n'insinuez pas…

Jeremy à ses trousses, Jules Dunières longea un couloir au bout duquel un réduit envahi de casseroles noircies et de vaisselle grasse accueillait un réchaud à gaz.

Jeremy s'accroupit et inspecta le mur décrépi séparant les deux appartements. On y distinguait une étroite fissure sous la tuyauterie de l'évier. Il se redressa lentement. Jules Dunières secoua la tête.

— Il est déraisonnable d'envisager que Robert ait été mordu par cette bestiole, le toubib a été formel : embolie foudroyante. C'est plus courant qu'on ne le suppose, assura-t-il, la mine épanouie.

— Et si c'était une vipère ?

— À Paris ? Dans le XVIIIe ? Vous rigolez ! Pourquoi pas un naja, tant que vous y êtes ! Bon, c'n'est pas tout ça, mais j'ai ma partie de belote. Vous connaissez le chemin. Hé ! Notez-moi votre adresse, au cas où…

— Vous pouvez me joindre le soir, à *La Dame Blanche*, un restaurant sur la place de la même couleur, répliqua Jeremy.

Çà et là, sur les trottoirs, traînaient des échantillons de cotonnades bigarrées, des morceaux de carton où restaient collées des virgules de valenciennes ou de chantilly. Seul le marchand de bas, les mains en cornet autour des lèvres afin d'agrafer les midinettes, liquidait ses merveilles à trois francs les deux paires. Jeremy se laissait porter par le flot des passants. À la terrasse d'un café, le joueur de mandoline leva son verre à sa santé. Place Saint-Pierre, rue de Steinkerque, la marée d'étoffes refluait vers les magasins. Les rideaux de fer se baissaient à grands fracas. La bouche du métro Anvers avalait ses fournées de voyageurs.

Mot après mot, Jeremy essayait de se souvenir des paroles exactes de Jules Dunières pour en arriver toujours au même *modus operandi* : Simonetta Vespucci… arrêt cardiaque… dépouille de serpent ! Deux fois de suite, ce n'était plus un malheureux hasard, c'était une prémédita-tion. Et si Denver Southern et Robert Escaudain avaient été assassinés ? Cette hypothèse déclencha en lui les remous de la peur.

Autour de lui, la foule pressée, indifférente, semblait victime de la danse de Saint-Guy ; un seul but à l'esprit : regagner ses pénates.

Une vitrine de bimbeloterie attira son regard. Les tours Eiffel dorées, les arcs de triomphe, les sacrés-cœurs prisonniers de boules de neige, ce délire d'objets inutiles lui parut d'une absurdité et d'une sottise insupportables. Dans un état second, il divagua dans les rues.

Une heure plus tard, il se réveilla devant la porte de *La Dame Blanche*.

7

Samedi 5 novembre

En ce début d'après-midi, le boulevard Bonne-Nouvelle était un pandémonium dont chaque son participait à une symphonie discordante. Jeremy eût aimé orchestrer ces bruits et les ordonner en une œuvre novatrice. Frénésie des moteurs, appels des vendeurs de journaux, sifflets des agents de la circulation, trompes des automobiles, claquements des sabots, course des piétons sur l'asphalte.

Assourdi, il fouillait les casiers en plein air d'une librairie d'occasion qui bradait des livres scolaires. Il les feuilleta, les reposa, choisit enfin un ouvrage de sciences naturelles destiné au cours moyen du programme 1919. Il l'ouvrit au chapitre L'ORDRE DES SERPENTS. Il examina les gravures, déchiffra les têtes de paragraphes :

La couleuvre à collier
La vipère
Le crotale ou serpent à sonnette

Il pénétra dans le magasin où le marchand tétait une pipe en lisant un magazine de jardinage, régla son achat et, son paquet sous le bras, poursuivit sa déambulation parmi les mondaines et les demoiselles de magasins à l'affût d'une toilette bon marché en devanture. Il finit par repérer son fripier sur le trottoir opposé.

Pour une somme modique, il y acquit une chemise blanche, un costume Norfolk et une paire de gants râpés.

Accoudé au zinc d'une brasserie devant un bock, il s'aperçut qu'il n'était qu'à cinq minutes du *Coq gaulois*.

Il bifurqua boulevard de Strasbourg et s'engouffra passage Brady.

Un blondinet en blouse grise, le dos tourné à la porte, raccrocha le téléphone et griffonna quelques lignes sur un cahier.

— Bonjour, Albert ! C'est ici qu'on vend tout ce qui se joue, tout ce qui se chante, tout ce qui se danse ?

— Mince ! Monsieur Nelson, c'est vous ? Ça fait un bail ! C'était bien, Londres ?

— Formidable, il a plu tout le temps. Vous avez reçu des nouveautés ?

— Américaines. Elles sont de l'année dernière mais en France c'est inédit. *Spanish Love. Nobody But You. On My Mind the Whole Night Long.* Soyez indulgent pour l'accent. C'est de votre chouchou, Gershwin. J'ai encore *Left All Alone Again Blues* et *Whose Baby Are You*, de Jerome Kern. Vous êtes preneur ?

— Et comment ! Combien ?

— Je me contenterai de sem-sem gum. Oh, je voulais vous demander, j'ai un copain en quête d'un petit jeune dégourdi pour placer le public trois soirs par semaine dans son cinéma, la salle contient cinq cents fauteuils.

— En général, le boulot d'ouvreuse est réservé aux femmes.

— Il faut également aller chercher et rapporter les copies chez le distributeur et aussi remettre les bobines sur le début après chaque projection, ça exige de l'huile de coude. C'est mal rétribué : pourboires des spectateurs et mini bonus du directeur, de la main à la main, sans fiche de paye.

— Où est située la salle ?

— Avenue de Taillebourg, métro Nation, le Stella.

— Je pense à quelqu'un, il y a urgence ?
— Il faudrait commencer la semaine prochaine.
— *La Tour de Babel*, c'est un bon music-hall ?
— Ça ne casse pas des briques, en tout cas il fait le plein. C'est populaire, on y va entre voisins pour se distraire d'une semaine de travail. Gaffe, planquez vos partitions, le singe rapplique ! murmura Albert la bouche en coin. C'est entendu, monsieur, je vous les commande, claironna-t-il à l'intention de son patron. Au revoir, monsieur, à bientôt.

Le col de sa veste relevé, les mains enfouies dans les poches, un jeune homme maigrichon remontait la rue Fontaine en direction de la rue Notre-Dame-de-Lorette. Le halo des réverbères électriques avait du mal à lutter contre le crépuscule précoce. Au loin, sur la butte, tintait la voix grave de la Savoyarde.

Une pluie fine et glacée balayait la chaussée luisante. Transi, le jeune homme rajusta un havresac sur son épaule et s'abrita sous le porche du théâtre des Deux Masques, affichant des spectacles d'épouvante et de rire.

Les coups du sort successifs déversés sur Sammy Eidelmann fortifiaient sa volonté d'enjamber les chausse-trapes du destin. À la fermeture définitive du *Mi-Ka-Do*, un modeste cabaret de Belleville où il remplissait des fonctions polyvalentes, il avait décroché un emploi de livreur au Printemps. Quoi de plus palpitant, à quinze ans, que de chevaucher un triporteur à travers les rues de la capitale ? Courbé sur le guidon, il s'était pris pour un écumeur des prairies jusqu'à ce fatal 28 septembre au cours duquel les nouveaux magasins du boulevard Haussmann avaient été la proie d'un incendie. Privé de sa monture engloutie sous les décombres, il s'était vu relégué au poste subalterne d'emballeur stagiaire et avait claqué la porte pour devenir le commis d'un marchand de meubles acariâtre, rue Saint-Antoine, à deux pas de la cambuse de son frère Jacob et de *Lila, Farces et Attrapes*, magasin-domicile des Lavergne et de leurs diablesses de jumelles Chloé et Zoé, bientôt douze printemps.

Il observa la façade du numéro 60, rue Notre-Dame-de-Lorette.

— Mazette, je suis en terrain fortuné, c'est de la belle ouvrage, il n'est pas logé à l'enseigne des haricots, m'sieu Nelson !

Assis devant une table de cuisine reconvertie en bureau, Jeremy tentait de composer, mais il était distrait. Des partitions, des boulettes de papiers froissés, un carnet, un livre ouvert, un sandwich à peine entamé cernaient la feuille couverte de portées dont seules les deux premières étaient noircies de notes.

On frappa, il alla ouvrir à contrecœur et l'aspect de Sammy, essoufflé, les cheveux aplatis par la pluie lui arracha un sourire.

— Ça manque d'ascenseur, chez vous, m'sieu Nelson. Je peux entrer ? Mince, c'est un palace !

Il repéra le poêle Godin.

— Avec chauffage central !

Il tendit les paumes au-dessus de l'haleine tiède en admirant le décor. Une tenture murale à fleurs bleues et tiges vertes tapissait les murs de la pièce où l'absence de meubles, hormis la table, deux chaises, une commode et un lit étroit, soulignait l'impression d'espace. Une fenêtre drapée de cretonne renforçait l'intimité des lieux.

Sammy écarta un rideau et découvrit un minuscule cabinet de toilette comportant un évier doté de l'eau courante.

— Le luxe ! s'écria-t-il avec un sifflement.

— Mais les W-C sont sur le palier. C'est une visite de politesse ou tu as un service à m'extorquer ?

— J'ai eu des mots avec mon patron, il me tannait, du coup je n'ai plus de piaule, il me logeait dans une soupente, je pelais de froid. J'ai tout plaqué.

— Et ton frère ?

— Jacob, il a le béguin, ce qui l'intéresse c'est que je bosse, alors… Et puis ce n'est pas maintenant que je vais retourner crécher chez lui, je suis indépendant depuis deux ans, j'ai ma fierté, tout de même !

— Qu'est-ce que tu comptes faire ?

— J'ai pensé à vous, m'sieu Nelson, vous êtes mon seul ami. Vous et moi, on partage plein de souvenirs de l'époque du *Mi-Ka-Do*. Si vous pouviez m'héberger une nuit ou deux, le temps que je me déniche un autre boulot et que j'invente une histoire pour amadouer mon frère. S'il vous plaît, acceptez. Je serai plus silencieux qu'une souris, j'ai de quoi lire.

Jeremy fit mine de peser le pour et le contre, puis poussa un long soupir.

— D'accord, à condition que ça ne dure pas et que tu sois discret à cause de la propriétaire toujours à l'affût. Déballe tes affaires. Le lit est étroit mais on se serrera.

Sammy posa son havresac et en sortit du linge rapiécé, une pile d'illustrés : *L'Épatant*, *Cri-Cri*, des revues de cinéma et trois bananes un peu trop mûres. Il avisa un livre de sciences naturelles ouvert sur une planche en couleurs représentant des serpents. Il se pencha pour la voir de près.

— Vous entreprenez des études de zoologie ?

— Je recherche les noms et les caractéristiques des serpents venimeux que l'on trouve en France, répondit Jeremy.

Sammy s'exclama :

— C'est pour un concours ? Je peux vous prêter la main, les concours c'est mon rayon.

Jeremy réagit au quart de tour.

— C'est une énigme formulée par un des clients du restaurant où je travaille. Un crime en chambre close, si tu préfères.

— Il y a quelque chose à gagner ?

— La satisfaction de résoudre un mystère. Écoute : un type a brutalement passé l'arme à gauche, crise cardiaque, chez lui on a trouvé un serpent mort.

— Il était comment ce serpent ? Petit ? Gros ? Noir ? Vert ? Rouge ? Sa tête était triangulaire ou ovale ?

— Plate, dit Jeremy.

— Parce que les vipères ont la tête triangulaire et elles sont venimeuses, tandis que les couleuvres sont inoffensives. Et puis les pupilles des couleuvres sont rondes, c'est écrit dans votre bouquin. Avait-il des lunettes ?

— Qui ?

— Le serpent, pardi ! Je pense au cobra, c'est dangereux un cobra, c'est du genre naja, et puis ça porte des lunettes sur le plastron, d'ailleurs on les appelle serpents à lunettes. Je le sais, j'ai lu dans *Cri-Cri*, une aventure passionnante qui se déroule aux Indes avec un charmeur de serpents et…

— Nous ne sommes pas aux Indes, nous sommes à Paris !

— Il mesurait combien ce serpent ?

— La taille de mon bras.

— Donc, c'est une vipère, seulement une vipère en vadrouille, à Paris, c'est plutôt exceptionnel. Il n'y aurait pas une animalerie ou un terrarium dans les parages de chez votre type cardiaque ?

— Je ne crois pas.

— Bon, alors, un de ses voisins pratique l'élevage en chambre.

— Rue Mouffetard, ça m'étonnerait.

— C'est possible, vous savez. La vipère se sera carapatée par l'égout ou les vécés. Remarquez, votre type il n'a pas forcément été piqué, il avait peut-être la phobie des reptiles, et s'il était cardiaque la seule vue de l'un d'eux a suffi pour être à l'origine d'une crise.

— Je n'avais pas envisagé cela sous cet angle.

Sammy se concentra.

— C'est peut-être quelqu'un qui a voulu lui faire une blague ou lui donner une leçon. Votre mort, il était loin du serpent ?

— Il était couché dans ses draps, il semblait dormir paisiblement.

— Ça ne colle pas. La peur déclenche des réactions d'affolement, on fait des gestes incohérents qui activent la montée du venin vers le cœur. Votre type aurait dû se retrouver affalé au sol ou plié en deux, tout tordu dans un coin de sa chambre… À moins qu'on ne l'ait transporté dans son pageot après sa mort et gentiment bordé.

Sammy prit une mine de conspirateur.

— Et si on avait voulu le supprimer, comme dans ce film d'avant-guerre que j'ai vu l'année dernière, *Juve contre Fantômas* ? Mais là le serpent était nettement plus gros que celui de votre description, un boa constrictor de six mètres de long. Ces bestioles, ça vous broie en deux coups de cuiller à pot ! Non, on élimine le boa.

— Tué par un serpent ? Pendant son sommeil ? C'est incertain, mais cela offre un avantage.

— Du fait précisément que ce soit incertain, les flics pourraient conclure à un accident, approuva Sammy. En tout cas, moi, je n'en démords pas, le cobra est une hypothèse aussi valable que la vipère, à moins que ce soit un crotale, mais ça m'étonnerait qu'un serpent à sonnette se rende en villégiature à Paris.

— Tu divagues !

— L'assassin pourrait travailler dans un cirque en tant que fakir ! Il en veut au type pour une raison quelconque, et il dépose sa bestiole chez lui. Le tour est joué.

— Ils se fréquentent ?

— Ben oui. Je vous prédis un grand succès, ce soir, m'sieu Nelson.

— Bravo, Sammy, tu me sauves la mise.

— À votre service. En attendant il faut que je me dégote un gagne-pain en vitesse. Dites, m'sieu Nelson, en souvenir du *Mi-Ka-Do*, vous pourriez me trouver un engagement dans le spectacle ? N'importe quel emploi, groom, serveur, balayeur, machiniste, tout sauf un stage à la décoration. J'en ai ma claque des salles à manger-salons !

— Je vais y réfléchir.

Sammy guignait le sandwich abandonné sur la table.

— Sers-toi, je dois aller bosser. Je rentrerai tard. Calfeutre la fenêtre, sinon la propriétaire est capable de monter avec son passe pour éteindre la lumière.

— Merci, m'sieu Nelson, je me mettrais en quatre pour vous.

— Justement, pendant tes petites vacances, je voudrais que tu me déniches un journal, *Le Passe-partout*. Les kiosquiers ne connaissent pas ce titre, je sais seulement qu'il paraissait avant-guerre. Je recherche une caricaturiste qui signait Tasha Kherson et un feuilletoniste : Joseph Pignot, note ces noms. C'est dans tes cordes ? Je ne veux pas embêter Jacob.

— Mon frère ! Qu'est-ce que vous avez tous avec mon frère ? Je suis plus débrouillard que lui ! Mon frère, il en pince pour son Aglaé, ça le rend inapte. Dès demain, je pars en chasse, filez-moi un papelard et épelez.

Engoncé jusqu'au menton dans son pardessus, Jeremy longeait la rue Fontaine, obsédé par une seule idée : l'erreur de destinataire de la première carte postale l'avait mué en rouage involontaire de manigances qui le dépassaient. Le serpent s'enroulant autour du cou de Simonetta Vespucci était-il une vipère aspic ? Sa morsure causait, dans le pire des cas, un arrêt cardiaque. Elle n'attaquait toutefois que si elle se sentait en danger. C'était une vipère aspic qui avait provoqué la fin de Cléopâtre. Sammy avait-il visé dans le mille ? La présence de ces reptiles chez Denver Southern et Robert Escaudain était-elle une manœuvre pour susciter une peur mortelle ?

La soirée à *La Dame Blanche* lui parut s'étirer tel un filament de mélasse chargé de doubles croches. La serviette autour du cou, Fernand Monnery payait une tournée générale de mirabelle. Jeremy en siffla deux verres.

À son retour rue Notre-Dame-de-Lorette, il titubait légèrement, et fut surpris de constater qu'il était à peine vingt-trois heures trente.

Il peina à s'endormir. Sammy émettait de polyphoniques ronflements et raflait systématiquement l'édredon. Le cauchemar récurrent l'agressa de nouveau. Des algues collées au visage, de l'eau plein la bouche, il s'enfonçait sous la mer. Le sable de la grève, éclairé d'une lumière crue, était proche. Proche aussi, la main raidie devant lui, l'index replié en une invite comminatoire.

Les intestins endoloris par un cassoulet indigeste, il se réveilla en sursaut, enfila à tâtons son pardessus et sortit sur le palier. Le commutateur s'éteignit avant qu'il n'atteigne à mi-étage les waters à la turque. Il déverrouilla la serrure de la porte et pila net. Quelque chose lui frôlait la joue. Il étouffa un cri. Accroché à la chaîne de la chasse d'eau, un bas de soie troué ondulait mollement.

8

Lundi 7 novembre

Victime d'une crampe, Jeremy se réveilla et changea de position. Une porte claqua dans le couloir, une voix enfantine entonna :

Encore un carreau d'cassé,
V'là l'vitrier qui passe
Encore un carreau d'cassé
V'là l'vitrier passé...

La gamine des voisins partait pour l'école.

Jeremy appuya sur le commutateur à la tête de son lit. Un coup d'œil à la pendulette : huit heures. Il s'enfouit sous l'édredon. Silence, juste le sang qui cognait à ses oreilles, semi-pénombre, jour pâle à travers les fentes de volets.

Jeremy perçut un grattement à sa porte.

— Qui est-ce ? demanda-t-il.

— Mlle Becker. Vous êtes levé ? Mais peut-être n'êtes-vous pas seul ?

Jeremy se redressa, une imprécation coincée dans la gorge. Sa logeuse outrepassait les bornes.

— Non, je vais bien, martela-t-il en détachant chaque syllabe, je me suis couché tard, j'ai sommeil, je dors, c'est contraire au règlement ?

— Il est huit heures, reprit Helga Becker avant de s'éloigner.

Jeremy demeura immobile. Cet incident l'avait agacé. Il essaya de se rendormir. Impossible. Il se dit qu'il fallait qu'il ait la paix, qu'il puisse travailler en toute quiétude sans être l'objet d'une sollicitude poisseuse. Il prierait Jacob de lui prêter sa piaule les après-midi.

Le drap froissé sur son torse nu lui remémora le désagréable chatouillis du bas de soie dans les cabinets. Sammy avait-il eu raison de suggérer que le serpent tueur était un cobra ? Avait-on tenté de l'effrayer en l'abusant avec un faux naja ? « Le naja des cabichtras », songea-t-il, parvenant à sourire de sa peur en inventant un titre de film digne de ceux qu'affectionnait son ami.

Il s'extirpa du lit, grelottant, se précipita vers le poêle, ôta un rond de fonte. Il attisa les charbons parmi lesquels deux yeux rougeoyants le dévisagèrent avec malignité. Il se souvint de l'enseigne électrique vermillon *Delicatessen* clignotant au milieu d'Hester Street. Mais les premières lettres ne fonctionnaient pas, et il lisait « catessen », ce qui, en anglo-yiddish, signifiait « chatmanger ». Il effectuait un détour afin d'éviter le restaurant où l'on servait du chat casher.

Sammy avait laissé un mot en évidence sur une chaise :

Je vais démarcher pour un bouleau. À plus tard.

S'aspergeant le visage, Jeremy se promit de lui apprendre l'orthographe du mot *boulot.* Puis sa pensée se focalisa sur *La Tour de Babel*, point commun entre Denver Southern et Robert Escaudain. Y faire un saut s'avérait indispensable.

« Le chien qui cherche un os fourre son museau dans le moindre recoin. »

L'avait-on filé rue Mouffetard, rue Pierre-Picard ou repéré à *La Dame Blanche* ? C'était plus que probable.

L'assassin connaissait son adresse. Il était l'objet d'une surveillance permanente.

« Eh bien dans ce cas, à quoi bon me sentir seul ? *Come on*, invisible ennemi, on va se balader. »

Il cacha la clé sous le paillasson, certain que Sammy aurait l'idée de le soulever.

Au numéro 10 de la rue Bergère, *La Tour de Babel* avait été édifiée à la fin du XIXe siècle, époque où l'architecture métallique s'épanouissait en France. Les entrelacs de son fronton rappelaient une gare d'opérette. Au milieu des circonvolutions de fer forgé cernant les portes centrales se dressaient des piliers ornés de nymphes aux voiles transparents.

Sur des affiches bordées de carreaux multicolores s'inscrivait un programme aux lettres de feu :

PREMIÈRE PARTIE

ODILON & SES OTARIES SAVANTES

ROTULE & GLOBULE CLOWNS ÉQUILIBRISTES

MAJOR SERGENT COMIQUE TROUPIER

MATHIAS & AGATHE CLÉRÉ

JONGLEURS DE HAUTE VOLTIGE

ENTRACTE

DEUXIÈME PARTIE

CLÉMENTINE NOZAY & LUDOVIC MATÉ

DANS

CASTAGNETTES EN FOLIE

POCHADE DE PÉDRO GONZALÈS

(LIBREMENT INSPIRÉ DE *FAUST* ET *CARMEN*)

VENEZ RIRE, CHANTER, DANSER AVEC

CHIQUITA, **PABLITO**

ET LA TROUPE DES **MIMI GIRLS**

Aucune file d'attente à la caisse en ce début d'après-midi. Retenu par un ruban adhésif, un feuillet se détachait sur la vitre :

De retour dans cinq minutes.

Jeremy perçut un son plaintif et régulier qui lui évoqua les couinements éraillés du Poméranie de Mlle Becker. Qu'il fût d'origine animale ou mécanique, il s'amplifiait. Un employé, assis dans un fauteuil d'infirme, jaillit d'un accès latéral. Les pieds calés sur un reposoir en bois, il actionnait des deux mains son véhicule à l'aide de manivelles.

— Excusez-moi, c'est l'heure creuse.

Le fauteuil roulant rejoignit Jeremy.

— Quelle représentation ? Combien de personnes ? Si cela vous intéresse, il y a un plan de salle, nous sommes complets demain, ensuite il y a des strapontins au premier balcon, précisa-t-il.

— Je ne suis pas ici pour acheter des tickets. Je me nomme Jeremy Nelson, moi aussi j'appartiens à la famille du spectacle.

— Félicien Mézel. Enchanté.

— Je cherche Denver Southern, dit Jeremy en prenant un air dégagé, je suis un collègue pianiste.

L'employé releva le menton, observant sans ciller Jeremy de ses yeux clairs. La quarantaine, cheveux blonds grisonnants, figure glabre allongée gravée d'un réseau de ridules dessinant des signes géométriques.

— Ce nom ne me dit rien. La plupart du temps je séjourne dans mon bureau, je m'occupe de la gestion de l'accueil clients, je suis responsable de caisse.

— Vous auriez pu le voir passer.

— Comment est-il ?

— Un grand type mulâtre, avec l'accent américain. Il est pianiste, comme moi.

Félicien Mézel secoua la tête.

— C'est un hall de gare, ici, les artistes saisonniers, ça va, ça vient, on se salue, ça s'arrête là, moi je suis vissé sur ma caisse à roulettes. Nous avons un pianiste attitré, il est petit, il a l'accent du Midi, il s'appelle Palermo, parfois il se fait remplacer.

Jeremy marchait sur des œufs. Pour sympathique que fût Félicien Mézel, il était préférable de biaiser. Il feignit de se désoler :

— C'est embêtant, Denver a quitté son domicile. Il devait me parrainer à la Société des auteurs et compositeurs. J'ai écumé tous les bistrots qu'il fréquentait, personne ne l'a revu depuis la semaine dernière.

— Je regrette, je ne peux pas vous renseigner.

Le visage de Jeremy s'illumina, il claqua des doigts.

— Robert ! Robert Escaudain, le décorateur ! s'écria-t-il. Denver était un de ses copains. C'est Denver qui m'a montré l'entrefilet du journal.

Mézel lui jeta un regard surpris.

— Quel entrefilet ?

— Ben l'annonce de la mort d'Escaudain. Il est décédé. Vous n'êtes pas au courant ?

Avec un air de commisération, Félicien Mézel gonfla les joues puis émit un léger sifflement.

— Bien sûr que si. Le personnel au complet va lui rendre un ultime hommage aujourd'hui, en fin d'après-midi. C'est une perte pour le music-hall.

— Il faut avouer que cet article était vraiment étrange, dit Jeremy, rien que l'intitulé : *Une mort Renaissance*, cela avait un côté primesautier. Moi, Escaudain, je ne le connaissais pas, mais Denver l'appréciait. Ils avaient l'habitude de bambocher ensemble.

— Pourquoi primesautier ?

— Escaudain a expiré en contemplant la reproduction d'un tableau italien de la Renaissance, une jeune femme aux seins nus, parée d'un curieux collier.

Félicien Mézel s'absorba un moment dans un carnet à souches.

— Il n'y a rien d'étrange, rétorqua-t-il, Escaudain était féru de peinture. Il est mort comme il a vécu, en épicurien. Il honorait la sensualité. Tout ce qui portait jupon l'affriolait. Il semble que son épouse n'ait guère comblé ses appétits, il enchaînait les aventures, il était insatiable et ça ne le rendait pas heureux.

D'un mouvement du menton, Félicien Mézel désigna ses jambes.

— Une personne dans ma situation encourage les confidences, dit-il d'une voix monocorde. Du temps où j'étais ingambe, les gens m'intimidaient, et c'est à peine s'ils me remarquaient. Puis il y a eu la guerre, le Chemin des Dames. J'ai été blessé à la colonne vertébrale, j'ai perdu l'usage de mes membres inférieurs. Travailler ici m'a ouvert aux autres. J'ai constaté que bien qu'ils soient valides, ils souffrent autant que moi, sinon davantage. Je les écoute, je les plains, je leur dispense des conseils. Je l'estimais, Robert, un extraverti, le cœur sur la main, en quête du toujours mieux, toujours plus, un professionnel hors pair qui ne déléguait jamais.

— Il a été remplacé ?

— M. Harry Pilcer, un ami du directeur, lui a indiqué un suppléant au pied levé. Heureusement, Robert a laissé bon nombre de projets utilisables pour monter la nouvelle revue de printemps. La distribution est quasiment bouclée, M. Lemerle teste encore quelques postulants lundi prochain de cinq à huit heures du soir, si vous voulez le rencontrer…

— Qui est M. Lemerle ?

Félicien Mézel haussa les sourcils, étonné que ce nom ne provoquât aucun écho chez son interlocuteur.

— Renaud Lemerle. Le directeur de *La Tour de Babel*, voyons !

— Vous jouez en matinée ?

— En soirée seulement.

— Dommage, je suis pris. J'aurais aimé assister au spectacle.

— Laissez-moi votre adresse.

— Je vais probablement loger chez un ami. Je repasserai.

De futurs spectateurs venaient d'apparaître. Félicien Mézel fit pivoter son fauteuil roulant de manière à occuper le guichet.

— Excusez-moi, le devoir me réclame, dit-il, penché vers son registre.

D'un doigt à son chapeau, Jeremy prit congé.

Jeremy descendit la rue Bergère et embouqua la rue du Faubourg-Montmartre en direction de la rue Notre-Dame-de-Lorette.

Il était tellement tourneboulé qu'il finissait par prendre pour argent comptant les mensonges débités au caissier de *La Tour de Babel* afin de lui soutirer des informations. La récolte était maigre et les hypothèses se télescopaient sous son crâne.

L'inconnu qui avait mandaté le petit rouquin au *Chapelier Fou* afin qu'il délivre la carte postale de Simonetta Vespucci à Denver s'était-il aperçu que son abruti de messager s'était trompé de destinataire ?

Qui avait suspendu le bas de soie dans les W-C de la rue Notre-Dame-de-Lorette ? Stapleton ? Cet écrivaillon m'as-tu-vu était-il assez astucieux pour manigancer une telle mise en scène ?

« Oui, mais le bas a pu être placé là par le détaillant de faux cols, Jules Dunières, un évadé de Charenton, celui-là ! En ce cas, je suis en mauvaise posture. »

Il observa la farandole des sorties de bureaux. De jeunes ronds-de-cuir, au chapeau bien d'aplomb, envahissaient les brasseries. Des dactylos pimpantes, bras dessus bras dessous, attirées par les falbalas des magasins, les gratifiaient de moues aguicheuses. Des employés proches de la retraite, respirant la fatigue et l'ennui, se traînaient vers les bouches du métro. Des chômeurs repliés sur eux-mêmes, évitant de s'entre-regarder, poursuivaient leur marche inlassable le long des trottoirs.

Jeremy scrutait les visages, s'efforçant de déceler celui d'un éventuel pisteur. Une affiche bariolée piqua sa curiosité :

Le Perchoir
Tous les soirs à 21 h
BO-KO-MO-FO-LI
Musique de Zim
Avec Paul Ville. Missia. Géo Lastry.
Arletty. Grilys. Goffart.

Il fut frappé par l'intitulé de cette revue. Cela lui évoquait son engagement au *Mi-Ka-Do*, rue du Jourdain, au printemps dernier. Il frissonna au souvenir du complot mortel auquel il avait échappé de justesse. Il se sentait seul, découragé. Il pensa à Camille dont il n'avait pas de nouvelles depuis plus d'une semaine. Reviendrait-elle vraiment ? Y avait-il un avenir pour leur couple ? Maintenant que ses talents de concertiste étaient applaudis dans les capitales européennes, n'était-il pas illusoire de rêver qu'elle partage l'existence d'un minable pianiste de bar ? Il n'était qu'un pauvre sentimental charmé par des chimères. Quand il serrait dans ses bras Marie Coudray, la dame vestiaire du *Mi-Ka-Do*, il avait connu l'aboutissement du désir. Il se maudit d'avoir lâché la proie pour l'ombre.

Il avait l'impression d'errer dans une ville dotée de milliers d'yeux. Victime d'un vertige, il s'appuya quelques minutes au dossier d'un banc. Le sol se raffermit, et il s'éloigna d'un pas ragaillardi.

— Quelle cuite il tient, celui-là ! grommela un balayeur qui lui-même aurait volontiers avalé un bock.

En cette fin de journée maussade, la rue Notre-Dame-de-Lorette emprisonnait les rares passants de ses parois abruptes.

Jeremy toqua chez sa logeuse.

Helga Becker, harnachée d'une cape moufline, coiffée d'un abat-jour, l'invita à entrer.

— Monsieur Nelson, essuyez vos pieds. J'ai tenté de vous monter le journal ce matin, mais vous vous prélassiez au lit.

Jeremy se figea au seuil du salon. Les couleurs claquantes de multiples affiches publicitaires submergeaient les murs : les trois chauves des Billards Brunswick narguaient les trois peintres Ripolin, la femme en jaune de la Saxoléine éclairait les évolutions de la Loïe Fuller talonnée par l'ondine impudique des Cycles Gladiator, la petite fille du Chocolat Menier couvrait une palissade de graffitis et, tandis qu'un héroïque poilu incitait à souscrire au deuxième emprunt de la Défense nationale, le gangster du film *Les Mystères de New York* braquait un colt sur ses victimes. Il y en avait tant et tant qu'il fallait un sacré sens de l'équilibre pour contrer le vertige. Au milieu de ce décor urbain, les meubles se faisaient anonymes, seul le poêle à charbon émaillé rose bonbon s'en tirait tout à son honneur.

Helga Becker eut un geste large.

— Et ce n'est qu'une partie de ma collection. Si vous êtes sage, je vous dévoilerai l'affiche du Moulin-Rouge. Lautrec me l'a dédicacée en 1894, aujourd'hui elle vaut une…

— Mademoiselle Becker, je tiens à vous avertir, je ne vais guère être chez moi les jours qui viennent, déballa-t-il tout à trac.

— Vous quittez votre travail ? Moi qui avais l'intention d'aller dîner un soir à *La Dame Blanche* pour vous écouter !

— Je… Non, non, je continue…

Zut, inventer une fable.

— J'ai trouvé un job pour arrondir mes fins de mois. Un club de jazz à l'autre bout de Paris. Un remplacement. Un ami va…

— Un ami ?… Oh, je vois, jeta-t-elle d'un ton pincé… Je veux dire…

Elle hésita, effleurée d'un doute rapide, et reprit avec un sourire :

— Mais c'est splendide si vous conservez votre travail à *La Dame Blanche*, je pourrai vous y surprendre ! Tu entends, Georges Richard ? Figurez-vous que j'adore la musique, monsieur Nelson. Avant la guerre, je pratiquais le piano tous les jours. Avez-vous étudié *Le Gai Laboureur* ?

— Oui, à neuf ans, ça paraît simple, mais c'est difficile à interpréter, répondit-il poliment. Vous possédez un piano ? enchaîna-t-il, subitement intéressé.

— Depuis la guerre il est fermé à clé en signe de deuil.

Il revint à la charge.

— Un piano droit ou un piano à queue ?

— Un « crapaud » Gaveau. Ah, Schumann, Schumann ! Et Clementi ? Je jouais admirablement sa *Sonatine en C majeur.*

— Euh, oui, cette pièce nécessite un excellent doigté, approuva-t-il en se jurant d'user de toute sa diplomatie pour lui arracher l'autorisation d'utiliser l'instrument.

Ils en étaient aux formules de politesse quand il se décida.

— Mademoiselle Becker, avant d'entamer mes déplacements, je tiens à vous signaler que la chaîne des W-C est cassée, on l'a prolongée avec un bas de soie troué.

Les yeux de Mlle Becker s'étrécirent, elle poussa un soupir, comme déçue par l'acharnement de ses semblables à lui compliquer la vie.

— Je sais. Les locataires sont des vandales, c'est fou ce que me coûtent ces dégradations ! s'exclama-t-elle avec une mimique d'impatience. Les mécontents n'ont qu'à mettre la main au portefeuille ! Je ne m'en prends pas à vous, monsieur Nelson, vous êtes un gentleman.

« Je sombre dans l'obsession, pensa Jeremy. Qu'est-ce que cette pipelette aurait à voir avec ce qui me préoccupe ? N'empêche, elle est toujours sur mon dos ! »

Son regard croisa celui de Georges Richard. Aplati sur les cousins d'un lit de repos, le Poméranie semblait lire en lui. « Je suis bien d'accord avec toi, disaient ses yeux larmoyants, moi aussi je suis sous le joug, et ça fait des années que ça dure ! Méfie-toi, mon grand, il y a peut-être quelqu'un de plus dangereux qu'elle qui t'a dans le collimateur. »

— Combien de jours ?

— Pardon ?

— Combien de jours vos pérégrinations ? insista Helga Becker.

— Trois, quatre semaines.

— Ah, je suis triste et j'ai peur. Le monde est frappé de folie ! L'Allemagne subit un déficit sans précédent, cent dix milliards de marks ! Cet abominable Landru s'est attaqué à de malheureuses veuves et a brûlé leurs cadavres dans le but de les dépouiller, imaginez l'exemple désastreux qu'il va fournir à la jeunesse ! Le beurre est à quinze francs le kilo. Le chômage monte en Angleterre. Des bonbons empoisonnés ont été livrés à une dame de Périgueux. Des révoltes secoucnt l'Inde, en Italie les fascistes recrutent à tour de bras, et en Russie, le typhus, le choléra, la famine déciment les pauvres gens. À qui se fier ? Et c'est le moment que vous choisissez ? Ingratitude de la jeunesse !

— Mais, mademoiselle Becker…

— Allez, allez, abandonnez la misérable vieille femme que je suis. Donnez-moi le nom de votre club de jazz.

« Le Despote », lui suggéra Georges Richard en langage télépathique.

— L'adresse, lui intima-t-elle d'un ton sans réplique.
— Mon ami va m'y conduire, je vous préviendrai.
Elle arbora une expression éplorée. Jeremy débarrassa un fauteuil des guêtres et d'un châle de soie lamée qui l'encombraient puis la força à s'asseoir.
— Je ne renonce pas au bail. Tenez, je vous ai même apporté l'argent du prochain terme.
— Admettez que vous êtes pincé d'une de ces émancipées aux jupes et aux cheveux aussi courts que les idées !
Agenouillé en une posture grotesque de troubadour préraphaélite, Jeremy s'ingéniait à paraître innocent.
— Gaspiller mon temps en niaiseries, jamais ! Seule compte la musique ! *The music !*
— Comment me sentir en sécurité quand les inspecteurs de police eux-mêmes volent à l'étalage ? On en a interpellé un dans un bazar de la rive droite !
— Personne n'oserait s'en prendre à vous, surtout pas les inspecteurs de police ! Et puis vous n'êtes pas seule, ici c'est l'affluence du rez-de-chaussée au cinquième.
— Je tiens à spécifier qu'il ne me reste que trois appartements et cinq chambres de bonnes, un immeuble entier pesait trop lourd sur ma fragile ossature. Quant aux locataires, parlons-en ! Ça leur fait mal de payer leur loyer à une étrangère, qui plus est d'origine allemande, comme s'ils avaient opté pour une nationalité précise avant de venir au monde ! Est-ce ma faute si je ne suis arrivée en France qu'à l'âge de trois ans ! Et par-dessus le marché je me suis fichu un tour de reins en réparant ma chaîne de vélo.
— Mademoiselle Becker, j'ai juste le temps de me changer.
— Esquivez-vous, esquivez-vous ! Ah j'oubliais !
Elle lui remit une enveloppe.
— La concierge me l'a déposée, c'était glissé sous sa porte. Je suppose que *M. le pianiste*, c'est vous ?

— À moins d'avoir un jumeau, marmotta-t-il en ignorant la mine caustique d'Helga Becker.

Elle lui fourra un quotidien dans la main.

— Vous pouvez le garder, je l'ai lu, vous allumerez le poêle avec.

Il enfourna *Le Petit Journal* sous sa veste et escalada les étages. Au deuxième palier, il s'arrêta pour savoir ce que contenait l'enveloppe et fut brusquement plongé dans le noir.

— Saleté de minuterie !

Il tâtonna vers le commutateur, mais la lumière revint avant qu'il ait le temps de l'atteindre. Il entendit un bruit de pas derrière lui, étouffé, prudent. Il s'immobilisa. Le bruit s'interrompit, légèrement en retard. En évitant de faire craquer les marches, il les gravit deux par deux vers le palier supérieur. Les pas reprirent leur ascension.

Jeremy redoubla l'allure.

La minuterie expira de nouveau. Le martèlement des pas cessa.

Jeremy perçut un frottement. Une odeur de tabac se dilua dans l'air, puis les pas décrurent.

« Au diable cette toquée de logeuse ! Elle me soûle avec sa prévenance ! »

Soudain, une réflexion lui traversa l'esprit : Mlle Becker fumait-elle ou non ?

Lorsqu'il ouvrit sa porte, Sammy, le nez plongé dans un illustré, était attablé devant un cornet de saucisses-frites, le poêle ronflait.

— Bonsoir, m'sieu Nelson. Quelqu'un est passé, je n'ai pas moufté.

— Il y a longtemps ?

— Plus ou moins une heure. Je lisais au lit, on a frappé. Je me suis levé et j'ai écouté. Des pas s'éloignaient. J'ai entrebâillé la porte. Il n'y avait personne. Vous avez une nouvelle copine ?

— Comment es-tu arrivé à la conclusion que c'était une femme ? demanda Jeremy d'une voix oppressée.

— Je me fie à mon pif, je vous connais, allez. C'est embêtant ? J'ai suivi vos directives à la lettre, à cause de la propriétaire.

— Tu as eu raison.

— M'sieu Nelson, vous avez une sale tête.

— Ce boulot à *La Dame Blanche* me démoralise, j'ai l'impression d'être ligoté à mon tabouret.

— M'sieu Nelson, vous me faites de la peine, vous vous résignez trop vite. Y en a qui résistent, faut pas déprimer.

— J'envie ton optimisme.

— J'ai déjà commencé mes recherches de votre *Passe-partout*, mâchonna Sammy, la bouche pleine.

— Bravo, grommela Jeremy.

Ce canard, mentionné par Victor Legris et Helga Becker au sujet de Tasha et de Joseph Pignot, le troisième larron de la librairie Elzévir, lui était sorti de la tête.

— Ah ! Ben c'est agréable ! s'exclama Sammy. Je cavale depuis ce matin et c'est ainsi que vous me remerciez !

— Merci.

— Gardez-le, votre merci ! M'en fiche, votre proposition d'enquête, c'était juste un prétexte pour m'occuper, hein ! Vous aviez peur que je m'ennuie ?

— Non, c'est sérieux, répliqua Jeremy en mettant de l'ordre dans ses partitions éparpillées çà et là sur la table.

Il se baissa, ramassa un petit carton bleu, le considéra longuement et fixa Sammy, l'œil en monocle.

— Qu'est-ce que c'est ?

— Rendez-moi ce truc.

— Tu es allé au cinéma cet après-midi ? Qu'est-ce que tu as vu ?

Sammy prit un air désabusé.

— *El Dorado*, de Marcel L'Herbier, un talentueux metteur en scène.

— Ah, le cinéma, tu parles ! Un film de cow-boys ?

Sammy se rebiffa.

— Vous n'y comprenez rien. C'était beau, c'était triste. Ça se passe à Séville, c'est l'histoire de Sibilla, une danseuse de cabaret. J'adore Ève Francis, c'est celle qui joue Sibilla, et puis l'acteur, Jaque-Catelain, il est bien… Tenez, moi, je deviendrai une vedette de ciné, on se bagarrera pour me faire signer des contrats !

— Arrête de bâtir des châteaux en Espagne, j'ai mieux pour toi, un ami m'a…

— Oh la morale !

— Oui, bon, je te conseille de t'enquérir d'un turbin alimentaire au lieu de te goberger au Marivaux, décidément tu ne te refuses rien !

— J'étais au promenoir ! Et puis la barbe, ça vous est égal ! Vous n'êtes pas obligé de bosser comme un malade pour gagner trois ronds, vous ! Tandis que moi, je suis en esclavage.

— Tu crois que ça m'amuse de taper sur un piano dans une gargote ?

— Seulement le soir. Pendant la journée vous avez quartier libre. De toute façon, un de ces quatre, je ferai ma valise pour de bon, il y a plein de tournages en ce moment, si ça se trouve, on embauche, sinon je me rabattrai sur les théâtres.

Il regroupa rageusement ses effets et en bourra son havresac.

— Et pis pas plus tard que maintenant, je me trisse ! Léa Lavergne m'offrira le gîte, elle a du cœur, elle !

— Avant de te laisser griser par des chimères, réfléchis. Le théâtre, le cinéma, c'est aléatoire.

— Plutôt glaner des braises en enfer que de me contenter de votre train-train quotidien ! Vous, mon frère, Hector Lavergne, vous avez renoncé, vous êtes vieux !

Ce que vous avez changé, alors, depuis le *Mi-Ka-Do* ! Il ne vous aura pas fallu six mois !

Jeremy explosa :

— Ah ! Parce que monsieur est au-dessus des contingences matérielles ! Pour dîner avec le diable il faut une grande cuiller.

— Avec vous on ne peut même pas rêver ! Puisque c'est ça, adieu Berthe, le bonjour chez vous !

— Sammy !

La porte avait déjà claqué.

Jeremy se laissa glisser sur la chaise. Il décacheta l'enveloppe remise par Mlle Becker et en tira une feuille de papier sur laquelle se détachait un texte mal aligné, composé de grosses lettres découpées dans un journal :

> QUAND UN SERPENT TE VOUE DE L'AFFECTION, FAIS-EN UN COLLIER ET PORTE-LE AUTOUR DU COU.
>
> Proverbe africain

9

Mercredi 9 novembre

Jeremy dévalait les étages. Depuis l'avant-veille il ne savait plus quoi penser. Celui qui avait déposé ce proverbe africain à son intention tentait de l'effrayer, il connaissait sa profession et son adresse. À cette perspective, sa poitrine se serra, il s'appuya au mur du premier palier.

— Ça ne va pas très fort, murmura-t-il.

Au rez-de-chaussée, il posa la main sur la grosse boule de cuivre qui surmontait la rampe, habitude dérisoire pour conjurer le mauvais sort, puis il longea le corridor avec plus d'assurance et pila au seuil de la cour.

Mlle Becker pédalait en cahotant sur les pavés. Dès qu'elle l'aperçut elle freina à sa hauteur.

— Monsieur Nelson ! Je vous croyais absent depuis hier.

Il prit une inspiration profonde et la bloqua plusieurs secondes avant de souffler.

Elle lança un coup d'œil aigu au cartable coincé sous son coude.

— C'est tout ce que vous emportez ? Aucun bagage ?

Il la dévisagea avec un sourire qui cachait mal son impatience.

— Je vais, je viens, je suis paré, merci. Au fait, mademoiselle Becker, est-ce vous que j'entends marcher, le soir, derrière ma porte ?

Elle fit mine de réfléchir en hochant la tête.

— C'est possible, admit-elle. Je souffre d'insomnie et il m'arrive de monter dans la chambre contiguë à la vôtre, elle est inoccupée, j'y range mes affiches. C'est curieux que vous me parliez de ça parce que moi aussi j'ai cru discerner des bruits chez vous, en votre absence. Vous hébergez un ami ?

— Non, personne.

— N'y voyez nulle ingérence de ma part, je me posais simplement la question. J'espère ne pas vous avoir froissé et…

Coupant court aux formules de politesse dont l'abreuvait Fräulein Becker, il pressa le pas vers la rue.

Jeremy arrivait en vue du magasin *Lila*, un négoce de farces et attrapes situé au coin de la rue de Charonne et du passage Thiéré.

Sa propriétaire, Léa Lavergne, écoulait jeux de massacre, cotillons, déguisements, toupies, culbutos, ainsi que des perruques, des armes factices et des costumes à l'usage des décorateurs de spectacles.

Plutôt que de se morfondre en attendant d'hypothétiques clients, Léa Lavergne lisait accoudée au comptoir. Les romans étaient sa passion, surtout s'ils traitaient d'aventures ou d'amour. Elle avait récemment acquis chez un bouquiniste un exemplaire défraîchi de *Jane Eyre* et, dès qu'elle en avait le loisir, elle s'immergeait dans les péripéties jalonnant le destin de l'héroïne. Mr. Rochester allait-il se décider à une déclaration en bonne et due forme ? Mais. qu'adviendrait-il du couple dans ce manoir où se tapissait une folle ?

Léa résistait à l'envie de tourner les pages et de découvrir la fin du récit. Si grande était sa distraction qu'elle en oubliait Réséda, le chat de gouttière noir et blanc que les Lavergne s'étaient résignés à garder, après avoir pourvu de foyers ses compagnons, Églantine et Capucine, recueillis avant l'été. Perché sur une planche supportant divers objets, le matou se léchait le bout d'une patte et s'en nettoyait le museau. Les pétarades d'une automobile le pétrifièrent, pupilles dilatées, fourrure hérissée. Imputant ce bruit à un masque de mandarin chinois au sourire ironique, il gifla ce curieux paroissien et provoqua sa chute, qui entraîna celle d'un casque colonial et d'un jeu d'anneaux. Ces projectiles atterrirent sur un chamboulard : trois cubes de bois qui servaient de cible à une balle en étoffe. Le tout s'éparpilla au sol avec un tel fracas que Réséda détala vers la cuisine et que *Jane Eyre* exécuta un vol plané vers un assortiment de grelots pour costumes.

— Cornichon ! *Messhugene !* Voyou ! Ce greffier est une calamité ! Quel désastre…

À croupetons, Léa réparait les dégâts. Elle n'entendit pas la porte tinter et comprima son paletot à deux mains quand un homme vint à son secours.

— Monsieur Nelson, ce n'est pas votre jour ! Vous m'avez glacé les sangs ! Quel bon vent vous amène ?

Ils se relevèrent, embarrassés. Léa ressentait un faible envers ce jeune Américain mais refusait de se l'avouer, fidèle en pensée et en actes à son Hector chéri.

Jeremy considérait Léa presque comme une mère, bien qu'elle ne fût son aînée que d'une dizaine d'années.

Se reprochant d'avoir négligé les Lavergne depuis qu'il était revenu de Londres, il éprouvait d'autant plus d'embarras à les prier de le dépanner.

Jeremy fut aussitôt confondu dans l'esprit de Léa avec la silhouette floue de Mr. Rochester. Nouvelle Jane Eyre, elle allait le tirer d'un mauvais pas et devenir son ange gardien en le gavant de *gefilte fish* et de ratatouille.

— Que vous faut-il, monsieur Nelson ? Des ennuis d'argent ?

— Oh non ! Hector est là ?

— Il est parti à l'aube ratisser les marchés aux puces et les boutiques de brocanteurs, en chasse d'objets propices à meubler des décors de théâtre. Ces derniers temps, il a renoncé aux studios de cinéma.

Ils évitaient de se regarder. Rougissant, elle tapota ses boucles brunes et s'efforça d'élargir son paletot qu'un récent embonpoint étrécissait. Jeremy s'interrogeait. Était-elle enceinte ?

— Je cherche simplement un refuge pour composer en paix à mes heures de liberté, dit-il. Ma logeuse entreprend des travaux dans l'immeuble, elle refait son toit, des tuiles cassées. Il y a des fuites d'eau et trop de boucan. C'est provisoire.

Résistant à l'envie de le questionner, Léa répliqua sur-le-champ :

— Jacob vous hébergera. Il n'a pas de colocataire actuellement, Sammy n'a pas voulu s'installer chez lui, il est rentré hier après deux jours de fugue. Il dort sur un matelas, dans la boutique. Jacob est furieux, il s'est rongé les sangs, ils sont fâchés, mais ça passera. Quelles têtes de mules, ces deux-là ! Enfin, on ne peut pas se plaindre.

— Sammy vous a dit où il s'était éclipsé ?

— Pas un mot.

Afin de dissimuler la joie qui l'envahissait, elle acheva de ranger les divers colifichets disséminés à terre. Il allait revenir ! Elle lui préparerait de bons petits plats, ils parleraient littérature… À cet instant, le chat Réséda se risqua à réapparaître, prompt à se frotter en ronronnant au pantalon de Jeremy.

— Il va vous coller des poils.

— Aucune importance, c'est bien agréable de sentir ses caresses.

Léa piqua de nouveau un fard, attribuant à ces paroles un sens crypté. Jeremy enjamba des soutaches et des guirlandes et cueillit *Jane Eyre*.

— C'est bien ?

— Un chef-d'œuvre, je vous le prêterai !

— Y a-t-il moyen de voir Jacob dans la journée ?

— Il travaille rue de la Roquette, chez le vieux Elie Grumbach, qui vend des souliers au rabais. C'est à l'angle de la rue des Taillandiers.

— Merci ! Je vous laisse mon cartable.

Dès qu'il fut parti, Léa emporta au premier le bagage qu'elle effleura du bout des doigts, émue de la confiance de Jeremy.

À la devanture d'une minuscule échoppe, imprégnée d'exhalaisons de cuir et de hareng en saumure, pendouillaient des grappes de chaussures rapiécées, proposées à des prix défiant toute concurrence.

Jacob officiait seul tandis que son patron, âgé de quatre-vingt-quatre ans, somnolait sur un tabouret. À peine plus grand que Sammy, il était doté d'un visage rond et avenant, un titi parisien au teint mat, bien bâti, plutôt beau garçon. Ses manières désinvoltes, son sourire ravageur suscitaient l'engouement de la gent féminine.

— Toi ? Bonne surprise ! Je t'ai raté deux fois depuis ton retour. Alors, les petites Anglaises doivent se languir de toi ! s'écria-t-il, heureux de l'irruption de Jeremy au cours d'une journée principalement réservée à la rédaction d'une lettre d'amour.

Car le séduisant et solide Jacob, plutôt volage et indifférent au sentiment, était depuis quelques semaines épris à la folie d'une mercière au doux prénom d'Aglaé, qui tenait boutique rue Saint-Sabin. Il en avait abandonné la production de faux champagne et l'écriture d'une méthode universelle pour apprendre le russe, langue dont il avait acquis les rudiments auprès d'une de ses ex-maîtresses. Il se battait désormais avec les règles de la grammaire et de l'orthographe française, dans l'espoir de s'attacher sa belle. Et il se muait en poète.

— Écoute, que penses-tu de ça ?

Ô toi qui, tel un astre, illumine mes nuits,
Vas-tu bientôt ma belle combler mes jours aussi ?

Jeremy applaudit poliment.

— Tu saisis la profondeur de cette supplique ? Une demande en mariage !

— Es-tu sûr de ne pas aller trop vite en besogne ? Qui dit épousailles dit progéniture. En as-tu les moyens ?

Jacob émit un sifflement triomphal.

— Surtout garde ça secret : un chauffeur de taxi russe m'a soufflé une combine du tonnerre ! Je vais fabriquer et débiter des chalumeaux de paille, c'est un négoce rentable qui n'exige qu'une mise de fonds minime. Songe au nombre de grenadines, de mandarins-curaçao, de quinquinas, de cocktails, de limonades sirotés quotidiennement dans les cafés parisiens !

— Ne plastronne pas avant d'avoir commencé.

— Rabat-joie ! Je réussirai, ça, je te le parie, je suis le roi du système D. Au fait, te laisserais-tu tenter par des mocassins ayant très peu vadrouillé ?

— Je suis en quête d'une chambre en ville pour travailler dans la quiétude. Léa m'a dirigé vers toi.

— Tu lui as pourtant assuré être un coq en pâte chez ta Fräulein !

Jeremy adopta une mine contrite.

— Ma Fräulein est légèrement intrusive, et puis sa toiture va être rénovée. Je suis juste au-dessous, bonjour le raffut… J'occuperai ta piaule quelques après-midi par semaine, en ton absence, bien sûr.

Jacob haussa les épaules.

— Pas d'inconvénient si tu parviens à établir un statu quo avec les mousquetaires gris.

— Les quoi ?

— Les punaises avides de sang. Eh oui, mon vieux, elles sont toujours là, elles se maintiennent, elles se cramponnent, elles apprécient le quartier. Moi, en ce moment, je crèche rue Keller, chez ma promise. Ses draps embaument la lavande, il y a des géraniums aux croisées, et le matin ça sent bon le café. Une vraie Mimi Pinson qui me fricote des daubes et des ragoûts à damner un saint et qui me force à me débarbouiller. Tu as vu mon frère, récemment ?

— Non.

— Fais gaffe à la clé, je n'en ai plus qu'une, l'autre, je l'ai filée à Aglaé.

Jeremy agita une araignée noire factice.

— Musidora te le revaudra ! J'y vais.

Jacob le suivit des yeux en hochant la tête.

— Il me prend vraiment pour une bille, s'il croit que j'ignore où mon galopin de frangin a passé ces deux nuits, maugréa-t-il, aux prises avec la conjugaison du verbe *idolâtrer*.

La librairie-papeterie de M. Mouque, à deux pas de la cour Lesage, recelait d'inestimables trésors. Sammy aurait pu y camper jusqu'à la fin de ses jours. C'était la première fois qu'il pénétrait dans l'arrière-boutique qui faisait également office de chambre à coucher. Là s'entassaient les possessions de M. Mouque, des piles de numéros spéciaux de journaux, de magazines et d'illustrés, aussi impeccables que s'ils sortaient de l'imprimerie. Depuis qu'il était veuf, M. Mouque collectionnait. Et comme M. Mouque était veuf depuis une trentaine d'années, il avait pu largement sacrifier à sa passion, au point de devenir une encyclopédie vivante. M. Mouque aimait se pencher sur les événements révolus, cela le tranquillisait. Il consacrait ses soirées à la lecture, s'octroyant parfois une récréation au théâtre de Belleville ou bien, profitant d'une entrée gratuite offerte par Sammy en échange d'illustrés, il avait aimé déguster une cerise à l'eau-de-vie au *Mi-Ka-Do* de la rue du Jourdain pour goûter des plaisirs plus terre à terre. Il déplorait la fermeture de ce cabaret convivial.

Quand Sammy l'avait habilement interrogé afin de savoir où pêcher un exemplaire du *Passe-partout*, M. Mouque avait plissé les paupières et répondu d'un trait :

— Angle du lit, à gauche, deuxième pile : *Figaro*, *Je sais tout*, *Comœdia*, *Passe-partout*, à manipuler avec soin, ne pas mouiller son doigt, permission accordée parce que nous sommes du même tabac.

Sammy jubilait : « Non mais, quel type au poil, ce vieux Mouque ! » songeait-il, le nez dans le numéro spécial du *Passe-partout* daté de janvier 1898, dont la une affichait en lettres grasses :

LE PÈRE DES ROUGON-MACQUART S'INDIGNE

Le quotidien soutenait Émile Zola, qui avait publié la veille, dans *L'Aurore*, sous l'apostrophe J'ACCUSE, une lettre au président de la République, en faveur de l'innocence du capitaine Dreyfus. Le gouvernement avait aussitôt décidé d'intenter des poursuites judiciaires à l'encontre de l'écrivain.

— Je lirai ça plus tard, murmura Sammy en tournant la page.

Le titre d'un feuilleton attira son regard :

LE CANARD DÉMONIAQUE
Ou Le Peuple des Égouts
Roman futuriste

Il gloussa de joie en déchiffrant la signature de l'auteur : Joseph Pignot. Incrédule, il consulta ses notes. Dans le mille ! Pour un coup de chance, il était de taille. Sauter au cou de M. Mouque était hors de question, aussi se jura-t-il de lui témoigner sa gratitude avec une bouteille de faux veuve-clicquot concocté par Jacob. Un crayon entre les dents, il se courba davantage sur *Le Passe-partout*. M'sieu Nelson allait être content. Il fronça les sourcils et tempéra son enthousiasme. Tout bien considéré, après ce qui s'était passé entre eux, il allait poireauter, m'sieu Nelson.

— Ça lui fera les pieds, grognonna-t-il, ses beaux principes, il se les colle dans la poche avec son mouchoir par-dessus. C'est vrai, ça, lui et Jacob, ils peuvent se donner la main avec leur travail, ils n'en fichent pas une ramée, eux. Gagner sa vie ! Pourquoi il faudrait la gagner en s'abrutissant du matin au soir ? Je n'ai jamais demandé à venir sur cette planète pour m'enquiquiner, moi ! Mais c'est qu'il a l'air épatant, ce feuilleton…

Insensible au lieu et à l'heure, Sammy s'immergea au sein d'une intrigue échevelée où se télescopaient les rayons X, les sous-sols de la capitale, les ossements des défunts et un savant timbré métamorphosé en palmipède par un magicien assoiffé de pouvoir.

> « Le canard démoniaque renversa du bec le flacon de mort-aux-rats dans la canalisation qui alimentait la pièce d'eau où s'ébrouaient les deux tourtereaux Léonide et Sigismond. Et voilà que… »

— Tu as trouvé ? s'enquit M. Mouque, planté sur le seuil.

« Zut ! Je ne connaîtrai jamais la suite ! »

— Oui, m'sieu Mouque, j'ai trouvé.

— Remets tout en place, j'ai un truc pour toi.

Quand Sammy découvrit ce que M. Mouque lui réservait, il se crut confronté à la vision céleste d'un Hollywood scintillant de mille feux.

Sur le trajet du retour vers ses pénates, Sammy croisa nombre de chiffonniers et de marchandes d'amour à l'accroche-cœur suggestif. Il longea des cinémas où il eût volontiers pris pension, des lavoirs, des établissements de bains-douches, des cafés-bougnats. Il avait arpenté les moindres ruelles de ces villages qui se succédaient de Belleville à la Bastille et il avançait en automate.

Régulièrement, il contemplait à la dérobée le cadeau de M. Mouque : le fascicule numéro un de *Fascinax*, publié à la Librairie des romans choisis. Sur la couverture, un homme « doué d'un pouvoir mystérieux qui protège les faibles et démasque les fourbes » scrutait le lecteur sous le titre :

QUI EST-CE ?

Dès le premier paragraphe, Sammy s'identifia à Georges Leicester, un médecin en poste aux Philippines qui, après avoir ressuscité le cadavre du yogi Nadir Kritchna, s'était vu doté d'une formidable puissance qu'il employait à lutter contre le mal, incarné par l'ignoble Numa Pergyll. Encore mieux que *Le Canard démoniaque*, et au moins c'était un épisode complet.

Le nez plongé dans sa lecture, il se laissait guider par ses pieds, indifférent à la circulation, et sans doute eût-il fini sous un autobus si une gamine ne lui eût arraché la brochure des mains.

— Chloé, sale chipie, rends-moi ça !

Une seconde fillette jaillie à sa droite, copie conforme de Chloé, riposta :

— Tu fais ton fameux, mais c'est du boniment ! Qu'est-ce qu'il dévore ? Montre !

— Zoé, attrape ! s'égosilla Chloé en lançant le fascicule à sa reproduction serrée dans un manteau bleu, bonnet de laine sur frange au carré.

— Toi, le double de l'autre, t'es une voleuse ! Vous êtes toutes deux des calamités, des sournoises, des fourbes, des suppôts de l'infâme Numa Pergyll ! brailla Sammy, qui parvint à récupérer son précieux bien.

Ils entrèrent dans la boutique en se chamaillant. Léa ôta le bec-de-cane avec un soupir. À peine s'ils remarquèrent sa présence, tant ils étaient occupés à échanger des noms d'oiseaux.

Lorsqu'elle aperçut Jeremy, Zoé lui sauta au cou, bientôt supplantée par Chloé, si bien qu'il vacillait sous ces mamours intempestifs. Sammy en profita pour aller lire au coin du fourneau.

— Tu te gobes, mais tu n'es qu'une bourrique, lui décocha Zoé au passage.

— Un présomptueux ! renchérit Chloé.

— Allez vous laver les mains et tâchez moyen de vous dépêcher, vous n'avez qu'une heure pour manger, leur enjoignit Léa.

— Je suis le yogi Nadir Kritchna, je vais vous transformer en tourtes, murmura Sammy à ses futures promises, qu'il avait pour l'heure plus envie d'étrangler que d'épouser.

Assis face à lui, Jeremy s'efforçait d'attirer son attention. Sammy l'ignora superbement.

Le repas fut ponctué de piaillements et de coups de pied en catimini. Le calme revint quand les pommes à la cannelle atterrirent sur la table.

— Tu as six pommes, je t'en réclame deux, il en reste combien ? jeta Chloé.

— Six, grogna Sammy.

— Puisqu'elle t'en réclame deux ? souligna Zoé.

— Oui, mais moi je ne lui en accorde pas tripette ! répliqua Sammy, l'ongle du pouce sur les incisives.

Avant que les jumelles ne lèvent le camp, Jeremy gratifia chacune d'elles d'une pièce de dix centimes.

— Chic ! Un cornet de marrons chauds ! clama Zoé.

— Veine ! Un morceau de jujube ! claironna Chloé.

Elles gagnèrent la rue de Charonne et se précipitèrent au-devant de leur père, qui déchargeait un camion.

Jeremy entraîna Sammy à l'écart.

— Je t'invite à dîner ce soir à *La Dame Blanche*. Viens vers vingt et une heures, après on ira boire un bock sur la Butte.

— Les caresses de chat, ça donne des puces.

— Tu m'en veux ? Tu es fâché ? J'ai peut-être un job pour toi.

— C'est bien ce que je pensais, vous avez peur que je m'ennuie.

— Un job dans un cinéma, ça t'intéresse ? Si tu es libre cet après-midi, va passage Brady, au 66, métro Strasbourg-Saint-Denis. Tu verras un magasin, *Au Coq gaulois*, tu demanderas Albert et tu lui diras que tu viens de ma part, il t'expliquera.

— Un cinéma ? Vous me charriez ?

— N'oublie pas notre rendez-vous ce soir à *La Dame Blanche*.

— Qu'est-ce qui se passe, m'sieu Nelson, c'est déjà Noël ?

— Oh, ça va, souffla Jeremy, agacé, il faut que je te confie une histoire bizarre. J'ai besoin de tes conseils.

Curieux de savoir de quoi il retournait, Sammy allait rétorquer, quand, d'une bourrade, Hector Lavergne l'expédia au milieu du trottoir.

— Ah, Jeremy ! C'est un rien bath de te saluer ! Je suis fourbu, des retouches incessantes à effectuer au théâtre de la Porte-Saint-Martin pour *Robert Macaire et Cie*. Dis donc, Sammy, ça te dirait de me seconder au lieu de bayer aux corneilles ?

— Je suis pris, une urgence.

— J'en étais sûr. Le tire-au-flanc est un malade incurable, marmotta Hector Lavergne.

C'était un individu bâti en armoire à glace, aux mains et aux pieds aussi larges que des battoirs. Sa moustache en guidon de vélo dissimulait le plus doux des sourires, car ce géant avait un caractère placide et ne vivait que pour se dévouer à sa famille et à ses amis.

Léa était partagée entre le plaisir d'accueillir son époux, trop fréquemment absent du foyer ces derniers temps, et la déception de regarder s'éloigner Jeremy, pressé de se dérouiller les jambes en solitaire. Le chat

Réséda s'était faufilé à l'extérieur par la porte ouverte et rasait le caniveau, en quête de souris.

Aucun bonheur n'égalait, en dehors de la musique, celui de marcher à la dérive dans cette cité devenue sienne. Cela seul parvenait à distraire Jeremy de ses appréhensions au sujet de la mort de Denver Southern et de Robert Escaudain. Se connaissaient-ils ? Si oui, connaissaient-ils leur agresseur ?

Ce soir-là, le menu de *La Dame Blanche* proposait un panaché de foie gras des Landes et de jambon de Bayonne arrosé de jurançon, ou des rognons flambés à l'armagnac.

Pendant que les clients étudiaient la carte et devisaient entre deux gorgées d'apéritif, Jeremy s'échauffait les doigts avec le *Ragtime du paquebot*, un pastiche d'Erik Satie inclus dans *Parade*. Brièvement assailli par la vision de son père submergé par les remous du *Lusitania* en perdition, il se hâta d'attaquer son programme Irving Berlin.

Mais à quoi bon se décarcasser pour ces dîneurs qui n'avaient rien de mélomanes ? Il eût pu tout aussi bien leur interpréter *Au clair de la lune* façon jazz. Tiens, c'était une idée. Sous ses mains naquit une version syncopée de *Frère Jacques*, suivie d'un pot-pourri de chansons enfantines, *C'est la mère Michel*, *Trois jeunes tambours*, *J'ai du bon tabac*, remaniés par Scott Joplin. Les mâchoires n'en continuèrent pas moins de ruminer.

Ce fut lors de sa première pause café que Jeremy réceptionna Sammy, en veste flottante et pantalon tirebouchonné, sa tignasse domptée par trois couches de brillantine. Son visage affichait une félicité absolue.

Il fit signe à Jeremy, pouce en l'air, et, intimidé, s'assit à une table séparée non loin du piano. Pour régaler son ami, Jeremy avait obtenu de ses patrons un tarif de faveur qui serait retenu sur son salaire.

— J'ai décroché le poste ! Merci, m'sieu Nelson, si vous saviez comme je biche, je vais voir plein d'inédits, et puis je vais enfin manipuler de la pellicule. Le directeur du Stella m'a fait visiter. La salle est superbe, mieux que notre Rodéo[1] des familles de la rue des Couronnes ! Vous vous souvenez de ce cinoche ? C'est là que je filais user mes fonds de culotte les jours de relâche du *Mi-Ka-Do*. Ah, c'était chouette de découvrir Max Linder ! Il paraît qu'il a influencé Charlot. Et devinez un peu ce qui va être programmé au Stella ?... *Le Kid*, de Chaplin ! J'en rêvais, de ce film.

— Le quartier te convient ? demanda Jeremy, désinvolte, sans cesser de jouer.

— C'est formidable, Bastille-Nation, direct en métro !

Une des deux serveuses, une rousse aux joues de pêche, déposa le hors-d'œuvre devant Sammy et l'incita à goûter le vin.

— C'n'est pas de la bibine ! constata-t-il en clappant de la langue.

— Sois sobre, rappelle-toi que tu n'as que quinze ans ! lança Jeremy.

— À toute âme bien née, bla-bla-bla. D'accord, je suis jeune, mais je l'ai dégoté votre Pignot Joseph, il a pondu un feuilleton.

Jeremy resta les mains en l'air.

— Quand ? Où ? s'écria-t-il d'une voix altérée.

— Dans le journal que vous m'avez indiqué, pardi, *Le Passe-partout*, un numéro spécial sur Émile Zola assigné en justice, daté de janvier 1898, huit ans avant ma naissance. J'ai tout copié en détail, lisez, dit-il faussement modeste en lui tendant un calepin. Ne me demandez pas comment j'ai opéré, secret sur toute la ligne.

Le nez dans les notes, Jeremy porta machinalement sa tasse à ses lèvres et fit une grimace.

1. Voir *Le Pas du renard*, *op. cit.*

— C'n'est pas une raison pour vous brûler !

— Ahurissant, ce titre, baragouina Jeremy, déglutissant le café trop amer, *Le Canard démoniaque ou Le Peuple des Égouts* !

— Moi ça me botte, c'est une histoire de vengeance.

— Un chef-d'œuvre littéraire, sans aucun doute. Et Tasha Kherson ?

— Bernique.

Jeremy croisa le regard furibond de Simone Monnery qui lui désignait le clavier à coups de menton. Il se cala sur son tabouret, fit craquer ses jointures, paré à exécuter un *V'là l'vitrier qui passe* jazzy. La présence d'une blonde platinée en manteau de velours agrémenté de fourrure l'en empêcha. Il prêta une attention surprise à son chapeau rond piqué d'une plume de paon.

— Vous me remettez ? s'exclama-t-elle. J'espère que vous m'avez convoitée nuit et jour.

— Ah oui, *Le Chapelier Fou*, Huguette de Barbon.

— Muguette de Vermont, mufle ! Vous vous êtes défilé comme un assassin et j'ai eu bien du mal à vous débusquer ! C'est le mendigot qui m'a orientée.

— Le mendigot ?

— Votre copain, l'amoureux des belles-lettres, l'écrivassier récidiviste, quoi !

— Stapleton ?

— Un nom de cette consonance. Entre nous, ce traîne-savate n'est pas plus américain que moi je ne suis patagonne ! Bon, où j'en étais ? J'ai besoin de vous. J'organise une sauterie à mon domicile lundi 21 novembre, à quinze heures. Il me faut un artiste hors du commun.

Malgré sa réticence, il hocha la tête en signe d'assentiment et empocha le bristol sur lequel Muguette avait précisé le lieu, le jour et l'heure du raout.

— Évidemment vous serez rétribué, ajouta-t-elle en tapotant son bibi. Tout est noté sur cette carte.

— Un moment j'ai cru que seul mon charme vous galvanisait. Pour votre gouverne, ce boulot est purement alimentaire, il suffit à peine à sustenter mon estomac et mes méninges et à me permettre de composer. Vous connaissez l'idée reçue : la meilleure inspiration des artistes, c'est le ventre creux.

— Pourtant, c'est une cantine, ici ! À lundi, *bye-bye* !

Jeremy se pencha sans répondre vers le clavier. Vexée, Muguette molesta le carrelage de ses talons pointus, n'accordant pas la moindre attention à Sammy qui la dévorait des prunelles.

Tandis que son ami martelait les touches avec autant de rage que des ennemis héréditaires, Sammy dégusta chaque bouchée du repas et célébra avec béatitude une meringue couronnée d'un coulis de framboise. Il enfonçait déjà une cuiller dans la croûte blanche, quand il avisa une petite enveloppe rose adossée à son verre. Un rendez-vous galant de la blonde platinée ? Il posa sa cuiller, souleva le rabat. Il ne trouva qu'un carré translucide métissé de raies sombres.

— C'est quoi, ce machin ? Un nouveau papier à tabac ?

Jeremy avait plaqué les notes finales de *When I Lost You*, d'Irving Berlin. Pétrifié, il fixa ce que Sammy agitait en riant vers lui.

— Une peau de serpent, articula-t-il.

Il prétexta une violente migraine, prit congé des Monnery et poussa vers la sortie un Sammy dépité d'abandonner son dessert.

Ils avaient quitté la place Blanche, ses festons d'ampoules électriques signalant les lieux de plaisir, la roue du Moulin-Rouge au lent tournoiement de loterie. Un vent glacé s'insinuait sous leurs vêtements.

— Cette enveloppe était sur ta table avant la venue de la blonde ?

— Je ne m'en souviens plus. Vous la soupçonnez de l'avoir déposée exprès. Pourquoi ?

— Si je le savais !

— Eh ! Je ne tiens pas à gagner la croix de bois en me colletant avec des vipères ! grommela Sammy qui peinait à suivre Jeremy sur les pavés gras de la rue Lepic.

— Je vais t'expliquer ce que j'attends de toi, c'est une mission sans danger, mâchonna Jeremy sans se retourner.

— Si c'est aussi facile que la recherche de Joseph Pignot, c'est dans la poche.

Peu de passants à cette heure tardive, quelques fêtards soucieux de ne pas manquer le dernier autobus, des ouvrières et leurs galants venus souper dans une auberge bressane ou un bastidon provençal, des prostituées dépoitraillées traînant la jambe, un groupe de tziganes.

Jeremy pensait que, derrière les façades juteuses des villes du monde entier, se cachaient les noyaux de cités invisibles, où vivaient les démunis et les égarés, ceux dont l'existence n'avait rien de clinquant et qui n'attiraient pas les guides touristiques. Il avait à de nombreuses reprises traversé ces frontières entre rues cossues et quartiers misérables à New York.

Sammy et lui avaient pénétré dans la République de Montmartre, créée sur une idée d'un dessinateur humoriste nommé Joë Bridge, elle-même née de la Commune libre de Jules Depaquit. Les artistes, cubistes, postcubistes et peintres modernes buissonniers avaient déserté la Butte et envahi Montparnasse. Ceux qui restaient tentaient de résister au non-figuratif et à l'urbanisme avide de nouveaux terrains à bâtir. Du maquis ne demeurait qu'une poignée de masures menacées par les grands immeubles verticaux de l'avenue Junot. La philanthropie de personnalités, tel Francisque Poulbot, désireux de fonder un dispensaire pour les enfants pauvres, luttait contre l'invasion des agents immobiliers et des débitants de souvenirs.

Peu avant le numéro 54 rue Lepic, où avaient vécu Vincent et Théo van Gogh, ils entrèrent chez un marchand de vin qui leur annonça d'un ton rogue :

— Je boucle dans un quart d'heure.

— Nous ne serons pas longs, promit Jeremy, qui commanda deux grogs.

— Et mon jus de citron ? protesta Sammy.

— Une autre fois. Sois sérieux, je vais te confier les ennuis où je suis empêtré.

Tandis qu'il lui contait à voix basse les morts successives de Denver Southern et de Robert Escaudain, et lui faisait part de ses incertitudes, deux individus, attifés d'oripeaux ecclésiastiques, invectivaient un chauffeur de taxi recroquevillé près du poêle rougeoyant.

— La mendicité ne nourrit plus son homme à cause des rapiats de ton espèce ! brailla un poivrot à barbe grise coiffé d'un bicorne de bedeau.

— Allez à Jacta, est ! Et en quatrième vitesse, ou auras pruneaux bis, amen ! ajouta son comparse, un maigrichon vêtu d'une soutane.

— Ils se complimentent en quel dialecte ? s'enquit Sammy.

— En latin, mon bon monsieur, répondit le chauffeur de taxi. Je suis résigné, ces cloches me dégoisent cet orémus depuis que j'ai eu le malheur de croiser leur route : *Alea jacta est ! Ora pro nobis, amen !* Le sort en est jeté ! Priez pour nous, ce qui signifie, « on a touché le fond, filc nous trois ronds » !

— Tu m'écoutes ? grogna Jeremy, irrité.

— Oui, oui, c'est une histoire de dingues. Et tu m'offres une soirée à *La Tour de Babel* ?

— Oui, une place bon marché, le plus tôt possible. Tout ce que tu auras à faire, c'est de me rapporter un maximum de détails sur les interprètes. Je m'y serais rendu moi-même un après-midi, mais ce mois-ci il n'y a pas de matinées. Tu n'as pas la langue dans ta poche, fouine à droite, à gauche, implore les artistes de te signer des autographes, explore les loges.

— D'accord, j'irai demain ou après-demain, parce qu'à partir de samedi je serai pris trois soirs par semaine au Stella, sans compter les matinées du samedi et du dimanche.

Le chauffeur de taxi s'était empressé de les suivre sur le trottoir.

— Ça vous dirait, une course demi-tarif ? Je rentre à République.

— Un peu, approuva Sammy. Nous allons rue de Charonne.

— À ce train-là, je suis à sec dans trois jours ! maronna Jeremy.

10

Jeudi 10 novembre

Exceptionnellement, Jeremy avait passé la nuit chez Jacob. Dans la chambre de son ami, un lit, un bureau, un réchaud à gaz, un fauteuil et une corbeille pleine de chaussettes sales formaient un embouteillage poussiéreux. Il avait retrouvé, à droite de l'armoire, le trou dans le mur masqué par un rideau qui ouvrait sur un cagibi, faiblement éclairé par une lucarne. Ce réduit abritait toujours la couchette militaire et les caisses tapissées de cretonne.

Les punaises avaient eu la délicatesse de ne pas se manifester. Quand Jeremy se délivra de sa torpeur, des pigeons ébranlaient la gouttière au pas de l'oie et un ciel brouillé emplissait la petite fenêtre où, quelques mois plus tôt, il contemplait la lune.

Il dissimula la clé sous le paillasson, et dévala les marches en sifflotant *It's a Long Way to Tipperary.*

Le voyant se profiler sur le trottoir de la rue de Charonne à travers la vitrine de la boutique, Léa adressa un regard fugace et critique à son propre reflet dans un miroir suspendu derrière le comptoir. Elle remercia le ciel que le forain acquéreur de trois passe-balles de bois aux visages de politiciens se fût esquivé cinq minutes plus tôt.

— Bonjour, Léa, comment va la vie ?

— On ne peut pas se plaindre.

— M'autorisez-vous à utiliser votre cabinet de toilette ? Je n'ai pas eu le courage de me débarbouiller là-haut.

— Je vais faire chauffer de l'eau.

— Ne vous fatiguez pas, j'ai le cuir épais.

Elle se le représenta, torse nu, s'étrillant avec le gant de crin et, l'espace d'un éclair, se demanda s'il avait des poils. À l'image très nette d'un jeune homme mince et séduisant se substitua celle d'Hector, trapu, la poitrine glabre. Confuse, elle tenta de chasser ces divagations en même temps qu'elle escortait Jeremy au bas de l'escalier. Sans en comprendre la raison, il ressentit sa gêne. À son tour saisi d'un trouble légèrement érotique, il se hâta de grimper à l'étage, trébucha, se rattrapa de justesse à la rampe.

Quand il pénétra dans le cabinet de toilette, il se heurta à un séchoir où était accrochée une lessive féminine. Des bas lui barraient l'accès au lavabo. Il crut à des serpents et dut se forcer à enlever sa chemise pour une toilette de chat.

— Vous déjeunez avec nous ! cria-t-elle depuis la porte de la chambre.

— Je ne veux pas déranger.

Paniquée à la pensée que ses choux et ses carottes auraient piteuse allure, Léa ôta sa blouse et enfila un manteau.

— Monsieur Nelson, je m'absente cinq minutes, je vais vous mitonner un *clops*, un pain de viande si vous préférez. Vous allez vous régaler.

Elle se rappela avec soulagement avoir acheté des pommes qu'elle cuirait au four, saupoudrées de cannelle.

Sammy arriva le premier, la tignasse embroussaillée. Il fut suivi de Jacob. Après un passage obligatoire à l'évier, tous prirent place autour de la table.

— Mais puisque je te dis que j'ai trouvé un boulot dans les studios Ermolieff !

Jeremy se mit à tousser dans sa serviette en considérant Sammy avec stupéfaction.

— T'es payé combien ? demanda Jacob, sarcastique.

— Je suis à l'essai.

— C'est avec l'essai que tu vas manger et collectionner ces idioties ? jeta-t-il en désignant le fascicule de *Fascinax*.

— La barbe ! T'y connais rien.

— Et c'est où ces studios machin-chose ?

— À Montreuil. Et puis c'n'est pas machin-chose, ce sont des Russes, ils tournent des films.

— Tu as des sous pour les transports ?

— Je me débrouillerai.

— Tu te débrouilleras mon œil. Espérons que tu vas vite être intronisé par les Russes !

— Jacob, laisse rêver ton frère, intervint placidement Léa Lavergne, il a bien le temps d'affronter la jungle de la vie. Et vous, monsieur Nelson, ça roule ?

— Oh, pour le moment je me contente de gagner de quoi subsister, mais je compose, parvint-il à articuler.

— Vous n'avez pas l'air d'être dans votre assiette. Vous n'aimez pas mon pain de viande aux pommes de terre ?

— Si, c'est délicieux.

— Alors, calez-vous et vivez l'instant.

— Où sont les jumelles ?

— Elles répètent. Demain, elles vont sur la tombe du Soldat inconnu avec leur classe pour participer à l'hommage des élèves de l'École de guerre.

— Mince de partie de plaisir ! s'exclama Sammy.

— Ne crois pas ça, j'ai eu un mal fou à les tenir, elles étaient très excitées.

Jeremy et Sammy s'échappèrent juste après Jacob. Ils arpentèrent de concert la rue du Faubourg-Saint-Antoine.

— Pourquoi racontes-tu des craques à ton frère ? Qu'est-ce que c'est que ce studio russe à Montreuil ?

— Ben je préfère que mon emploi soit confirmé au Stella, surtout que je suis à l'essai. Si je lui avais déballé la vérité, ç'aurait été pire, il refuse que je me lance dans une carrière artistique. Pour lui, le travail, le seul, l'unique, le vrai, c'est celui qui leste d'un salaire régulier en fin de semaine, et comme je ne débute que samedi…

— Il a raison, le salaire c'est important. Tiens, voilà de quoi t'offrir un fauteuil à *La Tour de Babel*, je ne peux pas faire mieux que le paradis. On se retrouve demain chez Léa, elle m'a invité à déjeuner.

Les réverbères s'allumèrent d'un coup, frappés par l'invisible baguette de la fée Électricité. Les phares des autos et des tramways aveuglaient les piétons risquant leur avenir sur les chaussées saturées de véhicules.

Sammy s'était dépêché de se rendre au music-hall afin d'obtenir une place au poulailler. Il n'avait pas pris le temps de grappiller chez Léa Lavergne et, s'efforçant de demeurer sourd aux grognements de son estomac, lorgnait la vitrine d'un restaurant de fruits de mer exposant des plats froids, salades de langoustes, homards en gelée, crevettes dansant la ronde autour d'huîtres couronnées de rondelles de citron.

Il se satisfit d'un demi-fendu et d'une barre de chocolat.

Plus Sammy montait vers le paradis, plus l'atmosphère surchauffée empestait le tabac. Chaque étage du music-hall était investi par une couche sociale inférieure à celle du précédent. À l'orchestre, les plus riches, anciens ou nouveaux. Au premier balcon, les couples de rentiers et de boutiquiers. Au second balcon, une jeunesse ouvrière mêlée de marlous et de femmes de petite vertu qui envahiraient le promenoir à l'entracte. Et, tout en haut, là où Sammy réussit, à force de contorsions, à se caser au premier rang, des voyous à casquette, des couturières ou des concierges qui avaient cassé leur tirelire, et même des familles nombreuses pour lesquelles cette sortie constituerait pendant des semaines l'unique sujet de conversation. Illuminée à pleins feux, la salle rouge et or retenait son souffle. L'obscurité se fit d'un coup tandis qu'on entendait coulisser le rideau et que le pinceau bleu d'un projecteur zigzaguait sur la scène avant de s'immobiliser sur un baquet retourné supportant une otarie. La tête rejetée en arrière, l'animal émit un hoquet discordant puis applaudit de ses nageoires.

Le public gloussa de bonheur mais, quand le projecteur révéla trois autres otaries et un dresseur muni d'un seau contenant de frétillants poissons, Sammy ferma les yeux, en proie à un haut-le-cœur. Il avait toujours détesté les fritures et les courts-bouillons, ingurgités à satiété quand il était plus jeune et que son frère Jacob lui tenait lieu de père.

Après leur numéro qui emplit la salle d'un fumet aigre-doux, les otaries cédèrent les planches à Rotule et Globule, deux clowns, l'un maigre, son compère, replet, affublés de canotiers, de gilets à carreaux et de croquenots dignes de ceux des poilus. Cette fois, les spectateurs s'étranglèrent de rire devant des pitreries égales à celles de Guignol et Gnafron.

Sammy luttait contre la torpeur, bercé par le bavardage de ses voisines de gauche, deux dames d'âge mûr en robe de popeline.

— Le plus mince, celui qui a le visage peint en blanc, il me rappelle Footitt. Tu savais qu'il est mort cet été ?

— Oui, même qu'il tenait un bar avenue Montaigne et que c'était un Angliche. Ma mère l'a vu jouer avant la guerre à Medrano, avec Chocolat. Elle m'a montré un programme.

— Tu ne trouves pas que le plus enveloppé a quelque chose de Fatty, le gros acteur américain ? On l'a jugé pour le viol et le meurtre d'une comédienne.

Sur une ultime pirouette, les clowns abandonnèrent la scène à un comique troupier qui entonna un hymne vibrant au métier de soldat :

Il y en a qui sont fous de l'amour.
Moi c'est le son du tambour
Qui fait battre mon cœur en cadence
Et me crie : « Entre dans la danse ! »

Enlaçant une compagne invisible, le Major Sergent se contorsionna le long des feux de la rampe en une polka échevelée bientôt ponctuée de vivats et de raclements de semelles. Sammy sombra de nouveau dans l'ennui, peu attiré par l'uniforme depuis qu'une guerre avait décimé la planète.

Il dut subir un bon quart d'heure de déclamations patriotiques entrecoupées de plaisanteries appréciées de tous sauf de lui. Ses voisines s'esclaffaient mais se turent brusquement lorsque des acclamations accueillirent les vedettes américaines : Mathias et Agathe Cléré, un couple de jongleurs qui firent une entrée retentissante sur des patins à roulettes tout en se lançant des balles colorées.

— Ah, ces deux-là, ils sont inchavirables comme les loopings d'Adolphe Pégoud sur son monoplan Blériot ! Ils cabriolent mieux que des as ! beugla un titi.

Sammy commença à s'intéresser au numéro. La femme portait un costume de Colombine. C'était une brune délurée capable de jeter neuf anneaux en l'air et de les rattraper sans cesser de virevolter autour de son partenaire. Un pianiste rythmait ses évolutions. Un trompettiste prit le relais pour mettre en valeur la performance de l'homme, un Arlequin aux épaules carrées patinant sous une avalanche de sacs à grain en cuir, cinq, puis six, puis sept, provoquée par sa propre adresse, jusqu'à ce que le public réclame :

— Encore ! Encore !

Mathias Cléré ajouta un, puis deux projectiles qui voltigèrent autour de sa tête en un cercle continu.

Il y eut des hourras, interrompus par le silence anxieux de l'assistance fascinée par le tourbillon d'objets divers, massues, bâtons, galurins et, pour finir, couteaux, n'en déplaise aux âmes sensibles. Quand le sol fut jonché d'ustensiles prestement ramassés par des comparses vêtus de noir, le couple Cléré régala la salle d'une scène de ménage qui semblait improvisée mais dont chaque geste était parfaitement réglé. Colombine fit sa mijaurée, bouda, tapa du pied et menaça Arlequin. D'abord indifférent à sa colère, il se déchaîna, furieux à son tour.

Ils se précipitaient l'un vers l'autre, glissant sur leurs patins, s'efforçaient de s'empoigner, se rataient. D'une volte, chacun fonçait de nouveau vers son adversaire. La scène se terminait sur un assaut menée par Colombine contre Arlequin, à l'aide d'une pile d'assiettes qu'il récupérait au vol en toupillant autour d'elle. Ce match nul arracha des cris d'enthousiasme aux spectateurs, qui exigèrent vainement un bis, car, après avoir salué plusieurs fois, le couple essoufflé s'esquiva dans les coulisses.

Un timbre électrique modula une plainte avertissant d'une pause les spectateurs assoiffés. Cahin-caha, le poulailler caqueta vers les issues, d'où certains se ruèrent vers les toilettes tandis que le gros de la troupe encombrait l'escalier. Ballotté par la foule, Sammy espérait avoir le temps d'atteindre les loges pour s'y entretenir avec les artistes. Il ne parvint qu'à gagner le foyer où un bar permettait de se désaltérer. Mazagrans, cerises à l'eau-de-vie et panachés se disputaient les faveurs des consommateurs. La langue collée au palais, Sammy enviait ces heureux buveurs. Refoulé par la multitude, il en fut réduit à stationner devant un comptoir où l'on débitait les petits formats de Clémentine Nozay et Ludovic Maté, les vedettes de la seconde partie de la revue.

— Grouillez-vous ! Ça sonne ! glapit un groom aux joues écarlates.

Emporté par le reflux vers les sièges du paradis, Sammy se résigna à subir *Castagnettes en folie*.

Le rideau se leva sur un décor chatoyant de gratte-ciels, de cocotiers, de fruits exotiques, où, au mépris de toute notion de géographie, clignotaient en lettres de feu : *Séville*, *New York*, *Buenos Aires*, *Cuba*, *Mexico*, *Paris*.

Une guitare attaqua une complainte languissante, tandis que, sur scène, un vieillard voûté, portant à bout de bras un plateau chargé de rafraîchissements, clopinait de table en table à la terrasse d'un café où somnolaient des toreros avachis. Soudain, dans un fracas de timbales, apparut un Méphistophélès à l'habit sanglant. D'une main, il agitait un papier, de l'autre, il brandissait une plume enfouie dans un encrier.

— Pablito, ordonna-t-il d'une voix mielleuse, viens, j'ai besoin de ta signature.

— À sa place j'n'irais pas, il a une tête de faux témoin ! s'écria la voisine de Sammy, aussitôt rabrouée d'un « La ferme, mémé ! » anonyme.

Un éclair souligna la métamorphose du Pablito cacochyme en un Pablito rayonnant de jeunesse mais délesté de son âme. Ce qui autorisa l'interprète, Ludovic Maté, à exécuter une première chanson sur accompagnement de piano, castagnettes et guitare :

J'ai dansé la sardane à Grenaaade,
Et j'étudie l' tango à Rosarioo !

Il intercepta une fringante et plantureuse passante à chignon brun piqué d'un peigne d'écaille, châle brodé et jupe andalouse, la renversa, la redressa si violemment qu'elle vacilla et la guida, tête baissée, bras tendus, vers le gouffre obscur de la salle. Elle se rebiffa, bouscula le séducteur et tourna autour de lui en faisant claquer ses talons.

Je suis fatiguée de l'amour
Qui blesse mon cœur nuit et jour !

entonna-t-elle avant de sauter dans le giron de Ludovic Maté, à son tour ébranlé, et de poursuivre ses vocalises reprises en chœur par le public.

Un scénario conçu par un nostalgique de Goethe, de Gounod, de Bizet offrait à Ludovic Maté un rôle digne de sa nouvelle apparence. Muni de banderilles et couvert de roses artificielles, il devenait torero à Buenos Aires puis il retrouvait Chiquita à Séville, mais les inclinaisons tumultueuses de sa *gitana* l'emplissaient de fureur. L'inconstance de la belle incitait au duel son amant attitré et un coupeur de canne à sucre cubain. Ce combat se soldait par un malencontreux coup de machette, Pablito se sauvait, le coupeur de canne à sucre expirait, Méphistophélès triomphait.

Bien avant toi j'ai terrassé Faust,
Tu ne m'échapperas pas, pauvre sot !

Le dernier acte se déroulait à bord d'un paquebot en partance pour le Nouveau Monde. Redevenu serveur, Pablito servait un cocktail à une inconnue allongée dans un transat. C'était Chiquita, lunettes noires, fume-cigarette, drapée d'une cape. Méphistophélès surgissait, un masque de taureau sur le visage. Cédant apparemment à ses avances, Chiquita lui subtilisait le papier signé par Pablito lorsqu'il lui avait vendu son âme, et, de sa cigarette incandescente, le réduisait en cendres.

Le démon s'enfuyait en hurlant. Alors, ôtant sa blouse, Pablito se muait en dandy, jaquette marron et huit-reflets, et, dépouillant Chiquita de sa cape, sous laquelle elle portait un maillot de bain étoilé, s'égosillait :

La femme est pour un sentimental
Le seul chemin vers l'Idéal !

Les Mimi Girls jaillirent côté cour et côté jardin.

Le finale eut lieu sur le pont du paquebot secoué par le roulis. Quinze jeunes femmes tout en jambes, moulées dans des bustiers pailletés, sautillèrent sur un quick-step, rythmé par la batterie, le piano, le saxo et la contrebasse. Les paupières vertes, les lèvres rubis, elles se trémoussèrent en rang d'oignons, mettant en péril à chaque soubresaut le gratte-ciel de carton-pâte édifié sur leur perruque argentée. Derrière elles, une toile peinte de la statue de la Liberté chassa la perspective des cheminées et des hublots.

— Quel beau port elles ont ! proclama une des voisines de Sammy.

— C'est le port de New York, mâchonna-t-il.

— En voilà un rude toupet, protesta à voix basse la plus éloignée des dames.

— Sois pas rancuneuse, c'est un morveux, souffla son amie. Dis donc, elles en ont pour plus de cinq mille balles sur le râble, ces guincheuses !

— Peut-être, mais à ce train-là elles ne feront pas de vieux os, répondit sa commère.

Les Mimi Girls se tenaient par les épaules comme de vieux camarades et, tout sourire, levaient les jambes en cadence, provoquant des sifflets enthousiastes. Enfin, elles pirouettèrent en solitaires à travers l'espace, ludions aimantés par les coulisses qui les gobaient un à un, tandis que la troupe saluait bas, laissant l'avant-scène aux courbettes de la sémillante Clémentine Nozay flanquée de Ludovic Maté, alias Chiquita et Pablo. Les inconditionnels, qui avaient déjà vu le spectacle, les couvraient de confettis et d'œillets en crépon.

Les oreilles vibraient sous les applaudissements.

Le music-hall se vidait avec la lenteur d'un évier bouché. Jouant des coudes, Sammy réussit à fendre la file des attardés du parterre, se hissa sur l'avant-scène et se faufila derrière le rideau. Il évita des machinistes qui bloquaient un passage menant aux loges et récolta un « du balai, avorton ! ».

Par les portes entrouvertes, il distinguait des figurantes en cache-corset ou en camisole pressées de se rhabiller tant elles étaient gelées.

— Ben dis donc, où y a de la gêne y a pas de plaisir, rince-toi les prunelles, voyeur ! lança l'une d'elles.

— Oh, pas de chichis, moi aussi je suis un artiste. Je cherche la loge des Cléré.

— Y a beau temps qu'ils se sont tirés !

— Et Clémentine Nozay ?

— Au bout du couloir. Repère-toi au son, elle doit être en train de se gargariser.

Sammy suivit ce conseil et perçut des borborygmes atténués par une épaisse tenture de velours.

— Madame Nozay ? bredouilla-t-il.

Sans attendre de réponse, il pénétra dans un réduit imprégné d'effluves de tisane et de crème Simon. Une perruque brune posée sur un vieux fauteuil évoquait un animal prêt à bondir. À peine plus grande que son visiteur, une femme se rinçait la gorge avec une lotion à la violette. Elle était coiffée d'un foulard et vêtue d'une combinaison.

— Qui t'es, toi ? articula-t-elle après avoir craché. Tiens, aide-moi à enlever le torchon que j'ai sur la cafetière et attrape mon kimono, le bleu, pas le rose, espèce de courge ! T'es le remplaçant de Loulou ?

— Loulou ? répéta Sammy, surpris de constater que Chiquita était une blonde à la poitrine inexistante et à la coupe de garçonne.

— Loulou, mon habilleuse, quelle poire celle-là, elle n'a pas inventé l'eau chaude ! Où a-t-elle fourré ma poudre de riz et ma houppette ? Et mon crayon à sourcils, tu l'as vu ? Ah, vous voilà, vous, on ne vous espérait plus ! lança-t-elle à une quadragénaire boulotte en blouse à rayures.

— Désolée, madame Nozay, je suis toute retournée, vous connaissez la nouvelle ?

— Quelle nouvelle ?

— Ben, Muriel Watrin…

— Quoi, Muriel Watrin ? Cette petite intrigante a piégé un prince consort pour payer ses factures ?

Un gaillard moulé dans un maillot et un caleçon long entra en coup de vent, pieds nus. Sammy se plaqua au mur, impressionné de se trouver si près de Ludovic Maté.

— Je crève de chaud, Titine. T'aurais pas du champagne ?

— Tu es le seul à suer dans cette glacière ! Tu sais bien que je ne bois que du lait, c'est meilleur pour ma voix. Quelle mouche t'a piqué, ce soir ? Je collectionne les bleus, tu m'as cassée !

— Quand je t'enlace, je n'ai qu'une envie, serrer !

— Un de ces quatre, tu vas m'étouffer ! Tu dérailles, t'es fêlé ! Et vous, Loulou, dégotez-moi mon tour de cou !

— Coucou, Loulou, de vous je suis fou ! brama Ludovic Maté en faisant virevolter l'habilleuse.

— Regardez-moi cette empotée, plate comme une limande devant ce cabot. Allez, ouste, je vais choper la crève si je ne me renfrusquine pas ! glapit Clémentine.

— On ne va pas prendre quelque chose ? implora Ludovic.

— La sortie ! Et toi aussi, le môme !

— J'suis pas un môme, protesta Sammy.

Il tenta de s'introduire dans la loge de Ludovic, mais celui-ci le repoussa.

— Soupers, musique, désir, amour, tout ça m'épuise, pas ce soir, mon grand.

— Je voulais causer de Robert Esc… plaida Sammy.

Sans lui laisser le temps de finir sa phrase, Ludovic se retrancha chez lui.

Exaspéré d'avoir gaspillé son temps, Sammy se dirigea vers le hall à présent désert, à l'exception d'un personnage large d'épaules, courbé sur une canne. À l'instant où il le dépassait, Sammy reconnut Méphistophélès. Il joua son va-tout.

— Belle interprétation, monsieur, vous m'avez filé les grelots !

Ce compliment alla droit au cœur de Méphisto. Il se redressa autant que ses rhumatismes l'y autorisaient et tortilla les pointes de sa moustache.

— Merci, jeune homme. Le métier est dur, mais des propos tels que les vôtres permettent d'avaler les plus amères des pilules.

— J'étais un pote de Robert Escaudain, c'est lui qui m'a vanté votre talent.

— Ah, pauvre Robert ! Sacré buveur. Sacré cavaleur. Ses dernières folies ont été la mignonne Agathe et la piquante Muriel.

— Muriel ? Agathe ?

— Muriel Watrin, une gamine des Mimi Girls, et Agathe Cléré, la Colombine-jongleuse sur patins.

Méphisto caressa pensivement son bouc.

— Tout de même, jeune homme, c'est inouï, deux pensionnaires de *La Tour de Babel* qui passent l'arme à gauche coup sur coup…

— Qui est la deuxième victime ?

— La petite Muriel Watrin. Moi je doute de tout, surtout des coïncidences.

— Muriel Watrin, elle travaillait ici ?

— Je vous l'ai dit : elle levait les gambettes, dans le rang des Mimi Girls. Seulement, il y a une semaine, elle a transporté ses atours au théâtre du Châtelet.

Il s'inclina vers Sammy et murmura sur le ton de la confidence :

— Mathias, le mari d'Agathe, est plus jaloux qu'un pou.

— Mathias ? C'est qui ?

— Arlequin, le jongleur, quoi. Dites donc, vous avez vraiment vu le spectacle ?

— Il fricotait avec Muriel Watrin ?

— Allez savoir. Il n'y a pas de sagesse au-dessous de la ceinture, marmonna-t-il entre ses dents.

— Vous supposez qu'elle et Mathias Cléré…

— Oh, moi, je ne suppose jamais, j'incite à la réflexion, j'exacerbe la tentation, n'est-ce pas le rôle d'un des sept princes de l'enfer ? Sachez qu'en amour il n'y a que les commencements qui soient charmants, c'est pourquoi on trouve du plaisir à recommencer souvent. Procurez-vous donc un journal, jeune homme.

Avant d'avoir eu le temps d'interroger davantage Méphisto, Sammy fut seul sur le trottoir de la rue Bergère.

Boulevard Poissonnière, il se précipita chez un kiosquier, sacrifia quinze sous à l'achat d'une dernière édition et se posta devant la façade éclairée du Parisiana Cinéma. Il ne pouvait rater le titre accrocheur de la page trois :

SERPENT TUEUR CHEZ PHILEAS FOGG ?

Le trajet de retour en métro lui permit de filer la quenouille de son imagination.

11

Vendredi 11 novembre

Une fin de matinée plombée obscurcissait l'intérieur de la boutique *Lila, Farces et Attrapes*. Piqué devant une étagère chargée de masques, Sammy s'imaginait changé tour à tour en Chinois, en éléphant, en Scaramouche et en cow-boy. Il se lassa vite de ce jeu. Depuis la veille il rongeait son frein pour relater sa soirée à *La Tour de Babel*, et voilà que Jeremy se noyait dans la contemplation d'une carte postale délivrée par Léa à leur arrivée cinq minutes plus tôt. N'y tenant plus, Sammy entama son compte rendu. L'esprit ailleurs, Jeremy hocha la tête en relisant le mot de Camille :

> *Come va, maestro ?*
> *À Naples, la musique est partout. La rue chante aussi bien* La Seduzione *de Giuseppe Verdi que le* Funiculà *de Luigi Denza :*
> *« Funiculi, funiculà,*
> *Allons au sommet,*
> *Funiculi, funiculaire ! »*
>
> *Bises, bises, bises.*
> *Camille Jeanne Arthur*

Séduction… Allons au sommet… Trois fois bises ! Un langage codé pour lui signifier qu'elle l'aimait ? Il voulait s'en convaincre.

— Qu'est-ce qu'elle a de si extraordinaire cette carte ? demanda Sammy. Ce n'est rien qu'une rue avec plein de linge qui pend ! Je vous livre des informations essentielles sur un plateau et vous ne m'écoutez pas !

— Mais si, je t'écoute, dit Jeremy, continue.

— … alors, quand Méphisto m'a conseillé d'acheter un journal, je n'ai fait ni une ni deux, mais je ne regrette pas mes quinze centimes. Ce que j'ai découvert vaut son pesant de roudoudous. Tenez, lisez, fameux, non ?

Penché sur le quotidien, Jeremy déchiffra en remuant les lèvres :

ANATOLE FRANCE
Prix Nobel de littérature

> « De Londres, par télégramme : L'académie suédoise de Stockholm a décerné le prix Nobel à M. Anatole France, devant Thomas Hardy et H. G Wells. »

Jeremy considéra Sammy avec un mauvais sourire.

— En effet, c'est fameux, je suis heureux de l'apprendre ! J'ai adoré *L'Île des Pingouins*. N'aurais-tu pas confondu cette récompense méritée avec ce formidable scoop ?

LA CHAMBRE RATIFIE LE SÉNAT

> « On fêtera le 11 novembre le 13 novembre car chez nous on n'est jamais pressé ! »

— Dis donc, Sammy, c'est pour ce genre de nouvelle sensationnelle que je t'ai payé le music-hall ?

— Vous, c'est le contraire du 11 novembre, vous êtes toujours sur la brèche. Il faut prendre le temps de tourner les pages, c'est à la rubrique théâtre, là !

Serpent tueur chez Phileas Fogg ?

« Une bayadère rend l'âme dans la "Grotte aux serpents" pendant une représentation du *Tour du monde en quatre-vingts jours.* »

Sammy lut à haute voix la suite de l'article relatant la mort d'une certaine Muriel Watrin qui entamait ses discrets débuts au théâtre du Châtelet dans la pièce tirée du roman de Jules Verne. Le tableau de la « Grotte aux serpents », où n'apparaissaient pourtant que des reptiles factices, lui avait été fatal.

— Mince, murmura Jeremy. A-t-on trouvé une carte postale près de son corps ?

— Décidément vous les collectionnez, les cartes postales ! Comment voulez-vous que je le sache ? En tout cas, j'ai ma petite idée. Mathias Cléré est suspect. Vous comprenez, d'après Méphisto, ce type est possessif. Agathe, son épouse, et Muriel Watrin, sa maîtresse, n'ont pas été insensibles aux mignardises de Robert Escaudain.

— La « Grotte aux serpents » ! Mais pourquoi une telle mise en scène ?

— Dans le monde théâtral, on a la cervelle fertile.

Léa surgit de la cuisine.

— Jeremy, Sammy, à table, les jumelles ont juste le temps, elles vont à l'Arc de Triomphe avec leur classe.

Jeremy, sourcils froncés, regard fixe, réfléchissait. Et, quand il s'adonnait à ce sport, le monde extérieur cessait d'exister. Léa eut beau le gaver de bortsch, il demeura inerte, sans soulever sa cuiller.

« Denver Southern et Robert Escaudain étaient des coureurs. Ont-ils tourné autour de Clémentine Nozay et Muriel Watrin ? Ont-elles cédé à leurs avances et provoqué le ressentiment de Mathias Cléré ? »

— En général, une enquête sur un prétendu meurtre commence par l'examen du cadavre, reprit Sammy, mais là c'est zéro, on doit prendre pour argent comptant les conjectures des journalistes ! Les flics sont sur le coup, donc l'eau va couler sous les ponts avant que l'on nous divulgue les causes du décès de Muriel Watrin. À mon avis, il n'y a que ses familiers qui pourront vous apprendre quelque chose.

— Maman, je n'ai pas un sou en poche, gémit Chloé.

Léa se colletait avec un flan à la vanille qui refusait d'être démoulé. Elle ne répondit pas.

— Heureux, le fils de Crésus ! constata Zoé. Au moins, lui, il a des fonds pour se régaler de marrons chauds ou d'un bâton de réglisse, surtout quand il piétine dans le froid.

Sans un mot, Jeremy leur prodigua une pièce à chacune.

— Oh ! T'es un sucre d'orge ! s'exclama Chloé.

Zoé se contenta de lui envoyer un baiser. Sammy se jura que, lorsqu'il serait riche, il acquerrait le stock d'un confiseur.

— Salut, j'ai un tas de trucs à régler, marmonna-t-il.

— Attends ! s'écria Jeremy, qui le rattrapa sur le trottoir de la rue du Faubourg-Saint-Antoine. J'ai besoin de renseignements plus précis sur le couple Cléré.

Sammy pila net.

— J'espère que vous n'êtes pas en train de suggérer que je me farcisse encore le pensum de *La Tour de Babel* ?

— Tu peux t'en dispenser, de toute façon je suis à sec. Tu te postes à la sortie des artistes et, mine de rien, tu grappilles des ragots à droite et à gauche. Ton copain Méphisto m'a l'air d'un échotier patenté. Je t'offre le métro.

— Entendu, je ferai un saut, mais ce sera la dernière fois, parce que je travaille, moi.

Sammy tapait des pieds devant la sortie des artistes. L'entracte emportait avec lui les interprètes de la première partie de la revue. Sammy envisageait d'aborder Mathias et Agathe Cléré, quand, à l'instant où il s'approchait d'eux, un groupe compact les encercla, barrage infranchissable qui leur permit de s'engouffrer dans un coupé Peugeot sans qu'il eût le loisir de les rejoindre.

Rageur, Sammy passa ses nerfs sur une boîte de pastilles Géraudel rudoyée à de multiples reprises sur le trottoir jusqu'à ce qu'elle achevât sa brève existence écrasée sous une semelle vindicative. Les spectateurs s'égaillèrent, chassés par une averse. Réfugié sous l'auvent d'une pâtisserie, Sammy vit Méphistophélès trottinant sur le pavé gras, mais avant qu'il l'eût atteint, le diable héla un taxi et se volatilisa.

« Zut et flûte, je ne suis pas d'un naturel rancunier mais j'en veux au destin ! »

Il lui en voulut davantage lorsque, emprisonné par une poigne de lutteur, il fut bringuebalé sous un réverbère.

— Hé je te remets ! Tu es le gaillard qui traînait hier dans la loge de Clémentine ! Tu espères damer le pion à ses prétendants ? Chaque soir c'est la même rengaine, une fricassée de museaux et des bonshommes persuadés qu'elle va réchauffer leur plumard ! Mais elle est avare de caresses, la garce !

Sammy se débattait, furieux d'être la proie de Ludovic Maté, nullement intimidé de ses ruades.

— Tout doux, chiot enragé, c'est ma tournée.

Embarqué malgré ses protestations, Sammy s'échoua sur une banquette de moleskine râpée dans un bistrot empli de fêtards. Impossible de s'enfuir, Ludovic s'était assis contre lui, et, à chaque tentative d'évasion, refoulait son invité forcé d'une pression de la cuisse.

— Lâchez-moi, à la fin ! Je m'en contrefiche, de votre Clémentine ! Et elle de moi !

— Détrompe-toi, mon jeune ami, elle raffole des agneaux de lait, la Chiquita ! Évidemment, quand elle guigne une bonne critique dans un journal, elle n'hésite pas à autoriser un vieux tromblon à la serrer d'un peu trop près. Sinon, crois-en mon expérience, elle ne prise que les moutards dans ton genre. Et moi, je ne parviens à la peloter que sur scène. Qu'est-ce que tu bois ? Vermouth ? Curaçao ?

— J'n'ai pas soif ! décréta Sammy, boudeur.

— Très bien. Garçon, un cognac pour moi et une grenadine pour le mioche.

— Je ne suis pas un mioche ! martela Sammy.

Sans lui accorder un regard, Ludovic ôta son pardessus, révélant un maillot qui moulait des muscles d'athlète de foire. De profil, il était très différent du séduisant Latino privé d'âme qu'il incarnait dans *Castagnettes en folie*. Le pli dur de sa bouche et son nez épaté inquiétaient, son front étroit accueillait une arcade sourcilière évoquant une caverne où l'œil se tapissait.

— Que mijotes-tu, au juste ? grommela-t-il.

— Je veux un autographe d'Agathe et de Mathias Cléré.

— Quoi ? Colombine et Arlequin ? Dis-moi que je rêve ! Ces saltimbanques, ces parvenus qui ont rampé aux pieds du boss pour lui arracher un contrat de vedettes américaines !

— Et alors ? Il est bien, leur numéro de jongleurs.

— Il est minable, oui !

— Je cherchais aussi à savoir ce qui est arrivé à Muriel Watrin.

— Tiens, v'là autre chose. Pourquoi ? Tu es son exécuteur testamentaire ?

— J'étais un admirateur.

Ludovic Maté ricana.

— Les conquêtes du boss sont toutes du même acabit, des volailles grassouillettes pourvues d'attributs conséquents, mais dotées d'un pois chiche en guise de cervelle. Muriel ne dérogeait pas à la règle. Seulement elle avait de l'ambition, la cocotte, se trémousser en tenue légère ne lui suffisait pas. Elle s'est débrouillée pour que son amant la présente au contrebassiste du Châtelet qui l'a jugée digne de figurer dans plusieurs tableaux à la chorégraphie soignée, et a conjuré le metteur en scène de l'engager. Un feu de paille qui se termine en queue de poisson, ou plutôt de serpent ! Tant pis pour elle, *exit* la future étoile de la variété parisienne !

Sammy trempa les lèvres dans la grenadine qu'il reposa aussitôt avec une moue : trop sucré.

— Qui c'est, le boss ?

— Rien de moins que Renaud Lemerle, le grand manitou de *La Tour de Babel*. Un gandin toujours tiré à quatre épingles, je le soupçonne de dormir avec un fixe-moustaches et un filet sur sa tignasse. Il aime trop les femmes, c'est son seul talent, mais ça le perdra. D'ailleurs sa légitime vient de le quitter avec les deux héritiers, des chérubins aussi faux jetons que leur père. Toi aussi tu caches ton jeu, blanc-bec ? s'enquit Ludovic Maté avec une œillade.

Sammy se recula et se heurta au mur.

Il y avait quelque chose de menaçant dans l'expression de Ludovic Maté.

— Que penses-tu de ma prestation ?

— Vous avez du coffre, vous pourriez chanter à l'Opéra. Mlle Clémentine *idem*.

— T'es pas rien fayot, toi ! Si j'ai consenti à me fourvoyer dans cette pantalonnade plagiée sur les opéras de Bizet et de Gounod, c'est parce que la médiocrité vaut mieux que de végéter dans la mouise. Garçon, une autre fine ! aboya-t-il en levant son verre.

— Si vous continuez, votre foie va en subir de dures, murmura Sammy.

Ludovic Maté gloussa.

— Tu pousses ton pion, hein ? Avec moi tu n'as aucune chance, mon coco. Si tu veux qu'on reste amis, ne t'avise jamais de fricoter avec Clémentine. On peut lorgner, mais défense de toucher.

— Pas de danger, elle est trop vieille, votre Clémentine.

— J'ai de la magnanimité, je pardonne ton hypocrisie. Tu crois qu'elle t'attend pour enseigner le solfège, petit crétin ? Tu tètes encore ta mère, seulement tu n'y couperas pas, toi aussi tu prendras de la bouteille comme tout un chacun. Possèdes-tu des informations inédites concernant la môme Watrin ?

— Je ne vois pas ce que vous entendez par informations.

— Oh que si, tu as une excellente vue, petit serpent que j'ai réchauffé dans mon sein.

Obéissant à une impulsion salvatrice, Sammy renversa son verre sur Ludovic, qui se déplia subitement, les mains plaquées à son pantalon.

— Espèce de bougre de saligaud ! éructa-t-il tandis que le garçon épongeait les dégâts avec un torchon roulé en boule.

Sammy galopa vers la rue et piqua un sprint digne de rivaliser avec les exploits du coureur Léon de Nys. Un autobus l'emporta vers la Bastille.

« Mince alors, quel cinglé ! À côté de lui, l'infâme scélérat de *Fascinax*, c'est de la roupie de sansonnet ! En plus, il picole à tire-larigot. Et puis qu'a-t-il voulu insinuer avec son serpent réchauffé ? Ah, il peut se brosser pour que je retourne là-bas, m'sieu Nelson. Quelle hécatombe ! Ça fait trois artistes de ce music-hall qui se sont pris les pieds dans le rideau par l'entremise de serpents ! Ludovic Maté a omis de mentionner Denver Southern et Robert Escaudain, pas plus qu'une quelconque carte postale. Peut-être qu'il ne connaît pas les tenants et les aboutissants… Ou bien il sait, pour la bonne raison que c'est lui l'assassin. Pourquoi ? *That is the question.* »

Il avait prononcé ces quatre derniers mots à voix haute. Le receveur d'autobus tendit l'oreille.

— Tickets. Vous êtes angliche ?

— Si on vous le demande… maugréa Sammy.

12

Samedi 12 novembre

Du vendredi soir au lundi matin, la boutique de Léa était close. Sammy se réveilla en sursaut sur le coup de onze heures. Il dissimula sa literie sous un rayonnage supportant des jeux de massacre et se fit chauffer un café dans la cuisine. Après une toilette succincte, il gagna la rue de Charonne en ronchonnant.

— Il exagère, m'sieu Nelson, il me prend pour son larbin, je commence à quatorze heures, moi.

Aller gratter à la porte de Jacob n'arrangeait pas son humeur. Pour une fois, son aîné occupait son lit, suite à une brouille avec sa blanchisseuse adorée, et les injures qu'il adressa à son frère après qu'il se fut enfoui sous ses couvertures s'apparentaient aux ricanements d'une hyène bronchitique.

— C'est pas toi que je viens voir, grommela Sammy.

Il s'immobilisa devant le rideau masquant l'accès au réduit.

— M'sieu Nelson, c'est moi.

Dans le cagibi, affalé sur le lit de camp, un bloc de papier à musique posé sur l'estomac, Jeremy dormait.

— Félicitations ! C'est comme ça que vous composez pendant que je me décarcasse ! Tout le monde sur le pont, debout !

Jeremy souleva une paupière, qu'il s'empressa de refermer.

— Je ne dors pas, je médite. Tu as glané des renseignements ?

— J'ai failli être kidnappé par Ludovic Maté, le torero qui vend son âme au diable.

— Qui donc t'a maté ? jargonna Jacob, un drap entortillé autour de lui en guise de peignoir.

— Du coup, je me suis trissé, et je n'ai pas pu enquêter. Faudrait interroger le patron du music-hall parce que, d'après Maté, c'était le protecteur de Muriel Watrin.

— Dites, les gars, vous allez me débroussailler ce pataquès ? En tant qu'envahisseurs de mon domaine, vous êtes tenus de tout me déballer.

— Elle est à l'heure, ta pendule ? Je vais être en retard au Stella ! Débrouillez-vous, jeta Sammy en se ruant vers la porte.

— Il a le diable aux trousses ?

— Jacob, tu as un journal ? s'informa Jeremy en se chaussant à la hâte.

Jacob alla extirper un quotidien déchiré de ses vêtements en tas sur le sol.

— Tu t'es battu avec ? marmotta Jeremy, en quête des programmes de spectacles. *Shit*, si j'y arrive, j'aurai de la chance !

— Le Stella ? Qu'est-ce que c'est, le Stella ?

— Je file, à demain.

— Tu vas m'expliquer, à la fin ? rugit Jacob.

Jeremy escalada quatre à quatre la bouche du métro face à la fontaine du Palmier.

Des grappes d'enfants s'agglutinaient devant le théâtre du Châtelet, curieux de découvrir les grandes affiches représentant un éléphant noir affolé derrière lequel se cabrait un cheval blanc, circulait un train rouge et déferlait un océan démonté malmenant un navire en perdition.

Tandis que les garçons en vareuse marine de serge ou de cheviotte et les filles en casaquin et jupe plissée jouaient des coudes en jacassant, leurs parents colportaient des potins concernant davantage le procès Landru que l'attribution du prix Nobel de littérature à Anatole France. Des messieurs à pèlerine ou pardessus discutaient gravement d'un congrès réuni à Rome la semaine précédente dans le but de constituer un parti politique fasciste. Des élégantes drapées de manteaux en satin ou boudinées dans des costumes tailleur rouille ou canard échangeaient des adresses de boutiques où se procurer des cravates de fourrure.

— Le kilo de beurre normand est passé de douze à quinze francs, confia une gouvernante rougeaude à sa voisine, qui répliqua :

— Et le prix des épinards a doublé !

En resquillant Jeremy parvint à décrocher une place à sept francs. Il rejoignit l'amphithéâtre haut perché.

Malgré la présence d'un véritable éléphant et de décors époustouflants, la pièce en cinq actes lui parut interminable. Il avait lu douze ans plus tôt le roman de Jules Verne et gardait le souvenir d'un récit rythmé, sans aucun temps mort, et du contraste entre la nonchalance de Phileas Fogg, qui jouait au whist sans porter intérêt aux pays parcourus, et les aventures qu'il vivait avec son serviteur, Passepartout. Afin de prolonger le spectacle, le texte d'Adolphe d'Ennery, qui datait de 1874 et était fidèlement repris, comportait des personnages et des épisodes ajoutés. Si, dans le livre, seul l'agent de police Fix cherchait à créer des embarras à Phileas Fogg, dans la version scénique un certain Archibald Corsican souhaitait se venger de lui. Il le provoquait en duel et l'obligeait à dégainer son revolver tous les quarts d'heure. Jeremy avait l'impression d'assister à une représentation des *Rôdeurs de la Prairie.* Corsican et Fogg devenaient amis et, lorsque Phileas sauvait la princesse Aouda, dont il tombait amoureux, Archibald s'éprenait de sa sœur, Néméa. Des ballets luxueusement montés, exécutés par la danseuse étoile Rita Sanghetti, illustraient les passages situés en Inde. Au grand bonheur des spectateurs, l'adaptation permettait d'applaudir un double mariage, assaisonné d'une musique exotique et solennelle. Entre-temps, le flegmatique Phileas Fogg et le roublard Passepartout avaient successivement exploré la Chaussée des Géants, une grotte fourmillante de reptiles, et s'étaient battus contre des Indiens Pawnees attaquant le chemin de fer à bord duquel ils traversaient les États-Unis.

Quand Phileas Fogg s'écria : « Trente mille banknotes pour vous, capitaine, si nous arrivons avant une heure à Liverpool ! » des éclats des cuivres mêlés aux ovations accompagnèrent le baisser de rideau.

Après une progression laborieuse à contre-courant des spectateurs, Jeremy atteignit la scène. Au-delà du rideau rouge et or, les toiles peintes valsaient au-dessus de sa tête pendant que les manutentionnaires de plateau s'affairaient à ramasser divers objets jonchant le sol. Cela tenait d'un paysage après un ouragan, mais demeurait néanmoins bien organisé et ordonné.

Côté cour, Jeremy lut une affichette apposée à l'entrée de la coulisse :

Si vous voulez avoir une bonne santé,
Si vous voulez vivre heureux,
Si vous voulez toucher votre pension du Châtelet,
NE BUVEZ PAS.
L'alcool tue même les plus robustes.
Le directeur.

— Vous avez perdu quelque chose ? s'enquit un machiniste.

— J'engrange des renseignements au sujet de Muriel Watrin.

— Vous êtes reporter ?

— À mon compte. J'envisage d'écrire un essai sur les morts insolites d'artistes célèbres. Lully, blessé à l'orteil par son propre bâton de direction et infecté par la gangrène. Molière, décédé chez lui après la quatrième représentation du *Malade imaginaire*.

L'homme, un quadragénaire au visage anguleux, lui enjoignit de le suivre jusqu'à un renfoncement abritant une lance à incendie.

— La police piétine. Drôle d'histoire. Les serpents de la grotte sont des répliques en caoutchouc animées par des fils, des effets de lumières accentuent leurs ondulations. Muriel interprétait une Indienne de la suite d'Aouda, elle devait charmer les bestioles en dansant. Elle a poussé un cri et s'est effondrée. On l'a évacuée en vitesse, les spectateurs n'y ont vu que du feu.

— Que savez-vous d'elle ?

Le machiniste haussa les sourcils.

— Moi ? Rien ! Le théâtre peut employer jusqu'à sept cents personnes, alors vous pensez ! En tout cas, la petite était très mignonne, bien rembourrée devant derrière. Elle a rendu l'âme avant la venue du docteur. Son chevalier servant était aux quatre cents coups, il ne s'est pas attardé. Oh, et puis ce n'est pas mes oignons, du vent, la môme, j'ai du boulot, jeta-t-il à une figurante.

— C'est ça, mon gros, va dilapider ta paye au bistrot, rétorqua-t-elle. Et vous, le reporter, ce n'est pas à moi que vous allez faire prendre des vessies pour des lanternes ! Muriel Watrin, une artiste célèbre ? Ben dis donc ! Si elle avait été célèbre, la Muriel, ça se saurait. En tout cas elle ne devait pas sa notoriété à ses performances sur scène. Vous croyez qu'on trouve un engagement dans une pochette-surprise ?

L'intonation ironique de ces paroles incita Jeremy à baisser les yeux. Elle était blonde et jeune, seize, dix-sept ans, tout au plus. Nu-pieds dans des mules, elle serrait son kimono, laissant deviner un corps maigrichon. Sa bouche et ses yeux grossièrement fardés renforçaient une impression de gamine mal nourrie.

— Vous étiez son bon ami ?

— Ni l'un ni l'autre, répondit-il.

— Tu parles ! Tous les types lui tournaient autour, mais il y en avait un qui toupillait plus vite que les autres.

— Qui ?

— C'est moche, ce qui lui est arrivé, à Muriel. Sûr que quelqu'un lui en voulait. Le saligaud qui a fait ça, je voudrais lui cracher dessus.

Il n'y avait ni sympathie ni compassion dans sa voix, simplement de la colère.

— Vous avez des soupçons ?

— Ça me rapportera quoi si je vous le dis ?

— Dix francs ?

— Est-ce que je vous ai demandé des sous ? Tout ce que je sais c'est que son protecteur n'était pas n'importe qui. Offrez-moi une cigarette, ça suffira. Le type, je l'ai reconnu. J'étais dans la loge quand il est entré, vous avez du feu ?

Elle tira une longue bouffée qu'elle exhala par le nez.

— Il ne m'a pas vue. Sûrement un familier parce qu'il est allé droit à la place de Muriel, il a raflé ce qui était sur sa table à maquillage, il a tout fourré en vrac dans son chapeau et il est parti en coup de vent.

— Son nom ?

— Vous êtes un petit malin, vous. Son nom, je ne le connais pas, mais je suis certaine que c'est le libidineux qui a refusé de m'engager dans sa revue parce que mes jambes n'étaient pas à son goût.

— Quelle revue ?

— La revue de printemps de *La Tour de Babel.*

— Hé, toi, la mousmé ! Je vais te mettre à l'amende, on ne fume pas, ici ! tonna un homme en uniforme.

Elle décolla la cigarette du coin de ses lèvres, l'écrasa sur le parquet et tira la langue au pompier de service.

Giflé par la bise cinglant le boulevard de Sébastopol, Jeremy psalmodiait le début de *All by Myself.* Enfin, il tenait un semblant de piste.

— *I'm so unhappy. What'll I do ?*

Il chantonna de plus belle la mélodie d'Irving Berlin, sans s'apercevoir que les passants, le prenant pour un fou, s'écartaient sur son passage.

All by myself in the mornin',
All by myself in the night,
I sit alone in a cosy Morris chair…

Il avait juste le temps de gagner *La Dame Blanche.*

13

Lundi 14 novembre

Jeremy remontait la rue Bergère. Chaudes et grasses, les frites fondaient dans sa bouche qu'elles picotaient de sel. Une fontaine Wallace lui permit de se désaltérer avant de rallier *La Tour de Babel*. Il fut satisfait d'y retrouver le caissier invalide. Il se sentait en sécurité près d'une personne esquintée par le destin, plus apte selon lui à comprendre et à pardonner ses propres appréhensions. Les rides guillochant le visage de Félicien Mézel, la transparence de ses yeux lui composaient un masque de bienveillance accentuée par un phrasé traînant.

— Tiens, je pensais justement à vous, à cause des parallèles que vous avez établis entre la mort de votre ami métis et celle de Robert Escaudain. Je vous avais jugé un peu trop imaginatif, mais quand j'ai su que Muriel Watrin avait rendu l'âme au Châtelet dans la « Grotte aux serpents », je me suis dit que des coïncidences en série, c'est plutôt rare.

— Ils avaient quelque chose en commun, ces trois-là ?

Félicien Mézel fronça les sourcils.

— Ils travaillaient dans le spectacle, voilà tout. D'ailleurs les prestations de Muriel dans le corps des Mimi Girls ont été plus rapides qu'un éclair : elle n'est restée que le mois de septembre. Elle a tapé dans l'œil de M. Lemerle, et il s'est empressé de la présenter à des relations plus haut placées que lui, parce qu'elle avait de l'ambition, la donzelle !

— Elle se confiait à vous ?

— Elle ne me voyait même pas ! Depuis l'armistice, je classe les gens par catégories : ceux qui me considèrent en égal, ceux qui font montre d'une sollicitude hypocrite et ceux qui me confondent avec un détail gênant du paysage ou, pire, avec un insecte. La môme Watrin appartenait à la troisième espèce. Elle traversait le hall, sans m'honorer d'un regard. *Tap-tap-tap*, ses talons martelaient le sol, elle s'exprimait haut et fort, je l'entendais se plaindre au patron. Mon bureau, ou plutôt mon réduit, est mitoyen du sien. Sa voix métallique me vrillait les tympans, je suis très sensible à la tessiture. Il faut reconnaître qu'elle avait le sens aigu du clabaudage pour dégommer ses petites camarades : « – Renaud, c'est insupportable, ils n'ont d'yeux que pour cette gourgandine ! – Renaud, qu'est-ce que tu lui trouves à celle-là ? Elle est plus plate qu'une planche à pain ! – Renaud, c'est ça ta trouvaille ? Elle ne chante pas, elle cacarde ! »

Félicien Mézel eut un rire amer.

— Ces soliloques flanqueraient une fièvre cérébrale à bon nombre de vaudevillistes en mal de répliques.

— Renaud ? Renaud Lemerle, le directeur ?

— C'est un cavaleur enragé. La nature humaine est bizarre, parce que c'est à ce type que je dois ma place et mon logement, ce qui démontre qu'on est capable du mieux comme du moins bon. Il glisse une poulette par mois entre ses draps, en dépit de ses joues creuses et de son teint de vieux citron, peut-être pour se prouver qu'il a encore du punch. Mais ce coup-ci, il a morflé, sa chère moitié en a eu sa claque, le torchon a brûlé et elle a déserté le nid de discorde avec la marmaille avant même que les commérages ne propagent la nouvelle.

— Où est-elle partie ?

Félicien Mézel s'assura qu'ils étaient seuls, puis rapprocha son fauteuil de Jeremy.

— Vous jurez de ne le répéter à personne ? Et surtout pas à son mari ?

— Je le jure, affirma Jeremy, levant la main droite. J'essaie juste de tirer au clair la mort de Denver Southern, je lui dois bien ça.

— Rue des Boulangers, du côté de la rue Monge. Pension de famille *Bellamy*, elle m'a fourni l'adresse au cas où il y aurait des messages à lui envoyer. Il y en a pas mal qui la serrent de près dans la boîte, parce qu'à sa façon, elle a du répondant, la Sophie. Seulement elle est pondérée, et ses aventures, elle ne les clame pas sur les toits. Son époux est moins discret.

— Où habite-t-il, ce zèbre ?

— 32, rue Sainte-Marthe, dans le Xe, il paraît qu'il a un appartement plus vaste qu'un champ de manœuvres, sûr qu'il va y installer son harem. Vous êtes rudement curieux, vous espérez les rabibocher ?

— Non, avoir une conversation privée avec chacun d'eux. Je vous revaudrai ça.

— Tenez-moi au fait de vos découvertes, ça me distraira !

— Je n'y manquerai pas.

Place Jussieu se bousculaient des estaminets, une vannerie, une cordonnerie. Dès qu'il eut dépassé la rue Linné pour accéder à la rue des Boulangers, Jeremy inspira une odeur de futaille. Il longea des tonnelleries et des marchands de bouchons. La voie était étroite et escarpée. La pension *Bellamy* se signalait par une façade peinte en jaune clair où se superposaient plusieurs plaques émaillées :

Gaz à tous les étages.
Chambres spacieuses pourvues de commodités.
Cuisine abondante et variée.

Une main vengeresse avait ajouté un A majuscule devant « variée ».

Jeremy appuya sur le timbre.

— Mme Lemerle est-elle là ? J'aimerais m'entretenir avec elle.

La soubrette au visage poupin battit des paupières.

— Elle vient juste de sortir, elle n'est sûrement pas loin, tournez à gauche rue Monge. Elle promène Titus et César.

L'esprit de Jeremy associa ces prénoms à deux chiens de belles proportions. Une grande femme à chapeau cloche, escortée de deux garçons aux mollets musclés, marchait d'un bon pas vers la rue de Navarre. Il se souvint que Mme Lemerle avait abandonné le domicile conjugal en compagnie de sa progéniture. Il suivit le trio à distance et, lorsqu'il se décida à les aborder à l'entrée des arènes de Lutèce, il constata que les fistons offraient une ressemblance avérée avec des bouledogues.

— Allez jouer au football, ordonna leur mère. À qui ai-je l'honneur ? demanda-t-elle d'un ton radouci à Jeremy, qui tanguait d'un pied sur l'autre.

— Je suis un ami de Félicien Mézel, il m'a communiqué votre adresse.

Elle mit ses mains en porte-voix.

— César ! Titus ! Tâchez de ne pas assommer un bébé !

Ses rejetons shootaient au milieu de nourrices et de joueurs de boules indignés, puis lançaient leur ballon sur le buste de l'anthropologiste Gabriel de Mortillet, dont la tête ne leur revenait pas.

— Ces garçons sont insupportables ! Ah oui, Mézel, et alors ?

Ils s'assirent sur un des gradins, face à une théorie de pigeons picorant la terre d'un bec mou. Tandis que Jeremy lui débitait le récit échafaudé après son entrevue avec Félicien Mézel, son interlocutrice retroussa ostensiblement sa jupe jusqu'à mi-mollets.

— J'étais une relation de Denver Southern, pianiste à *La Tour de Babel*. Peut-être l'avez-vous remarqué. Un homme séduisant, originaire des Bahamas, il avait le cœur fragile.

— En quoi cela me concerne-t-il ? modula-t-elle d'un ton suave.

— Quand j'ai su que Denver Southern avait trépassé de la même façon que Robert Escaudain, ça m'a intrigué.

— Robert Escaudain ? Ce nom ne m'évoque rien, lui aussi avait le cœur fragile ? susurra Mme Lemerle, rapprochant sa jambe de celle de Jeremy.

— Robert Escaudain trouvait l'inspiration dans la boisson, il était décorateur, il travaillait chez vous.

— Oh, c'est un grand mot. *La Tour de Babel* n'est pas mon chez-moi, je ne suis que l'épouse du directeur, la mère de ses enfants, une mère bien délaissée.

Elle secoua ses boucles blondes et papillota des paupières, accentuant le charme de ses yeux de poupée.

« Séduisante mais dépourvue du prestige de la nouveauté pour un mari volage », pensa Jeremy, troublé de la pression exercée contre son genou.

Il changea de position et dit :

— Quand j'ai appris le décès de Muriel Watrin, une des Mimi Girls de votre troupe, foudroyée sur la scène du Châtelet, j'ai...

— Cette dévergondée ! Cette intrigante ! Cette Marie-couche-toi-là ! Cette, cette... pute.

L'insulte avait claqué. Elle se reprit :

— Grâce au ciel, il y a une justice divine !

— Maman, j'ai faim, je veux mon goûter ! clama un des deux garçons, le visage maculé de poussière.

— C'est quoi, une pute ? La femelle d'un putois ? interrogea son frère.

Exaspérée, Mme Lemerle leur colla un morceau de baguette et une barre de chocolat entre les mains.

— Singez les gladiateurs et ne nous importunez pas ! C'est tellement injuste, de n'être plus qu'une bonne d'enfants, une laissée-pour-compte, tout ça parce qu'on a procréé ! Vous ignorez ce que j'endure, monsieur.

Elle se tamponna les yeux d'un mouchoir brodé.

— Mais je vous assure, madame, vous paraissez être la sœur aînée de vos fils.

— Flatteur ! Vous êtes un hâbleur comme tous les mâles, vous enrobez vos propos de miel. Au fond vous me jugez hors d'usage. À vos yeux, je ne suis qu'une ruine antique, de beaux restes mis en valeur par d'habiles restaurateurs de musée, un trophée archéologique, une victime du temps promise à la décadence ! gémit-elle, prise à son propre jeux, les paumes appliquées au visage.

« Elle exagère *a little* », se dit Jeremy. Amusé, légèrement ému, il se retint de passer son bras autour de l'épaule inclinée vers la sienne.

— Voyons, madame, je suis sincère, vous êtes très belle.

— Appelez-moi Sophie, décréta-t-elle d'un ton revigoré, les yeux secs, les joues roses. Et vous, comment vous nommez-vous ?

— Jeremy Nelson.

— Magnifique ! Cela résonne mieux qu'un cri de victoire !

Elle se renfrogna.

— Muriel Watrin… Une débauchée, vulgaire et trop grasse. Jeune, un point c'est tout ! Avant elle, j'en ai supporté des dizaines, elles avaient en commun une croupe de dindon et un buste de vache laitière ! Tenez, Agathe Cléré, cette Colombine qui jongle avec Mathias, son Arlequin de mari, eh bien, Renaud lui tournicote autour, un matou à l'affût d'un poisson rouge. Il dépasse la mesure… Ce qui incite Mathias à fréquenter assidument les lupanars, ajouta-t-elle d'une voix teintée de ressentiment.

Jeremy en déduisit que Sophie Lemerle ne pardonnait pas à Mathias Cléré de lui être infidèle.

— Justement, croyez-vous que l'un des artistes de *La Tour de Babel* aurait eu intérêt à ce que trois personnes disparaissent ?

— Des meurtres ? Vous divaguez ! De malheureux hasards, voilà tout. Selon vous, le cœur de votre ami pianiste battait la breloque et le décorateur forçait sur la dive bouteille. Quant à la Watrin, si le fiel l'a étouffée, c'est qu'elle en produisait en trop grande quantité. Je ne vois dans ces morts aucune implication de Mathias Cléré ou de Ludovic Maté, un coquin qui m'a vainement courtisée.

Elle lui dédia un sourire angélique.

— Et vous, Sophie, aucune animosité envers l'un ou l'autre de ces défunts ?

Elle haussa les épaules.

— Ma crédulité me perdra, je suis aussi naïve que Bécassine. En revanche, Renaud, mon coureur d'époux… Vous devriez vous entretenir avec lui, quoique je doute qu'il possède la moindre empathie pour s'apitoyer sur le sort funeste des membres de sa troupe.

La poupée aux yeux clairs s'était muée en un carnassier féroce.

— Où habite-t-il ?

— Chez nous, rue Sainte-Marthe, au numéro 32, dans le Xe arrondissement. Vous ne pouvez pas le rater, il traîne au lit jusqu'à quatre heures de l'après-midi, ce fainéant. Dites-lui que vous venez de ma part, et qu'il n'oublie pas de me faire parvenir de l'argent, je suis chef de famille, moi. Monsieur Nelson, au plaisir de vous revoir ! Titus ! César ! On rentre.

Sans attendre, Jeremy s'empressa de prendre congé et de gagner la rue Monge. Il se sentait traqué. Tous les gens liés à *La Tour de Babel* lui étaient suspects. Il ne se retourna pas mais, s'il avait regardé par-dessus son épaule, il aurait constaté que la silhouette s'attachant à ses pas n'était pas celle d'une femme.

Il était dix-sept heures. Jeremy fonça rue de Charonne. Par chance, il aperçut Sammy ralliant la boutique des Lavergne, chargé de cabas où s'entassaient des carottes, des pommes de terre et des œufs dont les prix avaient baissé. Sammy n'avait qu'une envie : se délester de ces fardeaux dans la cuisine de Léa et rejoindre illico *Fascinax*. Aussi la vue de Jeremy l'emplit d'inquiétude.

— Je me suis rappelé que tu ne travailles pas au Stella le lundi, et je dois me dépêcher d'aller à *La Dame Blanche*. Peux-tu m'aider ?

— Encore ! protesta Sammy qui pensa : « Je suis frit. » C'est roulant, dès que vous avez un truc en tête, vous vous dites : qui vais-je bien prier de s'en occuper à ma place ? Et toc, ça tombe sur bibi.

— Allez, tu me dois une fière chandelle pour ton nouvel emploi, sois chic, je n'ai qu'un véritable ami, ta pomme.

— Bon, bon, n'en jetez plus, grommela Sammy, adossé contre une affiche publicitaire du porto Sandeman, ses cabas à ses pieds. J'écoute. Où, quoi, quand ?

— *La Tour de Babel.*

— C'est une blague ?

— Cette fois, il s'agit d'une audition effectuée par le directeur, Renaud Lemerle. Tout de suite, tu es déjà en retard.

— Je dépose ces provisions et j'y cours, à condition que vous fournissiez les tickets de métro.

Sammy démarrait plein pot quand Jeremy lui lança :

— Tu te présentes en tant qu'acteur en quête d'une panne !

« Une panne, et pourquoi pas un rôle de premier plan ? bougonnait Sammy, piqué au vif. Ils verront, le jour où Louis Feuillade me suppliera à genoux d'interpréter le personnage de Georges Leicester. Oui, il n'y a que Louis Feuillade pour adapter *Fascinax* à l'écran ! »

Il traversa le hall désert de *La Tour de Babel*, aborda la salle de spectacle, avisa une pancarte indiquant en lettres rouges : SÉANCE D'ESSAI. Une flèche pointait vers la droite.

Il pénétra dans une pièce sans fenêtres éclairée à l'électricité. Une dizaine d'hommes et de femmes pressés sur des bancs dialoguaient à mi-voix. Sur une estrade, derrière une table, un individu aux traits durs consultait des photos, compulsait des programmes, feuilletait des annuaires d'un air affairé. Le téléphone mural sonna, il se leva, décrocha et répondit « non » d'un ton cassant.

« Il attige, celui-là ! C'n'est pas la Comédie-Française, ici », songea Sammy, s'asseyant de guingois près d'une dame corpulente qui se tassa à peine.

— Suivant !

Un homme d'une soixantaine d'années aux vêtements fatigués, coiffé d'un méchant feutre tyrolien, se profila devant une frise d'affiches murales :

DU CHARME, DU RYTHME, DE LA JEUNESSE !
DES GAGS À SE TORDRE !
UN PASTICHE DIGNE DE FEYDEAU !
LE ROSSIGNOL DES ABRUZZES !

Le postulant attendait devant le bureau, le chapeau à la main, que Renaud Lemerle daigne le remarquer.

— Ah, c'est vous, monsieur Moncey, c'est gentil de me rendre visite. Gentil mais superflu. Côté romances sentimentales, la distribution du prochain spectacle est bouclée.

Son solliciteur voûta les épaules et répondit avec lassitude :

— Je me contenterai d'une ou deux répliques. Je suis acculé. Plus personne ne me connaît, j'en suis réduit à distribuer des prospectus.

— Pardon, moi je ne vous ai pas oublié, rétorqua Renaud Lemerle. Je vous ai applaudi aux *Folies Rambuteau* quand j'étais gosse, et vous passiez ici en 1913. Mon père vous appréciait beaucoup, il adorait vous écouter chanter *Tu grelottes mignonne.*

— Merci de vous en souvenir.

Renaud Lemerle sourit du bout des lèvres en consultant son planning.

— Voyons, voyons, il me reste... Non, ce n'est pas pour vous... une silhouette de chasseur d'hôtel ?

Le vieil homme contempla ses chaussures comme s'il découvrait leur existence.

— J'ai vraiment besoin d'un travail, murmura-t-il.

— Emballé pesé, je vous inscris ! conclut Renaud Lemerle sans plus se soucier de son interlocuteur qui sortit le front bas.

— Qui est-ce ? souffla Sammy à sa voisine.

— Albin Moncey. Autrefois, les femmes étaient chavirées dès qu'il entrait en scène. Quand même, il est rosse Lemerle, une ligne de texte ça lui sauvait la vie au pauvre vieux.

— Suivant ! cria Renaud Lemerle.

La voisine de Sammy rajusta sa calotte de satin fleuri sur son chignon, s'assura que sa poitrine était bien en place et tortilla sa croupe généreuse jusqu'à l'estrade.

— Madame Layon, Virginie Layon, énonça Renaud Lemerle soudain épanoui. Dites-moi, la dernière fois que je vous ai admirée vous étiez nettement plus svelte. Espérez-vous un heureux événement ?

— Ben vous, toujours le mot pour rire ! J'ai décidé définitivement de ne plus sacrifier à cette mode filiforme et indécente. Quoi qu'il en soit, côté ritournelles, je m'en sors avec bonheur.

— Ravi de l'entendre, malheureusement mon public réclame de la fraîcheur, les couplets grivois ou patriotiques d'avant-guerre ont fait leur temps. Modernisez votre allure et votre répertoire et ensuite revenez me voir. Suivant !

— Salaud, marmotta Virginie Layon, rouge de colère tandis que Sammy, usurpant la place d'un illusionniste encombré de ses accessoires, la remplaçait devant le bureau.

— Edel Sam, imitateur de Charlie Chaplin !

L'index sous le nez, il se mit à déambuler, pieds en dehors, agitant une canne invisible en remontant régulièrement son pantalon. Stupéfait, Renaud Lemerle jaugeait son numéro d'un œil inquisiteur.

— Vous vous payez ma fiole, jeune homme ?

— Je suis recommandé par Denver Southern.

— Denver ? La ville américaine ? Inconnu au bataillon.

— Mais si, il a été pianiste chez vous.

— Notre pianiste se nomme Palermo, précisa un homme assis dans un fauteuil roulant à qui Sammy n'avait pas prêté attention.

— Palermo, Denver, c'est chouette l'internationale du spectacle ! lança-t-il.

— La sottise aussi se conjugue dans toutes les langues ! rétorqua l'homme en fauteuil roulant.

— Ah dites, j'ai mes sources, Denver Southern est un ami de M. Escaudain et ils m'ont garanti que je mimais brillamment Charlot !

— Allez ouste ! Du balai, garnement, je n'ai pas de temps à gaspiller, gronda Renaud Lemerle.

Sammy s'empressa de battre en retraite en contrefaisant Charlot. Ce Lemerle correspondait à la description de Ludovic Maté et ne semblait guère chagriné du décès de Muriel Watrin.

— Peau de vache, va ! Quel mépris envers les artistes qui le font vivre ! Je suis heureux de bosser dans un cinoche, le théâtre c'est un panier de crabes !

14

Mardi 15 novembre

Jeremy dormait sur ses partitions, entortillé dans une couverture pour se préserver de l'humidité du logement. Il haletait sous le poids d'un rêve.

Une hydre gigantesque le pourchassait à travers une forêt de lichens gluants. Soudain, une vague énorme le projetait au milieu d'une mer de sable où un homme sans visage enterrait des nœuds de vipères. Brutalement aspiré par des tourbillons opaques, il s'enfonçait inexorablement au sein d'un déluge de boue…

Il s'éveilla en sursaut, le souffle court, la gorge sèche. Au chevet de son lit, il distingua une forme évanescente. Il serra les paupières, voulut crier, ne parvint qu'à gémir.

— Eh ben, mon pote, qu'est-ce qui t'arrive ? On jurerait que t'as zyeuté Fantômas !

La voix de Jacob ouvrit une brèche dans la nuée où il se débattait. Peu à peu, il recouvra ses esprits.

— Saletés de cauchemars… Il est tard ? maugréa-t-il en se traînant jusqu'à la table de toilette.

— Trois heures et demie. Je vais retourner bosser. Je voulais te prévenir… Cette nuit, Aglaé et moi, nous avons beaucoup parlé et…

— Vous n'avez fait que ça ?

Jacob prit son air des mauvais jours.

— Ce ne sont pas tes oignons. Toujours est-il qu'elle a envie de s'installer ici, avec moi. Elle veut repeindre, rénover la décoration. Je suis embêté d'avoir à te le demander mais...

— Tu souhaites que je libère les lieux ?

Planté devant une cuvette de faïence, Jeremy saisit un pichet et y versa de l'eau.

— Ça peut attendre, bougonna Jacob.

— Je n'ai pas le choix, marmonna distraitement Jeremy, envoûté par les remous du liquide.

Il se souvint de l'homme sans visage de son rêve. C'était le fil d'Ariane dont il avait besoin.

À l'heure du déjeuner chez Léa, Sammy lui avait relaté à voix basse l'audition à laquelle il avait participé à *La Tour de Babel* :

— Renaud Lemerle, le directeur, était perché sur son estrade comme le corbeau sur son arbre, il nous toisait à tour de rôle, pas du tout prêt à nous lâcher la moindre bribe de camembert, ni à la dame grassouillette qui me précédait, ni à moi. Près de lui il y avait un type désagréable en fauteuil roulant. J'ai annoncé à Lemerle lui être recommandé par Denver Southern, il a eu l'air ahuri et le type en fauteuil roulant m'a répliqué sèchement que le pianiste du music-hall se nommait Palermo, point final. Je leur ai imité Charlot. Fallait voir comment on m'a congédié !...

Jeremy se regarda dans la glace accrochée au-dessus de la table de toilette.

L'homme sans visage aux nœuds de vipères n'était pas une image onirique. Renaud Lemerle devenait un individu très réel. Mais, dans cette affaire, quelle était l'implication de Félicien Mézel ?

Jeremy se passa un gant sur le visage, se caressa le menton et enduisit son blaireau de savon : il n'avait pas eu le courage de se raser le matin.

Près de lui, Jacob se dandinait, visiblement ennuyé de l'avoir prié de libérer l'appartement.

— Détends-toi, mon vieux, je lèverai le camp dès que je serai remis de cette sieste, j'ai trop mangé de chou-fleur gratiné chez Léa ce midi.

— Écoute, ce n'est pas urgent, on peut patienter quelques jours, si tu veux travailler à tes compositions...

Jeremy lui jeta un coup d'œil.

— Tu as des remords ? Pas d'états d'âme entre nous. Je connais la rengaine. *Home sweet home* : on n'est jamais mieux que chez soi...

Il se mit à fredonner :

Back home again in Indiana
And it seems that I can see
The gleaming candle light, still shining bright,
Through the Sycamores for me.

— C'est quoi, ce délire ?

— Une chanson de MacDonald et Hanley.

Tout en sifflotant, il décida d'aller de ce pas chez Renaud Lemerle pour en avoir le cœur net. La mousse à raser s'égara sur son nez, il avait l'air d'un clown. Jacob gloussa. Jeremy punit son insolence d'une averse savonneuse, aussitôt contrée par une poignée de bulles ramassées à la surface de la cuvette. Le combat dégénéra en un duel aquatique mené à grandes éclaboussures. Quand ils furent épuisés, Jacob, heureux de leur fraternité restaurée, agita une taie d'oreiller en signe de trêve.

— Profite bien de notre complicité, lui conseilla Jeremy. Je doute que tu mènes ce genre d'escarmouche avec ton Aglaé !

— Oui, papa. Je me réserverai pour mes mômes !

— Contrairement à moi, ils risquent de te mordre les oreilles et de te scalper ! Je cache la clé sous le paillasson ?

La maigre rue Sainte-Marthe abritait des marchands de métaux, de cordes et de ficelles, d'enseignes, de papiers en gros. Deux ou trois mastroquets s'inséraient dans ce décor industrieux, sans compter un débitant de fritures devant lequel, à l'heure du déjeuner, s'étirait une file de clients, une assiette vide à la main. Jeremy se fût volontiers mêlé à eux, car le chou-fleur était digéré depuis longtemps, mais il préféra gagner sans tarder le 32 pour s'entretenir avec le directeur de *La Tour de Babel*, ensuite il déposerait ses effets rue Notre-Dame-de-Lorette.

Renaud Lemerle s'était couché à l'aube et n'avait pas assez dormi. Son caractère habituellement jovial s'aigrissait quand la nuit avait été trop courte. Après avoir failli se prendre les pieds dans ses draps, il ouvrit la croisée afin d'aérer l'appartement où flottait une odeur de cigare. Les trilles d'un violoniste des rues l'obligèrent à refermer la fenêtre et, dans sa hâte, il se pinça l'index. Une exclamation de douleur suivie d'une cascade de jurons résonnèrent dans la salle à manger chichement meublée d'une table, de six chaises et d'un buffet normand. La poussière accumulée le long des plinthes et les miettes semées sur la table attestaient du peu d'importance accordée au ménage par le propriétaire des lieux.

— Saleté de musicien à la noix, avale ton archet et cesse de me massacrer les oreilles, j'ai déjà ma dose avec ces abrutis du music-hall !

Renaud Lemerle se dirigea vers le cabinet de toilette où il décrocha d'une patère et enfila un kimono japonais. Il s'examina dans un miroir, tenta de peigner les deux touffes grisonnantes encadrant ses pommettes, renonça, tira la langue, la jugea jaunâtre, signe de mauvais fonctionnement du foie, et se promit de veiller davantage à sa santé.

Il se prépara du café et deux œufs à la coque avec du pain et du beurre pour les mouillettes. S'il regrettait que Sophie ne lui serve pas son petit déjeuner au lit, il ne s'alarmait nullement de son absence qui en général ne durait pas plus d'une semaine. Ils s'infligeaient l'un à l'autre leurs incartades, et ce n'était pas une petite danseuse de troisième ordre qui allait modifier leur façon de vivre.

Les garçons, en revanche, ne lui manquaient pas du tout, il envisageait même de les placer en internat jusqu'à la fin de leur adolescence.

Il vérifia que tout était en ordre dans la pièce aux trésors, et alla s'asseoir à la table de la salle à manger avec sa collation disposée sur un plateau. Quand il trempa la première mouillette dans la coquille, l'image de Muriel Watrin, recroquevillée sur un tapis, la bouche ouverte, s'imposa à son esprit. Il s'étrangla avec la mie, réussit à la déglutir grâce à une gorgée de café, toussa, éternua dans son mouchoir. La sonnette tinta.

Furieux, Renaud Lemerle resserra les pans de son kimono et, aplatissant ses cheveux d'une main, se tamponna de nouveau les lèvres de l'autre.

L'homme qui se tenait sur le paillasson, son chapeau entre les doigts, lui était inconnu. Jeune, plutôt séduisant. Renaud Lemerle souleva le menton d'un air interrogateur.

— Je me nomme Jeremy Nelson, je suis... j'étais un ami de Denver Southern.

— Denver qui ?

— Southern.

— Navré, non.

— Il était pianiste de jazz, il a travaillé plusieurs fois à *La Tour de Babel* pour de courtes périodes. Jim Stapleton m'avait annoncé que Denver avait rendez-vous avec vous il y a une quinzaine.

— Jim qui ?

Exaspéré, Jeremy fit un pas en avant.

— Ne pourrions-nous poursuivre cette conversation à l'intérieur ? Je suis gelé.

À contrecœur, Renaud Lemerle s'effaça, laissa entrer son visiteur, claqua la porte et marcha jusqu'à la salle à manger.

— Mettez-vous à l'aise, je vous prie. Si vous en avez envie, servez-vous de pain et de beurre, et prenez une tasse de café.

— Non merci, je viens de déjeuner, assura Jeremy, qui eût bien grignoté quelque chose.

Fasciné, il observa son hôte en train d'ingurgiter la dernière mouillette et d'aspirer le fond de la tasse. Il correspondait trait pour trait à la description de Sammy qui lui avait relaté la scène lamentable avec le vieux chanteur de charme, Albin Moncey. Il décida d'aller doit au but.

— Denver Southern est décédé. D'après le médecin, ce serait dû à une crise cardiaque.

Renaud Lemerle tapotait négligemment son assiette du bout de sa fourchette.

— Désolé pour votre ami.

— Je connaissais également Robert Escaudain.

— Excellent décorateur, le remplacer n'est pas facile. Il avait le gosier en pente et les donzelles lui échauffaient plus le sang qu'à moi.

— À propos, j'ai appris la disparition d'une troisième personne qui se produisait chez vous, une danseuse du Châtelet.

— Muriel ? Drôle d'affaire. Aucun rapport avec Robert Escaudain. Votre ami musicien, ce ne serait pas un type bien découplé, au teint bistre, plutôt beau garçon ?

Jeremy opina.

— Je l'ai croisé entre deux portes, en effet. C'est M. Mézel qui l'a engagé pour pallier l'absence de

M. Palermo, notre pianiste attitré. En somme, monsieur Nelson, que désirez-vous ? Vous êtes policier, détective, journaliste ?

— Je suis en possession de renseignements, qui font de moi une cible potentielle, et l'inquiétude m'incite à déterminer quel lien unissait ces trois personnes mortes de si étrange façon.

— Une cible ? Faites-vous allusion à des meurtres ?

Jeremy hocha la tête. Renaud Lemerle posa l'index sur la table et agrandit une éclaboussure d'œuf en larges cercles. Il s'ébroua brusquement, rompant le sortilège qui l'avait envahi.

— Vous vous montez le bourrichon. En ce qui concerne votre collègue, je ne me préoccupe pas des intérimaires, encore moins de leur santé. Quant à Robert Escaudain, son palpitant n'aura pas supporté le régime auquel il le soumettait. La pauvre Muriel, Dieu ait son âme, a été victime d'un accident déplorable, je suis le premier à en être affligé, car j'avais de l'affection pour elle, c'est moi qui l'avais encouragée à jouer dans *Le Tour du monde en quatre-vingts jours*.

— C'est singulier. Cette pauvre fille a trépassé subitement dans la « Grotte aux serpents ». Si elle a été piquée par un reptile, sa mort…

Renaud Lemerle lui jeta un regard incrédule.

— Où avez-vous pêché cette fantaisie ? Les serpents de la grotte sont de vulgaires peluches !

— La presse…

— La presse ? Ah, parlons-en ! Les pisse-copie sont très forts pour balancer des titres susceptibles d'alimenter leur tiroir-caisse, ils vendraient leur mère en paquet-cadeau ! Résultat : le responsable du service des accessoires du Châtelet s'arrache les cheveux.

— C'est vous qui avez emporté ce qui se trouvait sur la table de maquillage de Mlle Watrin ?

— Comment le savez-vous ?

— Quelqu'un vous a vu.

— C'est vrai, je voulais conserver un souvenir d'elle, des objets à la valeur uniquement sentimentale. Suivez-moi.

Ils passèrent dans un petit bureau tapissé d'étagères sur lesquelles s'alignaient un monceau de classeurs et de boîtes estampillées d'un numéro. Renaud Lemerle saisit l'une d'elles, la posa sur un secrétaire, en souleva le couvercle et montra son butin à Jeremy.

— C'est peu de chose, de la poudre de riz, un vaporisateur, un peigne de nuque, un bâton de rouge à lèvres, une carte postale…

— La carte ! ordonna Jeremy avec une ardeur qu'aussitôt il se reprocha.

Aussi s'empressa-t-il d'ajouter d'un ton plus calme :

— C'est une reproduction de tableau, elle prisait la Renaissance italienne ?

— En voilà une question ! marmonna Renaud Lemerle. Je suis incapable d'y répondre, nous n'avons jamais abordé ce sujet.

Jeremy tendit à Renaud Lemerle la carte postale du portrait de Simonetta Vespucci peint par Piero di Cosimo.

— Elle lui ressemblait, dit celui-ci avec des trémolos dans la voix.

— Examinez attentivement ce que cette femme porte autour du cou.

— Mon Dieu ! Vous supposez que c'est un avertissement ? On aurait intentionnellement introduit un reptile venimeux dans la « Grotte aux serpents » ? En ce cas, ce reptile doit se dissimuler quelque part, non ?

— Forcément.

— Mais c'est horrible, ce que vous avancez ! Qui aurait voulu supprimer cette affriolante petite ?

— Monsieur Lemerle, si agresseur il y a, il est possible que vous le connaissiez.

Tout en se mordillant la lèvre inférieure, Renaud Lemerle rangea la boîte sur l'étagère, tourna les talons et d'un signe invita Jeremy à repasser dans la salle à manger.

— Monsieur Lemerle, réfléchissez, insista Jeremy, trois de vos artistes sont morts, quelqu'un de votre entourage cherche peut-être à vous impliquer.

Renaud Lemerle éclata d'un rire sec.

— C'est la meilleure ! Mais, j'y songe... Muriel a une cousine germaine, Hélène, son aînée de quinze ans, veuve d'un lieutenant tué aux Dardanelles. Hélène menait une double vie. Son amant était un soi-disant mage indien apprécié du public des music-halls, Sâr Nadji Gorem. Il charmait aussi des serpents.

Jeremy haussa les sourcils.

— C'est assez banal, ce boulot, dans notre milieu, continua Lemerle. Son vrai nom était Jean Philippot. Il vivait non loin de sa dulcinée, dans une mansarde de la rue de Bièvre peuplée de créatures plus répugnantes les unes que les autres.

— Il est mort ?

— À Verdun. Depuis, Hélène Villedieu n'a cessé de veiller sur sa ménagerie rampante.

— Aurait-elle pu assassiner Muriel ?

— Vous êtes fou ! Hélène est effondrée, elle l'adorait, elle l'a élevée comme sa fille. Mais bon, un malfaisant a pu lui dérober un serpent. Sûrement pas le frappadingue chez qui elle habite, et dont elle est la nounou et la dame de compagnie, mais une des anciennes relations de Philippot.

— Quelle est son adresse ?

— 6, rue Maître-Albert

Renaud Lemerle empila coquetier, beurrier, tasse et couverts sur le plateau. Jeremy comprit que l'entrevue était terminée. Son hôte l'accompagna jusqu'à la porte.

— Si vous allez là-bas, pas un mot de moi à Hélène, elle n'éprouve guère de sympathie à mon égard.

— Pourquoi ?

— Elle m'accuse d'avoir été pingre envers son dresseur de reptiles. C'est faux, je paye les gens à leur juste prix, et ce Sâr Philippot, bien qu'il fût l'avatar d'un mage de Batavia, ne valait pas tripette. Ses cobras étaient plus mous que des cordons de rideaux.

— Une dernière question, dit Jeremy. Êtes-vous collectionneur ? Toutes ces boîtes numérotées...

— Moi ? Jamais de la vie, je suis l'égal d'un conservateur de musée, je sauvegarde de l'oubli les empreintes de mes artistes. Salutations, monsieur.

— Si vous avez du nouveau, vous pouvez me joindre à *La Dame Blanche*, précisa Jeremy. C'est un restaurant de Pigalle où je joue du piano chaque soir de dix-neuf heures à minuit.

Quand il fut assuré que l'importun, une fois reconduit dehors, ne se ravisait pas, Renaud Lemerle écarta une tenture et ouvrit une porte attenante au bureau. C'était là qu'il entreposait les antiquités dont il faisait le trafic et qui l'aidaient à boucler certaines fins de mois. Statues grecques unijambistes, mosaïques romaines incomplètes, verreries égyptiennes fêlées, fragments de poteries d'albâtre grecques se bousculaient sur des trépieds et des socles de stuc. Il en fit le tour et décida d'en vendre une bonne partie le plus tôt possible. Il devait prendre rendez-vous avec quelques antiquaires, il avait besoin de numéraire, ne fût-ce que pour payer une femme de ménage et régler Ludovic Maté et Clémentine Nozay, de plus en plus gourmands. Et puis, il fallait encore rétribuer ceux qui avaient exécuté ses consignes et satisfait aux caprices de Muriel.

Il sortit, sans omettre de tourner une grosse clé dans la serrure de la pièce aux trésors.

Sur le trottoir de la rue Sainte-Marthe, Jeremy déplia un plan de Paris aux coins usés qui ne quittait pas sa poche. Passages, impasses et ruelles s'entrecroisaient dans le plus grand désordre, bien différents de l'ossature new-yorkaise à angles droits. Après un dernier regard aux fenêtres de Renaud Lemerle, il embouqua la rue du Chalet en direction de la bouche de métro Belleville.

« Je cerne mal ce type. Hier, il a affirmé à Sammy ne pas connaître Denver Southern. Aujourd'hui, il commence par me seriner le même refrain, et subitement la mémoire lui revient : "un type bien découplé, au teint bistre". D'après lui, Denver a été recruté par Mézel dont ce n'est pourtant pas le turbin, il s'occupe de la billetterie... C'est tout de même étrange, la première fois que je suis allé à *La Tour de Babel*, j'ai cité à tout hasard le nom de Denver devant Mézel, il m'a répondu spontanément que ça ne lui disait rien. Lemerle me prend pour un benêt ? Pauvre Denver, à croire qu'il n'a jamais existé ! »

Jeremy se moqua de ses cogitations. Après quoi courait-il au juste ? De nouveaux ennuis, plus graves ? Dès qu'il interrogeait un suspect, un nouveau surgissait. Quand cette inflorescence de coupables potentiels prendrait-elle fin ? Sophie et Renaud Lemerle s'étaient ajoutés à sa liste, et maintenant Renaud Lemerle tirait cette Hélène Villedieu du chapeau.

Hélène Villedieu attendrait, il ne se sentait pas la force d'affronter une deuxième course à travers Paris. D'ailleurs, il lui fallait prendre ses partitions et ses quelques effets laissés chez Jacob, les rapporter chez Helga Becker, se changer et gagner *La Dame Blanche*.

Sous le réverbère en forme de brin de muguet de la station du métropolitain, une marchande de marrons piétinait près de son brasero. Il s'offrit un cornet.

— Belleville, murmura-t-il.

Ce nom remua ses souvenirs, la silhouette de Camille, au piano du cinéma le Rodéo, se dessina soudain avec une netteté à laquelle il n'était plus habitué. Une onde de bonheur balaya ses inquiétudes, il se mit à fredonner *Santa Lucia* en dévalant l'escalier du métro.

Non plus de trêve,
C'est l'instant du plaisir…

15

Mercredi 16 novembre

— Tais-toi poussière ! Claque-patins !

Face à Notre-Dame, sur la berge du quai de Montebello, un ramasseur d'orphelins rabattait le caquet d'un ivrogne. Jeremy observa avec curiosité ce commerce qui consistait à récolter des mégots, à les dépiauter et à proposer le tabac ainsi récupéré à d'autres pauvres hères afin qu'ils se roulent des cigarettes. Il avait entendu dire que les jardiniers étaient friands de ces miettes de pétun dont ils saupoudraient la terre en guise d'insecticide.

« Quel dommage qu'on ne réutilisât pas aussi les crottes de chiens semées sur le pavé ! »

Remonter les marches le séparant du quai fut une épreuve, tant la bise était rude. Sur les boîtes closes des bouquinistes, des pigeons narguaient les rares passants.

Jeremy plaignit les poivrots recrachés par un assommoir au coin de la rue Dante et couchés sur le bitume glacé de la rue Lagrange. Indifférents aux autobus et aux voitures de livraison, ils vilipendaient le président de la République, Alexandre Millerand, et les chiffonniers venus vendre leur cargaison de hardes dans des dépôts crasseux.

Un taxi le klaxonna alors qu'il s'enquillait rue de la Bûcherie. Il haussa les épaules. Quelques lumignons éclairaient des commerces alimentaires où s'alignaient en devanture des pyramides de boulettes d'une couleur douteuse. Ces restes amalgamés de viandes, de légumes, de poissons fournis par les restaurants du quartier étaient débités en pâtés au nom évocateur d'*Arlequins*. Il dépassa un dispensaire gratuit destiné aux animaux de compagnie. Un tango argentin, généreusement offert par le propriétaire d'un phonographe, flottait sur le quartier.

Jeremy fut étonné par le nombre important d'hôtels baptisés d'un patronyme de province française, *Le Bourgogne* et *Le Beaujolais* flanquaient *Le Lorraine*, *Le Bretagne* s'encastrait entre une boucherie casher et *Le Berry*. Leur clientèle se recrutait parmi des étudiants désargentés, des débardeurs, des employés, ou des manœuvres vivant toute l'année à bas prix dans des chambres au mobilier bancal.

Au carrefour de la rue Frédéric-Sauton et de la rue des Grands-Degrés surgit d'un de ces établissements un négociant à la sauvette ployant sous un faix d'allume-feu à un franc. Avant que la porte ne se referme, Jeremy entrevit une dame en peignoir rouge, plantée au débouché d'un sombre escalier où s'engouffraient des couples pour un bref voyage à Cythère tarifé cent sous l'heure.

Désorienté, il longea une cohorte de boulangeries, poissonneries, bonneteries-merceries, crèmeries et bifurqua rue Maître-Albert, où il dut franchir un coude à angle droit pour atteindre une succession de ferrailleurs, de marchands de tapis, d'antiquaires et de bouillons installés dans des demeures anciennes dont certaines possédaient un porche à carrosses. Les façades étaient parsemées d'affiches multicolores. Une auto grondait, coincée derrière un haquet abandonné au milieu de l'étroite chaussée.

Le numéro 6, un immeuble de quatre étages, était étayé par des poutres. Quand il se fut engagé dans le couloir, il distingua les noms des occupants tracés en cursive sur une feuille punaisée au mur. *Mme Hélène Villedieu* figurait à côté de *M. Paul Badesse*, au deuxième étage à droite.

La femme qui entrebâilla était beaucoup plus petite que lui, son visage au teint mat indiquait une origine méditerranéenne.

— Vous désirez ?

— On m'a donné votre adresse à *La Tour de Babel.* Je cherche à élucider la mort de Muriel.

— Vous étiez de ses intimes ?

— Absolument pas. Je me nomme Jeremy Nelson. Je suis pianiste.

Hélène Villedieu ôta la chaîne de sécurité. Ses cheveux blond doré relevés sur la nuque, ses yeux soulignés de khôl, ses deux grosses boucles d'oreilles en formes de grappes de raisin remémorèrent à Jeremy une peinture de femme étrusque admirée au British Museum. Il pénétra dans une pièce basse de plafond bizarrement meublée. Des poufs, des carpettes, un matelas recouvert d'une toile à motifs imprimés, un plateau à thé posé à même le sol carrelé, des livres épars sur un amoncellement de coussins.

— Un instant, je vous prie.

Elle disparut dans une chambre attenante d'où elle ne tarda pas à rapporter deux tabourets. Ils s'assirent vis-à-vis, lui gêné de la dominer, avec l'impression de siéger dans un tribunal, elle les yeux gonflés, les mâchoires crispées, un mouchoir entre ses doigts.

— Acceptez mes condoléances pour la mort de votre… bredouilla-t-il.

— Vous êtes sûr que vous ne fréquentiez pas Muriel ? le coupa-t-elle.

— Il paraît qu'elle a été piquée par un serpent, comme deux autres personnes qui ont travaillé à *La Tour de Babel.*

— Mon Dieu ! Vous me soupçonnez d'avoir…

Elle suffoquait d'indignation.

— Je vous défie d'alléguer une seule raison pour laquelle j'aurais porté préjudice à Muriel ! piailla-t-elle.

— Je n'ai pas prétendu que…

Alerté par un son feutré, Jeremy recula vivement son tabouret. À ses pieds, un homme à croupetons examinait ses chaussures.

— Jamais ce cuir ne supporterait le traitement que j'inflige à mes pantoufles, constata une voix basse, atone. Considérez mes charentaises, le dessus est usé d'avoir traîné sur le plancher.

— Je vous demande pardon ?

— Remballez vos excuses. Je ne reviendrai pas sur ma décision. La station debout mène au meurtre collectif.

Tel un gros mammifère hostile, l'homme dressait sa tête étroite au menton pointu garni d'une barbiche décolorée, aux lèvres minces, aux cheveux blancs et longs partagés par une raie. Jeremy lui trouva un air de famille avec un épagneul. Hélène s'était approchée de lui et lui tapotait l'échine.

— Calme-toi, Paul, monsieur s'intéresse à la mort de Muriel. Monsieur Nelson, je vous présente M. Paul Badesse, professeur de lettres classiques à la retraite.

L'homme à quatre pattes se cabra si violemment que Jeremy crut qu'il allait le mordre, mais il dit :

— Les humains, je les exècre, ils ne savent que s'entretuer. À l'instar de ce cher Alceste, j'ai toujours été misanthrope, mais le conflit mondial responsable de la mort de millions d'hommes, de femmes, de vieillards, d'enfants et d'animaux – vous remarquerez qu'on ne mentionne jamais ces derniers dans les livres d'histoire – m'a convaincu de passer à l'acte. C'est grâce à Hélène que j'ai pu m'exercer sans répit. Les débuts ont été difficiles, demeurer accroupi provoque des douleurs articulaires aiguës.

Jeremy gara ses jambes, de crainte que Paul Badesse ne s'y cramponne.

— Peu à peu, je me suis habitué à manger dans la position du lotus, à me soulager dans une cuvette, à dormir à la mode japonaise. Je me fredonne un florilège de chants révolutionnaires, j'accélère leur tempo, je m'imagine galoper dans une savane d'où je finis par décoller. Je plane au-dessus de vastes paysages et ainsi je m'accommode d'être rivé au sol. Évidemment, un véritable quadrupède n'a pas besoin d'accompagnement musical pour se déplacer, il n'est même pas conscient de ses mouvements. Combien d'années me seront-elles nécessaires avant que j'étouffe en moi l'humain et que je me mue en un chien, un chat, un renard, un loup ? Impossible de savoir.

— Mais je ne comprends pas en quoi le fait de se tenir droit est lié à la guerre, objecta Jeremy.

Paul Badesse, retranché derrière un pouf, les joues marbrées de rouge, aboya :

— Enfin, réfléchissez ! La bête délaisse son état originel, se campe sur ses pattes antérieures, permettant ainsi à son cerveau de se développer et à ses mains de devenir préhensiles. L'intelligence s'accroît, et à quoi mène-t-elle ? À une bestialité dont les animaux n'imaginent pas l'existence. Avez-vous déjà vu des meutes de loups se bombarder mutuellement de gaz moutarde pour agrandir leurs territoires ? Des tigres se torturer les uns les autres afin d'éliminer leurs rivaux ?

Force fut à Jeremy d'admettre la logique de cette démonstration, tout en étant persuadé que son interlocuteur était atteint de démence.

Il se tourna vers Hélène Villedieu, décidé à orienter la conversation vers des sujets moins philosophiques.

— On m'a conté que votre... qu'un de vos amis était charmeur de serpents.

Elle émit un rire bref.

— Employez le mot exact : mon amant, Jean Philippot. Il avait dressé des cobras et se produisait dans des music-halls.

— Pratique barbare, les serpents sont sourds, on abuse le public en lui montrant un reptile qui danse au son d'une flûte alors qu'en fait il ondule comme face à un ennemi afin de le tenir à distance. Très souvent, le charmeur a au préalable utilisé un bâton brûlant avant d'y substituer sa flûte, énonça Paul Badesse, qui, avachi sur son pouf, pelait une banane.

— Ce n'est pas vrai ! s'écria Hélène. Jean affectionnait ses cobras, autant qu'il m'aimait, moi ! Mon mari, paix à son âme, me traitait en moins que rien. Jean, lui, était la tendresse même, et ne m'a jamais malmenée !

— Menteuse ! Tu m'as avoué qu'il te flanquait des peignées quand il avait trop bu, et que je suis le premier homme à t'avoir témoigné respect et attachement, susurra Paul Badesse.

— Oui, c'est vrai que tu es gentil, tu m'as recueillie, je te suis reconnaissante de m'accorder ta confiance. Une ou deux fois Jean m'a battue, mais il s'en est aussitôt excusé. C'était une façon de me manifester son amour, toujours mieux que la totale indifférence de mon époux.

— Vous me suivez, monsieur ? Voici ce dont les humains sont capables, et coupables : des coups assenés à des semblables plus faibles qu'eux, et ils appellent ça de l'amour ! glapit Paul Badesse, qui s'empressa de quitter la pièce sur les genoux et les paumes.

Hélène Villedieu, dont le visage était demeuré crispé en présence de son compagnon, se détendit. La séduction de Jeremy opérait, elle appréciait son self-control et son sourire bienveillant. Ce n'était pas tous les jours qu'un jeune homme lui rendait visite.

— Soyez indulgent, monsieur. Paul est d'une extrême générosité. Je suis presque sans ressources, et, s'il ne m'avait pas engagée pour veiller à ses besoins, je me verrais contrainte de partager la soupente léguée par Jean avec les serpents qu'elle abrite. Paul a perdu deux sœurs et des neveux pendant la guerre.

— Des serpents ? S'agit-il des cobras ayant appartenu à Jean Philippot, dit le Sâr Nadji Gorem ?

— Oh non, ils sont morts depuis longtemps. Ce sont des vipères aspics, mais qu'allez-vous croire ? Je ne me suis pas servie de l'une d'elles pour assassiner Muriel, je le jure !

— Ai-je lancé une telle accusation ? demanda Jeremy, en proie à l'excitation.

« Des vipères aspics, justement ! » pensa-t-il. Il décroisa les jambes et s'enquit d'un ton détaché :

— À quoi reconnaît-on une vipère ?

— Elle mesure au plus quatre-vingt-dix centimètres, sa tête est plate, triangulaire, ses pupilles verticales, son museau, retroussé. Une bande noire court en zigzag sur son dos écailleux.

« Cela correspond aux serpents crevés que j'ai vus chez Denver Southern et Jules Dunières. Pourquoi cette femme se rebiffe-t-elle si âprement ? A-t-elle quelque chose à se reprocher ? »

— De quoi se nourrissent ces vipères ?

— Je leur donne des souris, le quartier en regorge. Parfois, des escargots – il y a un éleveur dans le coin – ou des limaces.

— Mortes, les souris ?

— Non, vivantes.

Jeremy réprima un haut-le-cœur.

— Elles ne souffrent pas. La vipère les anesthésie avec son venin, cela favorise sa digestion.

— Parce que vos vipères sont dangereuses ?

— Si on les perturbe après un repas ou avant la mue, elles attaquent. Je n'ai pas eu le cœur de leur retirer leurs crochets.

— Comment sait-on qu'elles vont muer ?

— Leurs yeux s'opacifient. Cela arrive deux à quatre fois par an.

— Combien y en a-t-il, dans la soupente ?

Hélène Villedieu ferma un instant les paupières.

— Une vingtaine. Les mâles et les femelles sont séparés, il y a six terrariums, ce sont des sortes de cages vitrées.

— Quelqu'un aurait-il pu subtiliser plusieurs de ces bestioles à votre insu ?

Elle lui lança un regard outragé.

— La porte est défendue par trois cadenas, vous pensez bien que, si un voleur les avait forcés, je m'en serais aperçue !

— Quelle opinion avez-vous de Renaud Lemerle ?

— Un tombeur, un flagorneur, il multiplie les conquêtes féminines, Muriel est la dernière en date. Il lui a fait miroiter monts et merveilles pour la glisser dans son lit, mais de là à lui infliger cette fin ! Notez que je serais ravie de pouvoir lui coller ce crime sur le dos, mais non, il n'aurait pas été fichu de s'introduire dans la soupente et, eût-il réussi, il aurait probablement été piqué.

Jeremy prit congé. Elle ne se dérangea pas pour le raccompagner. Dans l'entrée, il se ravisa et revint sur ses pas, la carte de Simonetta Vespucci à la main.

— Ce portrait ne vous rappelle rien ?

Hélène Villedieu hésita.

— Je suis ignorante en matière de peinture.

Sur le palier, une voix lui fit baisser la tête. L'homme à quatre pattes, qui avait atteint la sortie par une seconde issue, lui murmura :

— Ne vous fiez pas à cette langue de vipère. Comme les serpents femelles à la saison des amours, elle attire les mâles : son mari décédé – il se nommait Charles –, son amant dégommé, et désormais moi, tous ensorcelés par ses attraits. Hélène est un bel aspic. Au fait, savez-vous d'où est tiré ce nom ?

— D'une plante vénéneuse ?

— Perdu ! En grec, il désigne un bouclier, référence à l'arrière de la tête de la vipère. Les serpents d'Hélène sont le rempart qui la protège. La volupté qu'elle ressent à caresser des corps à sang froid n'a d'égale que sa répulsion envers les relations intimes. D'où notre bonne entente, car je ne suis pas porté sur la chose.

Il disparut aussi vite qu'un reptile. Jeremy se hâta de regagner la chaussée et, par curiosité, emprunta la rue de Bièvre, où, sous une toiture, se cachaient les vipères du Sâr Nadji Gorem, alias Jean Philippot. Il longea bon nombre de blanchisseries spécialisées dans le « fin » ou le « gros », examina la vitrine d'un relieur, et serait volontiers entré chez un coiffeur s'il avait eu les moyens de s'offrir une coupe.

Cette expédition n'avait rien éclairci, au contraire. Deux suspects s'ajoutaient à une liste déjà fournie. Mais tant la cousine de Muriel que son compagnon à quatre pattes étaient, sans qu'il devinât leurs mobiles, plus susceptibles que les autres d'avoir perpétré les trois assassinats.

16

Jeudi 17 novembre

Sous l'emprise d'un coup de cafard, Jeremy louvoyait entre les passants du boulevard Beaumarchais. Son quotidien lui paraissait stérile, sa combativité et ses espoirs se diluaient dans un vide intérieur auquel il cédait avec une certaine satisfaction. Il n'avait goût à rien. À quoi bon se démener quand les pensées négatives ruinaient ce dont il avait rêvé à New York ? Musique, talent, créativité… Ses ambitions se soldaient par un boulot minable, un salaire de misère, et une machination meurtrière qui lui empoisonnait l'existence.

Il s'ébroua et fredonna une berceuse que lui chantait sa mère :

Ne pleure pas, ne pleure pas, petit orphelin,
Retiens tes larmes même si tu as du chagrin…

Quelle sottise de se vautrer dans les idées noires ! La vie restait une belle aventure. Où était passée sa résolution d'être heureux ?

Évoquer la mort de Muriel Watrin, indubitablement liée à celle de Denver Southern et de Robert Escaudain, l'amena soudain à visualiser la carte postale de Simonetta Vespucci. Cette image le conduisit tout naturellement à Camille-Jeanne Arthur dont le dernier billet, reçu la veille au soir, l'avait déçu et empli d'incertitude. Posté de Bari, il lui annonçait que, succès oblige, elle prolongeait son séjour en Italie jusqu'à la fin de l'année.

Il commençait à désespérer de la revoir et, perplexe, se demandait si elle était en ménage avec son impresario. Était-il plausible qu'elle n'eût pas programmé une seule escale à Paris depuis près de six mois ? Jeremy lui était-il indifférent, ce que démentait une correspondance régulière, émaillée de confidences, d'humour, de projets musicaux ? Ou bien entretenait-elle, ainsi qu'il le soupçonnait, depuis son unique visite chez elle en juin, une liaison ici même et lui dissimulait-elle ses allées et venues entre les capitales européennes et son appartement de la rue de Seine ?

De part et d'autre du 31, rue de Seine, il reconnut la boutique de l'emballeur et celle du réparateur de porcelaines repérées six mois auparavant. Il s'engouffrait sous la porte cochère, quand une voix l'interpella :

— Monsieur ! Où allez-vous ?

— Au deuxième, chez Mme Jeanne Arthur.

Le concierge, radouci par son allure correcte, adopta un ton plus urbain.

— Sauf votre respect, monsieur, je veille au grain, je me méfie des démarcheurs. Madame est absente, mais Monsieur est là. Je peux vous confier son courrier ? Ça m'évitera d'imposer à mes genoux une ascension pénible.

Jeremy opina distraitement. Il gravit lentement les marches, manipulant une enveloppe volumineuse adressée à *M. Arthur, 31, rue de Seine, Paris VI*[e], et comportant au dos un libellé d'expéditeur : *Mme E. Courlac, 2, impasse des Arts, Paris XII*[e].

Il stationna sur le palier, immobile, glacé, contemplant l'enveloppe : « Madame est absente, mais Monsieur est là ! » Elle était mariée ! Il aurait dû s'en douter lors de sa visite chez elle au printemps mais, subjugué par son charme, il avait occulté cette éventualité, pourtant des détails auraient pu le mettre sur la voie lorsque, profitant d'une brève inattention de sa part, il avait poussé la porte de l'une des chambres et entrevu, jetés sur une chaise, des gants d'homme, un feutre, une cravate et, au milieu d'un lit défait, des croquis en vrac.

Il se décida à frapper. La porte de l'appartement révéla un homme d'une trentaine d'années en robe de chambre, le teint pâle, les yeux légèrement en amande, les cheveux sombres striés de fils argentés.

— Monsieur Arthur ?

— Vous désirez ?

— Jeremy Nelson, je suis pianiste.

La déclinaison de son identité ne provoquant aucun séisme, Jeremy en conclut que Camille-Jeanne avait gardé le secret. Il enchaîna :

— Je viens d'obtenir un engagement aux concerts Colonne, je souhaitais en informer Jeanne.

— Je lui ferai la commission, répliqua le jeune homme.

— Je sais qu'elle donne des récitals en Europe, mais je croyais qu'elle était de retour.

— Qui vous l'a dit ?

— Vous savez ce que c'est, le monde de la musique est un vivier de ragots, comme tous les milieux professionnels d'ailleurs. Le concierge m'a chargé de vous remettre ce pli.

— Entrez, l'invita le jeune homme.

La lettre alla rejoindre une pile de courrier cacheté entassé sur un guéridon du vestibule. Ils pénétrèrent dans un salon en désordre.

— En général, à cette heure-ci, je me repose, je ne veux voir personne, mais si vous êtes une relation de Jeanne… Quand elle voyage il y a du laisser-aller. Comment est-ce, dehors ?

Jeremy resta sans voix, puis il émit un toussotement prudent.

— C'est animé, répondit-il.

— C'est pourquoi je ne sors plus, cette circulation, ce bruit, ces gens qui courent en tous sens me sont insupportables, je préfère parler à mon arbre. Il a perdu ses feuilles, c'est l'hiver, n'est-ce pas ? Vous verrez qu'un jour ils le couperont.

— Qui ?

— Les voisins. Parce qu'à la belle saison mon arbre explose de verdure, ça les prive de soleil, qu'ils disent. J'allais prendre un café, vous en voulez ?

— Volontiers.

Jeremy s'approcha d'une des fenêtres et contempla le jardinet intérieur d'où jaillissait un tilleul dépouillé, puis il alla vers un piano à queue et en effleura les touches, s'efforçant d'ignorer la nostalgie qui lui nouait la gorge. Il perçut des tintements de vaisselle et fit mine de s'intéresser aux vagues de papiers submergeant le coffrage de l'instrument. Un placard publicitaire rouge attira son œil :

THÉÂTRE DE BELLEVILLE
46, RUE DE BELLEVILLE, 46
LE CANARD DÉMONIAQUE
Pièce en trois actes
D'ÉMILE COURLAC

L'intitulé de la pièce le frappa, il l'avait déjà vu quelque part.

Des pas résonnaient dans le couloir. Jeremy glissa de côté. Des aquarelles jetaient des notes claires sur le mur. Il lut les cartouches sous chacune d'elles :

La Fleur Moche
Le Chat de l'île de Man
Filasse, chien de troupeau
L'Éponge qui voulait voir la mer

Arthur revint, porteur d'un plateau où fumaient deux tasses. Jeremy se tourna vers lui, l'air perplexe.

— C'est de vous ?

— Ma mère écrit des contes pour enfants, ma tante les illustre, dit le jeune homme en posant son plateau,

Jeremy remarqua que ses mains tremblaient.

— Seriez-vous apparenté à Émile Courlac, le dramaturge ?

— C'est mon père. Sa dernière pièce récolte un succès grandissant, c'est l'adaptation d'un texte publié quand j'étais petit. Il était feuilletoniste dans un quotidien.

— Ah oui, Alexandre Dumas aussi. Quel journal ?

— Je ne sais plus. Du lait ?

— Pas pour moi, merci. Vous appartenez à une famille d'artistes !

— J'ai moi-même un petit talent. J'aspirais à devenir peintre, comme ma tante, mais… Buvez… Ah oui ! Papa écrivait dans un journal qui portait le nom d'un héros de Jules Verne, un valet de chambre… Passe… passe… *Passepartout !* Vous avez lu *Le Tour du monde en quatre-vingts jours* ?

Jeremy avala une gorgée et déglutit avec effort, le café était horriblement corsé. Soudain, l'amertume du breuvage mit en branle les rouages de sa mémoire. Des images défilèrent à toute vitesse : Sammy sur son trente et un, attablé à *La Dame Blanche*, *Le Passe-partout*, Joseph Pignot, *Le Canard démoniaque* !

« Pourquoi ce placard publicitaire du théâtre de Belleville affiche-t-il le nom d'Émile Courlac, alors que l'auteur du feuilleton paru en 1898 a signé Joseph Pignot ? »

Le jeune homme semblait avoir oublié son hôte. Il se balançait lentement d'avant en arrière en poursuivant son soliloque :

— J'ai été mobilisé le premier jour. Cette… cette boucherie. Patauger dans les tranchées, la gadoue, le sang, monter à l'assaut, gagner un mètre, le reperdre le lendemain. Ça me trotte par la tête.

Il colla l'index à son front. Pour la première fois, Jeremy constata que ses yeux en amande ne clignaient jamais. La fixité de ce regard le mit mal à l'aise. « Pignot, Courlac, ne pas emmêler les fils. »

— Je le vois chaque nuit, ce cheval. Il galopait dans le champ de mines, les obus pleuvaient, il a basculé sur nos têtes. On se serrait au fond d'un trou. Impossible de bouger. On est restés des heures plaqués au sol, au bord de l'asphyxie, secoués de nausées parce que la pauvre bête se vidait de ses tripes. Ses naseaux palpitaient près de ma figure, sa pupille vitreuse me pétrifiait. Quand je me suis réveillé à l'hôpital, je n'étais plus capable d'aligner deux idées. Je n'ai pas voulu rentrer à la maison, je désirais Jeanne, personne d'autre. Elle m'a gardé près d'elle, elle me gardera toujours. Elle m'a promis.

Jeremy reposa sa tasse.

— C'est votre compagne, c'est naturel, elle vous aime, murmura-t-il.

— Elle s'occupe de moi, elle me rassure. Avec elle, je suis un homme, elle ne me prend pas en pitié, elle me laisse libre. Les parents ce n'est pas pareil, ils pleuraient tout le temps, ils me traitaient en enfant. Jeanne m'a trouvé un travail, je dessine des motifs pour des tissus d'ameublement, des fleurs surtout, les fleurs c'est beau, c'est vivant. Vivant, vivant, chantonna-t-il.

Il fronça les sourcils comme s'il avait enfin enregistré la présence de Jeremy.

— Oui elle m'aime, monsieur, elle m'aime. Vous ne l'aurez jamais, elle ne me quittera pas.

Le jeune homme se leva.

— Partez, dit-il, je dois me reposer, la sortie est au bout du couloir.

Jeremy ajusta son feutre. La réalité était pire que ce qu'il avait imaginé.

Dans le corridor, Jeremy attrapa l'enveloppe sur le dessus du courrier. Mémoriser le nom et le domicile de l'expéditeur : *Mme E. Courlac, 2, impasse des Arts, Paris XII*[e]. « E pour Émile ? »

En lui l'excitation le disputait à l'appréhension. Autant en avoir le cœur net et filer à l'adresse indiquée sur l'enveloppe.

Pourtant, à peine dans la rue, il sentit monter en lui un sursaut de pugnacité. Un proverbe yiddish dont sa mère était prolixe lui revint en mémoire : « L'homme dont le destin est de se noyer se noiera dans un verre d'eau. »

— Eh bien, Jeremy Nelson, as-tu envie de boire le bouillon ou de barboter plus vite qu'un canard démoniaque ? s'interrogea-t-il à haute voix, provoquant la fuite d'un quidam bedonnant qui le prit pour un dément.

— Courlac Émile, 2, impasse des Arts. Pourvu que cette adresse ne soit pas un cul-de-sac !

Le quartier était une enclave de silence à deux pas du cours de Vincennes sillonné de tramways. Des pavillons ceinturaient des rues tranquilles, évoquant davantage un bourg provincial que les abords d'une grande place parisienne.

Planté au pied d'une maison sise au numéro 2 de l'impasse des Arts, face à la rue du Pensionnat, Jeremy pressa longuement la sonnette.

Une des fenêtres de l'étage s'ouvrit, un buste se pencha à la croisée.

— C'est bientôt fini ce tintouin ? Qu'est-ce que vous voulez ?

Jeremy s'égosilla :

— Monsieur Arthur !

— Voilà, on vient, on vient.

Après quelques minutes, la porte d'entrée du pavillon révéla une femme tournée comme un pot à tabac, engoncée dans un châle de laine au crochet et armée d'un balai. Elle jaugea Jeremy d'un œil suspicieux. Il ôta son feutre en s'inclinant légèrement.

— Madame Émile Courlac ? Mes hommages.

— Quoi ? Est-ce que j'ai une tournure à me prénommer Émile ? aboya-t-elle. D'abord vous êtes qui ?

— Jeremy Nelson, je suis un ami de M. Arthur, il m'a…

— On vous a « enduit » en erreur. Il n'habite pas là, mâchonna-t-elle en se retranchant derrière son balai.

— Pourtant, M. Arthur est bien le fils de M. Émile Courlac, l'auteur du *Canard démoniaque*, actuellement à l'affiche au théâtre de Belleville !

La femme soupira bruyamment et s'appuya au manche de son balai.

— Vous n'avez pas l'air d'avoir été correctement informé. Au cas où ça vous intéresserait, il n'y a pas de Courlac, ici. Courlac, c'est l'hommage d'un fils affectueux à sa maman, veuve d'un brave homme disparu y a un demi-siècle.

Jeremy, estomaqué, remit son chapeau de guingois.

— Vous voulez dire que Courlac est un sobriquet ?

— Petit galvaudeux ! Soyez poli, hein ! Il n'y a que moi qui ai le loisir de traiter mon fils de freluquet ! Et c'en est un, je sais de quoi je parle, il m'a abandonnée.

Bien qu'il dépassât son interlocutrice de deux têtes, Jeremy se sentit rapetissé et se tassa de quelques centimètres.

— Il a déménagé ? balbutia-t-il.

— Mon minet a transporté ses pénates ailleurs pour trois semaines. Monsieur voyage avec sa moitié. Et moi, je suis seule dans cette grande baraque. Qu'est-ce que j'ai fait au bon Dieu pour mériter une famille pareille ? Ah j'la porte, ma croix !

À bout de souffle, elle vacilla et se retint au chambranle de la porte. Jeremy se précipita à son secours.

— Madame, vous êtes souffrante ?

— Ne m'touchez pas, piailla-t-elle en prenant la posture d'une reine offensée. Tout ça c'est la faute à l'Angliche, quelle idée de les appâter au pays des rosbifs !

Jeremy tressaillit, un doigt invisible lui chatouillait l'échine.

— Pardon, quel nom ?

— Rosbifs. Faut que je m'asseye, j'ai un piston qui martèle ma carcasse, mon dos n'est plus d'accord.

— Permettez-moi de vous aider.

— Oh, ne m'enfumez pas, hein, je vous offre un siège dans le corridor, mais à condition de laisser ouverte la porte de la rue, je n'ai confiance en personne, j'me méfie des bandits de grand chemin, maugréa-t-elle, lui décochant un regard soupçonneux.

Elle s'affala sur une chaise.

— J'suis à deux doigts de quitter le purgatoire où je croupis, et eux ils font du tourisme ! Oh, ils ne s'tracassent pas de savoir ce que j'endure ! Ils m'envoient flûter, je suis un colis encombrant. Vous voyez le résultat ? Bientôt ils m'emprisonneront à la Salpêtrière ! fulminait-elle avec une évidente mauvaise foi.

Elle arrima son chignon et reprit d'un ton uni :

— C'est Arthur qui vous a renseigné ?

— Oui, il a reçu une lettre, et, sachant que je me rendais chez un ami qui gère un cinéma pas loin d'ici, il m'a prié de remercier l'expéditeur. Il m'a dicté l'adresse : *Mme E. Courlac, 2, impasse des Arts, Paris XII*^e^. Je n'invente rien, vous voyez ?

Ce laïus sonna la trêve. Baissant sa garde, la propriétaire du balai lui fit signe de le suivre le long d'un couloir orné d'aquarelles identiques à celles de l'appartement de la rue de Seine. Il fut promptement attiré vers une méridienne occupant un des côtés d'une pièce carrée emplie de rayonnages couverts d'une collection de romans populaires à soixante-cinq centimes, aux couvertures chatoyantes. L'un des murs disparaissait sous une affiche cinématographique sur laquelle la célèbre vedette du Casino de Paris, fagotée d'un tailleur d'homme, la casquette en visière, escaladait une locomotive lancée à fond :

MISTINGUETT DÉTECTIVE
UN FILM D'ANDRÉ HUGON ET LOUIS PAGLIERI

Par l'opération du Saint-Esprit, un verre de grenadine se lova entre les paumes de Jeremy et une part de tarte au citron meringuée atterrit sur ses genoux.

— Brave Arthur chéri, quand Jeanne est absente, il déraille, il a eu tant de malheurs... Quel monde pourri ! Vous aussi, vous l'avez faite ?

— Quoi donc ? marmonna-t-il avec peine.

— Cette saleté de guerre. Mon pauvre Gabin s'était coltiné celle de 70, il faisait partie de la garde nationale pendant le siège de Paris.

— Gabin ?

Elle se signa en désignant un encadrement d'où les contemplaient en souriant une très jeune fille en crinoline et un homme rondouillard adossés à des boîtes de bouquinistes.

— C'est moi et le papa de mon fils. Il était marié quand on s'est aimés. Et puis sa femme est tombée malade, alors il m'a juré que si elle venait à trépasser, il m'épouserait, seulement il a soufflé sa bougie quelques mois avant elle. Dieu merci, il avait reconnu le petit, débita la femme comme si elle récitait une rubrique nécrologique.

Elle se leva brusquement.

— Quand je pense qu'après la Commune de Paris, réprimée dans le sang par ces salopiauds de versaillais, on croyait qu'on allait vivre enfin ! On était des gogos de s'imaginer qu'les marchands de canons fermeraient boutique ! Schneider et Krupp, même combat ! Ah elle n'vaut pas cher, la bidoche humaine ! S'en prendre à des gamins, les expédier au casse-pipe, tout ça pour quoi ? Ah oui, cette fameuse conférence de Washington où qu'ils n'ont qu'une chose en tête, se partager le gâteau de la Chine et de l'océan Pacifique ! Jésus-Marie-Joseph ! J'en perds mon latin.

Jeremy se retint de s'enquérir de la manière dont elle avait étudié cette langue morte. Il vida son verre et tenta vainement de placer un mot. En dépit de ses douleurs lombaires, la femme exécutait des allers retours furieux à travers la pièce, prête à pourfendre de son balai des ennemis invisibles.

— Ma pauvre Euphrosine, qu'il me répétait, mon Gabin, t'es bâtie à chaux et à sable, te laisse pas abattre, le progrès l'emportera sur les misères de ce monde. J't'en ficherai, du progrès, l'électricité, le téléphone, les aéroplanes, les automobiles, ça n'empêche pas les humains de nourrir en leur sein un serpent venimeux qui les pousse à mordre leurs voisins pour s'approprier leurs affaires. Gabin m'a donné un garçon, mais je suis restée Courlac. J'y tiens à mon nom de jeune fille, je l'utilise parfois afin que les enfants conservent la fierté de leurs grands-parents !

— Votre fils, quel est son nom ?

Elle se figea.

— C'est-y que vous sous-entendez que j'ai un obus dans la casemate ? Je la devine, votre manœuvre. Vous prétendez être un ami d'Arthur et vous ne savez pas comment s'appelle son père ? De deux choses l'une : ou Arthur a jugé bon de ne pas vous l'apprendre, ou bien vous êtes un fieffé menteur, et quand vous m'affirmez fréquenter mon petit-fils, c'est bobards et compagnie.

Elle lui arracha le verre des mains et pointa son balai vers lui.

— Décampez, je ne suis pas d'humeur à m'entretenir avec un inconnu qui me sert une sauce aigre-douce pour aider le poisson à passer ! Je connais la musique, hein, allez, du vent !

— Dites-moi au moins où je peux joindre votre fils.

Elle ricana, son balai orienté vers une réplique de Big Ben surplombant un buffet.

— Vous pouvez y aller à la nage ! L'illustre auteur est à Londres avec ma bru. Ils se gavent de pudding et de films de Sherlock Holmes, tu parles d'un patronyme ! Ils préfèrent se goberger aux pantalonnades de ce redresseur de torts qui joue du crincrin plutôt que de prendre soin de leur vieille maman ! Ah ! Je lui réserve un chien de ma chienne à l'Angliche, à son âge, si c'n'est pas honteux ! Ouste !

— L'Angliche ? Qui est l'Angliche ?

— Un sacré zigomar, plus intéressé à chausser les souliers d'un détective qu'à s'occuper correctement de son commerce ! L'âge ne l'a pas assagi ! Et ma bru, toujours aussi chichiteuse devant une entrecôte ou un bon bourguignon ! Végétarienne, ah j'vous jure ! Il y a de quoi se faire des cheveux dans cette famille ! Des comme eux on n'en fabrique plus, le moule est cassé !

Déboussolé, Jeremy choisit une autre approche.

— Votre fils était libraire, autrefois ?

Le balai resta en suspens.

— Et après ? Libraire, c'n'est pas un métier de fainéant, il faut de la cervelle et d'l'huile de coude !

— Libraire rue des Saints-Pères, insista Jeremy.

— Ah ça ! Vous avez quelque chose contre le fait d'être saint ? C'n'est pas catholique, vos propos. Fichez-moi l'camp !

Elle empoigna à deux mains le manche de son balai en lui imprimant de rapides huit à l'envers et chargea. Jeremy se protégea de son avant-bras replié pour parer l'attaque. Il n'eut que le temps d'atteindre la porte d'entrée qui claqua dans son dos.

Euphrosine Pignot, une main sur le cœur, se posta en vigie à la fenêtre afin de surveiller la retraite de Jeremy Nelson. Çà et là, les réverbères s'allumaient. Elle se planta devant une crédence, saisit un verre et un flacon et se versa deux doigts d'arquebuse.

Accoudé au zinc d'un bistrot, Jeremy siffla deux cognacs coup sur coup.

Il venait de réaliser que si l'associé de Victor Legris, Joseph Pignot et Émile Courlac ne faisaient qu'un, ce Janus était logiquement le beau-père de Camille ! Non, impossible, cela découlerait d'un tel hasard !... Et si le hasard n'interférait pas dans notre vie ? Si nos rencontres, nos agissements, nos penchants étaient tracés avant notre naissance ? Après tout, ce qu'on nomme hasard était peut-être l'application d'une loi impénétrable ? Mais alors, où se situait le libre-arbitre ?

Il entrevit son image dédoublée dans le miroir au-dessus du comptoir. La salle du bistrot chavirait, était-ce l'alcool ? Ou bien le fait inéluctable que Camille appartenait à un autre ? La tête bourdonnante, il déposa des pièces sur le comptoir et se dirigea vers la bouche du métro Nation.

17

Dimanche 20 novembre

Le train en provenance de Calais soufflait et fumait, dragon satisfait de toucher au but. Une femme porteuse d'une valise de cuir se détacha du flot de voyageurs pour étudier son reflet dans une des vitres du buffet. Elle humecta de salive un mouchoir dont elle tamponna ses joues maculées d'escarbilles et ôta sa calotte ornée de marguerites pour recoiffer ses cheveux virant au gris.

Au sortir de la gare du Nord, elle resta statufiée face au carrousel de la circulation. Le ciel menaçant la rappela à l'ordre. Gagner l'*Hôtel de Bruxelles*, avant qu'il ne pleuve, y laisser son bagage, commander un taxi n'exigèrent qu'une demi-heure.

Le véhicule la déposa 36 *bis*, rue Fontaine. Un porche étroit menait à une cour pavée. Du vigoureux acacia dressé en son milieu ne demeurait qu'un tronc couturé de cicatrices. Jadis, une corde à linge nouée à l'une des fenêtres du deuxième étage s'accrochait à son mât. Les jours de vent, la lessive se gonflait comme les voiles d'un navire.

Ne pleure pas Jeannette,
Nous te marierons, nous te marierons...

Lointaines, irréelles, des voix enfantines se perdaient au creux de la pompe à eau. Un chat indolent surgissait parmi ces fantômes, tigre miniature à mitaines et museau blancs, la queue déviée en un crochet abrupt couronnée d'une touffe qui semblait avoir été épilée, formant une sorte de demi-pinceau.

— Kochka, murmura la femme.

Elle se vit, drapée dans sa blouse constellée de taches, quitter à l'aube l'appartement du rez-de-chaussée. Elle fermait doucement la porte pour ne pas réveiller son homme, souriait aux gamines du menuisier en tablier d'écolière, sautait à cloche-pied sur une marelle, de la terre au ciel et, Kochka-Demi-pinceau en éclaireur, ralliait son atelier au bout de la cour où elle se cloîtrait en compagnie de ses chers tableaux.

Elle aurait pu tendre la main et sentir la caresse des feuilles de l'acacia aux beaux jours du printemps, c'était hier, c'était aujourd'hui, ce passé existait quelque part à jamais.

Sans chercher à s'enquérir des nouveaux occupants, elle flâna jusqu'à la rue Notre-Dame-de-Lorette. Le ciel s'était délivré des nuages, elle savourait sans précipitation les souvenirs suscités par chaque maison.

Quand elle atteignit le numéro 60, elle fut submergée par une bouffée de nostalgie. Sa chambre de bonne au sixième étage, trente-deux ans plus tôt. Son premier domicile parisien.

Elle franchit un vestibule, poussa une porte vitrée et elle allait s'engager dans l'escalier lorsque le concierge la héla.

— Madame, je peux vous renseigner ?

— Je vais chez Mlle Becker, au premier.

— Elle ne loge plus là, elle a déménagé dans l'immeuble sur rue, toujours au premier.

— Savez-vous ce que sont devenus les anciens concierges, M. et Mme Ladoucette ?

— Ben ce pauvre Aristide, ses rhumatismes ne lui laissaient aucun répit, il était plus sourd qu'une tabatière et, depuis la mort de sa chienne Choupette, il broyait du noir. Lui et son épouse ont délaissé les lieux en 1903 pour se retirer à Ormesson. Vous les avez connus ?

Ce jour-là, Helga Becker avait effectué son circuit quotidien à bicyclette, puis, après une halte à la pâtisserie et au kiosque à journaux, elle était remontée préparer la pâtée de Georges Richard et avait revêtu sa douillette de laine. À présent, installée devant le calorifère sur sa chaise longue matelassée, une assiette de tartelettes à portée de main, elle commentait les dernières nouvelles à son Poméranie repu :

— Le Salon de l'aéronautique a ouvert ses portes au Grand Palais des Champs-Élysées. J'irai, mais je ne t'emmènerai pas, trop de monde… Oh ! Écoute ça, Georges Richard, ce Landru est un monstre ! Au cours d'une perquisition dans sa villa de Gambais, on a trouvé étranglés les trois chiens de cette malheureuse Mlle Marchadier, ils avaient encore la corde au cou. Quelle horreur ! Sais-tu ce que cet ignoble Landru a répondu aux juges ? « C'est Mlle Marchadier qui m'avait ordonné de les faire disparaître parce que leur nourriture et la taxe qu'elle payait pour eux c'était trop onéreux. » Tu te rends compte, Georges Richard ? De telles abjections, de nos jours !

Elle feuilleta *Le Petit Journal*, engloutit une tartelette et annonça :

— Je vais te lire la suite du *Chien des Baskerville*, ça nous changera les idées.

Affalé sur le tapis, Georges Richard condescendit à soulever les paupières et s'assoupit incontinent tandis qu'Helga Becker entamait le chapitre V :

— « Durant notre retour à Baker Street, Holmes demeura silencieux. Je voyais à ses sourcils froncés… »

Qu'est-ce qui te prend, G. R. ? Pourquoi tu grognes ?... On a sonné ? Qui cela peut-il être ?

Elle s'extirpa à regret de sa chaise longue et alla entrebâiller la porte palière retenue par une chaîne de sécurité.

— Madame ? dit-elle d'un ton circonspect. Qu'y a-t-il pour votre service ?

— Puis-je m'entretenir avec vous quelques minutes ? demanda la femme.

Helga Becker enregistra d'un coup d'œil le visage pâle et avenant sous la calotte de satin garnie de marguerites, l'élégant costume de voyage en gabardine et l'écharpe de soie. Elle dégagea la fermeture de l'entrée et proposa à l'inconnue de la suivre au salon où elle insista pour lui offrir un fauteuil. Puis elle s'assit face à elle, les mains à plat sur les genoux.

— Vous avez une très belle série d'affiches, vous les collectionnez toujours ? dit l'inconnue.

— Mais, madame, comment savez-vous...

— Je vous ai identifiée d'emblée, mademoiselle Becker. Vous souvenez-vous de mon exposition de peintures à *La Revue Blanche* en 1894 ? Toulouse-Lautrec y était, vous rêviez qu'il vous dédicace son affiche du Moulin-Rouge.

Helga Becker porta vivement ses paumes à ses joues.

— Vous ! Mon Dieu ! Oh, vous me donnez un coup de jeune, c'est comme si les frontières du temps étaient abolies !

— Merci, j'éprouve la même impression et cependant... Mademoiselle Becker, j'ai besoin de votre aide.

Les pensées de Jeremy fermentaient, baignées du fumet d'un pot-au-feu parfumant *La Dame Blanche* d'un arôme de moelle et de clou de girofle. Les deux serveuses traversaient la salle en traînant la jambe, la rousse au teint de pêche un peu plus gaillarde que sa collègue, une quadragénaire dégoûtée tant de son esclavage alimentaire que des visages des habitués et de la surveillance des patrons.

— La vie est une histoire qui finit mal, maugréait-elle à longueur de soirée.

Seul le pianiste trouvait grâce aux yeux des deux femmes à tablier blanc, et, chaque fois que l'une d'elles se glissait entre les tables et le piano, elle s'arrangeait pour déposer une obole sur le couvercle, un verre de vin, une tartine de pâté des Landes, une pomme. Ce manège n'échappait pas à l'attention de Simone Monnery, qui se promettait de soustraire ces dons du salaire de ses employées. Quant à Jeremy, plutôt gourmand, il demeurait indifférent.

Une mélodie de Jerome Kern fusait de ses doigts sans qu'il en fût conscient, taraudé qu'il était par ses récentes conversations avec Arthur, Mme Courlac, les Lemerle, Hélène Villedieu et son compagnon à quatre pattes.

Des serpents tueurs s'entortillaient autour du cou de Simonetta, dont les traits se confondaient avec ceux de Camille, et s'amalgamaient en un nœud dessinant un point d'interrogation.

La force de cette image avait-elle été la cause de ce qui s'ensuivit ? Quand il lui arrivait de revivre cette poignée de minutes, Jeremy se persuadait qu'un lien psychique avait attiré vers lui l'homme au béret, la carte postale plaquée au cœur. Sous ses sourcils touffus, ses yeux pétillaient. Il orienta son menton proéminent vers le clavier afin de signifier qu'il n'était pas pressé et attendit sagement que Jeremy conclue *Left All Alone Again Blues*.

Enfin, dans le brouhaha renaissant, heurts des fourchettes contre les assiettes, commandes braillées par les serveuses vers la cuisine, « et un plateau de fromages, un ! » Jules Dunières ouvrit la bouche. Mais une voix rêche le devança.

— Elle est chez moi, elle vous espère, nasilla Helga Becker sous sa couronne de nattes anthracite.

— Qui ? s'exclama Jeremy.

L'espace d'un éclair, il crut Camille de retour.

Exaspéré, Jules Dunières se campa devant l'importune.

— Vous permettez ? J'étais là le premier ! Ce que j'ai à déballer peut être d'une importance primordiale ! Elle a adopté le châle bariolé de la belle Simonetta, née Cattaneo.

Pour appuyer son affirmation, il tendit la carte postale. Helga Becker y jeta un regard et pouffa.

— La bonne blague ! Ce n'est pas Mardi-Gras, elle est tout bêtement vêtue d'un costume de voyage en gabardine, d'autant qu'à Londres, il fait frisquet !

— Londres ? Ma pauvre dame vous êtes cocasse ! rugit Jules Dunières. Elle était florentine, elle a été mariée l'année de ses quinze ans à Marco Vespucci, ce qui a fait d'elle la nièce du navigateur Amerigo Vespucci.

— Vous divaguez ! bêla Helga Becker. Sa mère est une émigrée russe, je les ai bien connues toutes les deux, elles n'ont jamais eu de famille dans la Marine !

De rage, Jules Dunières arracha son béret pour le pétrir entre ses doigts. Sa calvitie et ses cheveux en bataille effrayèrent la serveuse rousse qui fit un bond de côté et renversa une carafe de vin.

— Ah, c'est désopilant ! Vous, la dondon, fermez votre clapet, vous ignorez tout du personnage ! Elle avait tapé dans l'œil de Sandro Botticelli et d'autres artistes proches des Vespucci, ce qui lui a valu de servir de modèle à de nombreux tableaux, notamment *La Naissance de Vénus*, si vous voyez ce que je veux dire !

— Non-sens !

— Madame, j'ai la nette impression que ça vous fait défaut, ajouta-t-il en se vissant l'index au front.

— Butor ! glapit Helga Becker, piétinant la flaque rouge que la serveuse d'efforçait en vain d'éponger. Elle n'est pas modèle, elle est peintre ! On ne compte plus les expositions auxquelles elle a participé !

— Calmez-vous, je vous en conjure, implora Jeremy, foudroyé par le couple Monnery qui redoutait un esclandre.

— Elle était si belle que Julien de Médicis est devenu son amant platonique, et que les Florentins l'ont surnommée « La Sans Pareille », reprit Jules Dunières d'un ton plus posé.

— La personne qui me réclame ne se prénomme pas Simonetta, je présume ? lança Jeremy à Helga Becker.

Celle-ci s'apprêtait à répondre quand Jules Dunières lui coupa la parole :

— J'ai la priorité ! Piero di Cosimo était trop jeune quand l'idole de Florence décéda de phtisie, en 1476, à l'âge de vingt-trois ans. Il s'agit donc d'un portrait posthume, idéalisé. Le buste est nu, ce qui est très rare à la Renaissance, et paradoxalement symbolise la chasteté. À cette époque, les riches Florentines s'épilaient le front. Agathe Cléré n'a pas poussé le mimétisme jusque-là, sa poitrine est couverte.

— Agathe Cléré ? La femme de Mathias Cléré ? La jongleuse ? s'écria Jeremy.

— C'est ce que je me tue à essayer de vous expliquer depuis un quart d'heure ! En fouillant dans les papiers de mon beau-frère, j'ai exhumé de très jolis dessins que Robert avait tracés. Ils représentent Agathe Cléré parée de manière similaire à Simonetta. Et devinez quoi ? Elle porte au cou un collier constitué d'une chaîne en or autour de laquelle s'enroule, de même que sur le tableau, une vipère aspic, pas une vraie bien entendu, un bijou fantaisie, si vous voyez ce que je veux dire.

— Mais un de mes amis qui a vu le spectacle m'a assuré qu'Agathe Cléré est costumée en Colombine et son partenaire en Arlequin !

— Il se sera trompé ! Les croquis de Robert sont d'une remarquable exactitude.

— Vous avez assisté à ce numéro façon Renaissance ? Vous m'avez pourtant affirmé d'un ton rédhibitoire détester le music-hall !

Après une hésitation, Jules Dunières marmonna à regret :

— Oui, bon, Robert m'y a traîné, une fois je ne sais quand. Je me suis considérablement enquiquiné, excepté au cours du numéro de cette patineuse aux formes pulpeuses qui jonglait habilement avec des balles et des anneaux. Elle avait un côté… un côté d'innocence provocatrice, si vous voyez ce que je veux dire. Et puis cette ressemblance avec Simonetta, ce châle bariolé à l'identique, cette coiffure typique de la Renaissance vénitienne, ces seins sous le tissu transparent, ce collier noué d'un serpent… acheva-t-il d'un air rêveur.

— Vous avez pu noter ces détails ! Vous aviez des jumelles ? demanda Jeremy d'un ton sarcastique.

Le visage de Jules Dunières se rembrunit.

— Traitez-moi de voyeur pendant que vous y êtes ! Robert m'a emmené dans sa loge.

Helga Becker tira ostensiblement une chaise et s'y affala.

— Si vous aviez la moindre notion de politesse, messieurs, il y beau temps que vous m'auriez priée de m'asseoir, eu égard à mon âge et à mes cheveux grisonnants. Montrez un peu ? Et si je mêlais à mes tresses des rubans, des barrettes et des perles, moi aussi ?

Jules Dunières renifla, narquois, enfonça son béret sur sa tête et, avant de prendre congé, lança :

— Au cas où les allégories de ce portrait vous intéresseraient, jeune homme, je vous éclaircirai certains détails à mon domicile, je me suis renseigné. Je vous apprends illico que, contrairement à une idée fort répandue, le serpent qui se mord la queue n'incarne pas la mort, mais le cycle de la vie. La mort, ce sont l'arbre desséché et le nuage noir. Salut à la compagnie ! clama-t-il avant d'engloutir la tartine de pâté.

— Qu'est-ce que c'est que ce sapajou ? Vous avez de curieuses fréquentations, monsieur Nelson, constata Helga Becker que toisait, poings sur les hanches, Simone Monnery.

— Et alors, la musique ? Les clients s'impatientent, grogna-t-elle.

Jeremy contempla la salle emplie d'amateurs d'îles flottantes et émit un rire incrédule.

— Ils supportent plutôt bien cette interruption. Je n'en ai que pour une minute.

La patronne s'éloigna en grommelant.

— Eh bien, cette visiteuse ? jeta Jeremy.

— Une ancienne locataire dont je puis témoigner qu'elle a reçu chez moi l'homme de sa vie, en 1889. Ah, c'était le bon temps, les jeunes étaient polis, les rues propres, tout n'augmentait pas sans arrêt et jamais un homme n'aurait manqué de galanterie au point de ne pas offrir de siège à une dame.

— Son nom ?

— Vous voilà bien pressé, tout d'un coup. C'est une personne que vous cherchez, apparemment. Que vous arrive-t-il ? On jurerait que vous avez été hypnotisé par un fakir !

— Comment a-t-elle obtenu mon adresse ?

Helga Becker se rengorgea tout en tapotant ses nattes.

— J'ai eu mon petit rôle à jouer. Je suis une émule de Sherlock Holmes, l'époux de cette dame a eu recours à mes facultés inquisitrices. C'est un véritable gentleman, en voilà un qui sait parler aux femmes... Mais je papote, je papote, et j'ai proposé à cette dame une tisane qui se fait prier. C'est la faute de cet olibrius au béret de travers. Ne tardez pas quand vous aurez terminé votre travail, la pauvre femme doit être épuisée par son voyage.

Elle avala d'un trait le verre de quinquina, au grand mécontentement de la serveuse rousse. Il fallut à Jeremy un long moment avant d'attaquer *A Young Man's Fancy*[1].

Jeremy monta au premier. La porte d'Helga Becker n'était pas verrouillée. La visiteuse était assise dans le salon aux affiches, le visage incliné vers un livre. Quand il entra, elle se redressa posément et fourra l'ouvrage dans un sac, il eut le temps d'apercevoir le titre, *Mitsou ou Comment l'esprit vient aux filles*, et le nom de l'auteur, Colette.

En dépit d'un effort pour se maîtriser, la femme était nerveuse et se rongeait l'ongle du pouce. De rares fils argentés striaient son abondante chevelure et, malgré quelques ridules d'expression, elle demeurait très belle, pommettes hautes, yeux verts, lèvres sensuelles, maquillage discret.

Elle lui tendit la main, le délivrant de la paralysie dont il avait été frappé en la voyant.

— Je suis Tasha Legris, la fille de Pinkus Kherson. Êtes-vous Jeremy ?

Stupéfait, il garda le silence.

— Je viens de passer plusieurs semaines à Genève auprès de ma sœur et de mon neveu. Mon époux, Victor Legris, m'a écrit à votre sujet. Il m'a expliqué que ses déductions vous concernant se révélaient exactes. Je suis retournée en Angleterre à la hâte et Victor m'a tout conté par le menu. Je n'irai pas par quatre chemins. Où sont ces fameux documents dont vous êtes en possession ? jeta-t-elle, presque agressive.

Il se racla la gorge, articula un « bonsoir » à peine audible. Tasha avait dépassé la cinquantaine mais nul doute qu'elle était la pimpante inconnue de la photographie.

1. Chanson de Milton Ager, compositeur américain (1893-1979).

— J'en ai pour une minute !

En proie à une vive émotion, il grimpa jusqu'à sa chambre, farfouilla dans un sac à soufflet, y pêcha l'enveloppe contenant des missives et une quittance de loyer, quelques bijoux de pacotille, une mèche de cheveux, un permis de sortie d'Ellis Island, le cliché d'un homme à la moustache effilée coiffé d'un melon.

Il redescendit quatre à quatre, étala ses trésors sur un guéridon et y ajouta sa montre à gousset.

Helga Becker tournicotait autour de lui. Il la foudroya du regard, elle se retira prestement.

Tasha s'empara du billet à en-tête de l'*Hôtel Manhattan* destiné à un certain Sean, sa main tremblait légèrement, elle avait reconnu l'écriture. Elle considéra la photo cartonnée représentant une jeune femme souriante cadrée à mi-corps. Elle lut le brouillon d'une lettre qu'elle avait recopiée au dos de cette épreuve :

> *Ma Doucia. Une photo récente de moi, ta meilleure ami (novembre 1895). Ma chérie, avant ton grand voyage vers New York, je t'attends, rue des Dunes. (Tu as l'adresse plutôt deux fois qu'une.) Maman y donne des cours d'aquarelle. Tu logeras à la maison et je te ferai visiter Paris. J'ai l'intention de brosser ton portrait. Ma belle-sœur Iris a un cadeau pour toi, une montre à gousset nommée couramment « oignon », c'est un porte-bonheur.*
>
> *Je te joins l'adresse de P. K, à New York. Il t'aidera à décrocher un travail.*

Elle scruta ensuite le cliché de l'homme portant l'estampille d'un photographe de Berlin. Quand vint le tour de la montre à gousset, c'en fut trop, elle fut secouée d'un sanglot. Elle avisa le médaillon vide.

Elle se reprit rapidement et affronta Jeremy. Elle lui arrivait à l'épaule et devait dresser le menton pour le dévisager.

— Où avez-vous déniché tout cela ?

— C'est mon héritage. Je suis né en 1896 à New York, ma mère se prénommait Doucia, mon père, Pinkus.

Elle examina le permis de sortie d'Ellis Island et déchiffra : Doucia Nelson.

— Ils ont mal orthographié son vrai nom, Mendelssohn, précisa Jeremy.

— Quand je pense que c'est moi qui lui ai donné l'adresse de Pinkus ! Lors de sa venue à Paris, il s'est bien gardé de me parler d'elle. Et vous auriez mis tout ce temps à vous enquérir de votre famille ?

— J'ignorais tout de vous, je vivais à des milliers de kilomètres ! Doucia est morte quand j'avais neuf ans, sans m'avoir révélé l'existence de mon père. Son passé en Russie était chasse réservée, à l'exception de quelques détails. J'ai été élevé par mon tuteur, Sean O'Flaherty, que j'appelais l'oncle Sean. Il m'a emmené en Californie où il s'est efforcé de participer à l'industrie cinématographique, mais il n'a pu rivaliser avec les grandes compagnies, aussi sommes-nous retournés à New York. Peu avant sa mort, en 1915, il m'a tout raconté, qui était mon père, d'où il était originaire. Ils avaient été associés. Mais Sean avait perdu le contact avec Pinkus. J'avais étudié la musique, je suis devenu pianiste de jazz. La guerre a éclaté, je me suis engagé. En 1918. J'ai été affecté à un poste d'interprète, à Londres. Il y a six mois, j'ai débarqué à Paris dans l'espoir de suivre la piste qui me mènerait jusqu'à ma famille.

— Vous ne me ressemblez pas, vous êtes différent de Pinkus et de Doucia… Vous auriez très bien pu dérober ces papiers à un autre.

— Quel serait mon but ?

— Vous introduire chez nous, obtenir des avantages matériels…

Indigné, il collecta les lettres et les reliques pour les enfouir dans l'enveloppe, enterra la montre dans sa poche.

— C'est ce que vous pensez de moi, vous et M. Victor Legris ? Je serais un simulateur, un voleur potentiel ?

— Parlez-moi de Doucia. Elle avait de très jolies mains, n'est-ce pas ? interrogea Tasha à brûle-pourpoint.

— Quel rapport avec votre défiance ? Oui, elle avait de jolies mains, maman, sauf le petit doigt gauche, un accident de jeunesse. Quand elle vivait à Odessa, sa famille était voisine de celle d'un poissonnier, et la plus jeune de ses filles, qui avait son âge, l'entraînait pour jouer dans la boutique. Un jour, alors que le père, Avigdor, étêtait une carpe, la main de maman a dérapé sous le couteau. La dernière phalange de son auriculaire a été tranchée net.

Tasha cilla, des larmes perlèrent à ses yeux.

— La petite fille se prénommait Hodel, c'était une très bonne amie, pas autant que Doucia, mais nous formions un quatuor d'inséparables.

Elle exhiba la petite photo ovale de quatre fillettes souriantes serrées en haut d'un escalier.

— Ce cliché était inséré dans un médaillon qui appartenait à papa, je le lui ai volé. À gauche, c'est Doucia, je suis à côté d'elle, là c'est ma sœur, Ruhléa et à côté, Hodel. Nous avions dix, neuf et huit ans. C'était à Odessa, en 1875 ou 1876, je ne sais plus.

— J'ai deux sœurs, murmura Jeremy.

— Moi qui m'étais juré de ne jamais faire allusion à votre existence !

Tasha sortit la lettre reçue de son père en 1899 et la tendit à Jeremy :

> *Ma fille chérie*
>
> *Mes affaires prospèrent dans cette cité trépidante à côté de laquelle Paris n'est qu'un village. Mon partenaire et moi envisageons d'ouvrir une deuxième salle de cinématographe à Broadway. Quand tu réceptionneras ce pli, je serai en Angleterre, près d'achever mon voyage vers l'Europe. Je*

viens en effet vous visiter, toi, Victor et la petite Alice, mais je dois surtout voir Djina, avec qui je suis déterminé à rompre officiellement. Nous nous étions entendus il y a deux ans pour divorcer à l'amiable, mais la distance rendait cette démarche difficile, c'est pourquoi je t'écris. Peux-tu te charger d'un rendez-vous en décembre au tribunal rabbinique et convoquer deux témoins ? Si je te sollicite c'est parce que tu as des relations qui peuvent faciliter cette tractation. Je n'ai pas retrouvé notre acte de mariage, je pense que Djina doit l'avoir en sa possession. Après notre séparation il nous sera loisible de recommencer notre vie. Cela m'embarrasse de soulever ce sujet avec toi, mais j'ai une compagne, nous éprouvons un vif amour mutuel et je songe à me remarier. Les mots me manquent, alors j'irai droit au but : un enfant nous est né, un garçon, il a trois ans et se prénomme Jeremy.

Jeremy est très mignon. Tu sais quoi ? Il te ressemble. Il n'est pas roux, plutôt châtain, mais il a tes yeux et tes expressions quand il boude. Djina va m'en vouloir, c'est incontestable. Je lui garde une profonde affection.

Post-scriptum :

Je compte ensuite me rendre à Cracovie où je séjournerai chez ta sœur et son époux Milos Tàbor. Je verrai enfin mon petit-fils, Marcus. Quel plaisir si, un jour, nous étions tous réunis...

Elle l'enserra, se pressa contre lui, fut secouée d'un spasme. Ils demeurèrent longtemps dans les bras l'un de l'autre, tellement émus qu'il leur était impossible d'articuler un mot.

Elle finit par chuchoter :

— La montre... Victor l'avait offerte à Kenji en 1889, pour ses cinquante ans. C'est Iris, la fille de Kenji et la demi-sœur de Victor, qui l'a donnée à Doucia. Tu imagines l'émotion de Kenji quand tu la lui as placée sous le nez, à Londres ?

Elle se détacha de lui, l'examina des pieds à la tête.

— Je n'ai pas été assez attentive. Tu as les mimiques de papa. J'espère que tu n'as pas hérité de son sale caractère ! ajouta-t-elle en riant.

— J'ai mes quarts d'heure. Si mes parents ne s'étaient pas séparés avant le départ du *Lusitania*, je ne serais pas là, dit-il en se caressant le menton. Comme quoi leur désamour a finalement eu du bon.

— Et tu ne serais pas l'oncle de deux neveux qui ont sensiblement ton âge !

— Des neveux ?

— Notre fille, à Victor et moi, Alice, est née en 1897, elle vient d'épouser un armateur anglais, Horatio Godwin, ils vivent à Southampton. Ton autre sœur, Ruhléa, est ma cadette d'un an. Son mari, Milos Tàbor, exerçait la chirurgie à Cracovie, il a été tué à la guerre. Ruhléa a émigré à Genève, où leur fils, Marcus, né en 1895 – et donc, fait peu banal, ton aîné de quelques mois – étudie à la faculté de médecine. Tu as également une belle-mère, Djina, la première femme de Pinkus, ma maman à moi, elle enseignait l'aquarelle rue des Dunes. Elle est mariée à un Japonais, Kenji Mori, le père adoptif de Victor. Ils ont récemment fermé leur librairie de Londres, après avoir officié ici, à Paris, rue des Saints-Pères.

— Ce monsieur japonais n'est pas commode !

— Ne te fie pas à la première impression, c'est le meilleur des hommes ! Victor, lui, est distributeur de films. Et moi, je portraiture mes semblables.

— Tu es peintre, je suis pianiste, *it's wonderful* !

Il l'enlaça et l'entraîna dans une valse muette, fou de bonheur.

Derrière la porte, l'œil collé à un interstice, Helga n'avait pas perdu une miette de ces retrouvailles.

— Danser au beau milieu de la nuit, ça ne m'étonne pas d'elle, elle a toujours été fantasque. Frère et sœur, c'est trop touchant, on se croirait dans ce roman d'Hector Malot qui m'a tant fait pleurer !… Georges Richard, rappelle-moi le titre.

18

Lundi 21 novembre, milieu de matinée

Comment se débrouillaient-ils, les voisins, pour engendrer un tel remue-ménage ? Derrière les cloisons de brique, à l'étage ou au-dessous, des pendules stridulaient, des pieds ébranlaient les planchers, des armoires grinçaient, des casseroles s'entrechoquaient. Des voix déformées intimaient des ordres. Lève-toi ! Lave-toi ! Bois ton café ! N'oublie pas ton cartable ! Des bâillements résonnaient d'une chambre à l'autre. Des portes claquaient. Des semelles cloutées agressaient l'escalier. L'immeuble émergeait de sa léthargie.

Assis tout habillé au bord du lit, Jeremy nageait dans une aboulie absolue. Une chape s'était abattue sur lui. Depuis des années qu'il collationnait des indices pour amorcer l'improbable existence d'une lignée, voilà qu'il avait ferré un arbre généalogique fort de puissantes racines et de feuilles multiples. Il appartenait. Il ne serait plus jamais seul. Secouer ce poids qui le paralysait, exprimer sa jubilation !

Il avait passé une partie de la nuit à discuter avec Tasha dans le hall de son hôtel. Au petit matin, il l'avait accompagnée à la gare d'où elle repartait pour l'Angleterre. Elle l'avait conjuré de rallier Londres où toute la famille se ferait une joie de l'accueillir. Il avait promis mais, par fierté, il avait refusé l'argent qu'elle lui proposait pour régler son passage, il s'en acquitterait avec la rémunération de sa prestation, cet après-midi, chez Muguette de Vermont.

Le soulagement fut long à détendre ses muscles crispés. Enfin il put bouger, un bien-être fulgurant expédia au néant tous ce qui n'était pas la certitude de sa victoire. Au diable ces énigmes de cartes postales et de serpents, ce boulot miteux de tapeur, ses errances dans une cité grise pour résoudre des meurtres qui n'étaient peut-être qu'une construction de son imagination.

— Youpi ! hurla-t-il en sautant sur ses pieds.

Il esquissa une gigue, entama les premières mesures d'une comptine, comme un gosse qui a décroché le gros lot d'une pêche au canard.

— J'ai une famille ! *A family !* Et plein d'anniversaires à souhaiter, ce sera la ruine !

London bridge is falling down
My fair lady !

— Monsieur Nelson, c'est Mlle Becker. Tout va bien, monsieur Nelson ? Votre visiteuse a regagné son hôtel ?

— C'est très aimable de vous en enquérir, répondit-il sans faire le moindre effort pour ouvrir à sa logeuse.

— Je vous ai monté le journal.

— Posez-le sur le paillasson, merci.

Helga Becker attendit quelques minutes avant de se retirer. Enfin, elle s'y résigna en murmurant des mots incompréhensibles.

« Au diable les fâcheux et leurs manies », pensa-t-il.

Il était si excité qu'il ne parvenait pas à s'indigner de cette surveillance constante.

Il jeta un coup d'œil autour de lui, il aurait peu de choses à emballer.

« Il faut que je prévienne mes amis », songea-t-il.

En fin de matinée, Jeremy quitta le métro à la station Nation. Rue de Taillebourg, le cinéma Stella, chamarré d'affiches annonçant des films dont Pearl White ou Charlie Chaplin étaient les héros, déployait une façade de stuc rose pâle à fronton pseudo-grec.

Découvrir où se cachait Sammy ne fut pas une mince affaire. Jeremy gravit un escalier de meunier et finit par pousser la porte d'un local exigu percé d'un œil-de-bœuf. Sammy s'échinait à tourner la manivelle d'une enrouleuse mécanique. Deux merles discutaient âprement sur la gouttière.

— C'est ici que tu travailles ?

Sammy fit volte-face.

— M'sieu Nelson ! C'est chic de venir me visiter !

Jeremy le considéra d'un regard vague, il voulut l'informer de son départ imminent pour Londres, mais l'audace lui fit défaut.

— Ça manque d'air, grommela-t-il.

— Oh, je suis juste là pour remettre les bobines de pellicule sur le début, c'est *Le Kid*, précisa Sammy en désignant d'un geste auguste la galette de celluloïd qu'il inséra soigneusement dans une boîte métallique.

— C'est aussi bien que tu l'espérais ?

— Je l'ai déjà vu douze fois, je ne m'en lasse pas.

Il pointa le doigt sur la bobine de film perforé de trous rectangulaires.

— Quand on pense que Louis Lumière s'est inspiré du système de la machine à coudre pour concevoir cette merveille ! D'abord, je me suis dit : Quoi ? Ce serpent galonné, *Le Kid* ? Impossible !

— Épatant, hein ?

— Formidable ! Somme toute je le savais, j'ai lu tous les articles de *Cinémagazine* concernant la technique, seulement en vrai, c'est autre chose. Et puis quand c'est sur l'écran, ça devient magique. Quel as, ce Chaplin ! Prenez la scène où le gosse casse des carreaux et où

Charlot joue les vitriers pour réparer les dégâts ! C'est hilarant. Et quand les types de l'orphelinat lui arrachent de force le gamin, j'ai de l'eau dans les yeux, pourtant je n'ai pas la larme facile.

— Ton turbin se limite à tourner une manivelle ?

— Sûrement pas. Je suis très affairé. Je place les spectateurs, à l'entracte, je leur alloue les contremarques, je me déplace à vélo pour rendre les copies chez le distributeur et engranger celles de la prochaine séance. Aujourd'hui on fait relâche, il y a un problème de projecteur. Ce soir je suis libre, je compte aller voir les épisodes cinq et six des *Trois Mousquetaires* sur les Boulevards. Et vos investigations ? Du nouveau ?

Jeremy imagina sa famille inconnue l'accueillant à la gare de Victoria. Comment convaincre Sammy que cette enquête était désormais le dernier de ses soucis ? Persuadé que sa lâcheté allait l'empêtrer dans une cascade de mensonges il opta pour une échappatoire provisoire. Il venait de se souvenir des révélations de Jules Dunières à propos des costumes d'Agathe et de Mathias Cléré. Il hésita une fraction de seconde.

— Sammy, je ne veux pas te raconter d'histoires…

— J'aime beaucoup les histoires.

— Eh bien, j'ai ressenti le besoin de me confier à un ami qui a toute sa raison. J'ai discuté avec une telle brochette de cinglés qu'à côté d'eux les personnages de Lewis Carroll ne font pas le poids. Le beau-frère de Robert Escaudain m'a récemment affirmé que… enfin, c'est à vérifier.

— Qu'est-ce qui est à vérifier ?

— On verra ça plus tard, montre-moi la salle.

— Ne détournez pas la conversation, que faut-il vérifier ?

— Que les jongleurs de *La Tour de Babel* sont bien costumés en Arlequin et Colombine… Et comme le soir je ne suis pas libre…

— Oh vous, vous avez l'air de quelqu'un qui va encore me demander d'exécuter une corvée à sa place.

— Ce serait sympa de ta part.

— Rempiler à *La Tour de Babel* ? Ah non ! Je me suis appuyé trois fois le spectacle, trop c'est trop !

— Je te le revaudrai.

— Je me disais aussi que ce n'est pas pour mes beaux yeux. Enfin, grâce à vous j'ai un boulot qui me plaît. Le costume des jongleurs ? Pourquoi, c'est un indice ?

— Peut-être, je t'expliquerai.

— C'est ça, je suis la dernière roue du carrosse. Bon, je peux faire une croix sur *Les Trois Mousquetaires.* Aboulez la monnaie pour un sandwich, un bock, le coût du transport et une place pour *Babel.* Temps perdu !

Quand Jeremy, son pardessus transpercé par une pluie continue, atteignit le 6 de l'avenue Jules-Janin, les premiers invités s'agglutinaient dans l'entrée d'une villa. Une soubrette affolée les expédiait l'un après l'autre dans un corridor où ils accrochaient à des patères vestes et manteaux humides. Puis ils se dirigeaient vers un patio vitré.

Jeremy se mêla au flot, d'où l'extirpa une main nouée à son poignet.

— Vite, vite, aidez-moi à tout mettre en place !

Parée d'une blouse de soie blanche à jabot et d'une jupe de tricot corail, croulant sous les perles, Muguette de Vermont le contraignit à la suivre dans une salle d'apparat. Trois tables Modern Style avaient été dressées pour réceptionner des assiettes de petits fours et des coupes de champagne. Des chaises de bois doré encombraient l'espace, qu'un demi-queue blanc achevait de combler.

— J'aimerais l'essayer avant de commencer. Est-il accordé ?

— Plus tard, le temps file, tenez, fourrez ça où bon vous semble !

Muguette exhumait d'un buffet Guimard des sacs bourrés de cendriers, des vases, des gondoles vénitiennes, des charrettes siciliennes, des boîtes de cigarettes Abdulla et en chargeait les bras de Jeremy.

— Qu'est-ce que c'est que ce fatras ?

— Les cadeaux de mes amis… Insupportable, cette manie qu'ont les gens de vous rapporter des souvenirs. Mais s'ils ne les lorgnent pas chez vous, ils se vexent ! Entassez leurs présents, vous grimperez sur la lune à pinces !

Jeremy sema au hasard sa moisson hétéroclite avant d'aller jeter ses partitions sur un tabouret réglable et de soulever le couvercle de l'instrument. Debout, il effleura d'un doigt distrait le clavier immaculé.

— Hubert n'est pas là ?

— Cette enclume ? Il ne s'intéressait qu'à mon argent, je l'ai largué. La place est libre. Le mieux serait un homme aux goûts artistiques modernes et aux revenus indépendants. Nous ne nous rencontrerions que lorsque nous en aurions l'envie et le temps, proposa-t-elle en mettant le cap vers lui.

Il se hâta de battre en retraite. Alors qu'il touchait à la porte, les battants furent forcés et les convives affluèrent dans la pièce.

Jeremy avisa presque aussitôt la forte carrure et le nez plus violacé que jamais de Jim Stapleton. Il s'évertuait vainement à harponner un jeune homme à monocle auquel il récitait un texte incohérent pendant que sa victime discutait avec un Japonais un peu plus âgé. Ce dernier abritait ses yeux bridés derrière d'épaisses lunettes rondes. Son front était encadré d'une frange au carré et sa bouche surmontée d'une courte moustache qu'on eût crue dessinée au crayon noir.

— Dada est un kangourou asthmatique, lampadaire cousu de fil blanc, ergastule signalétique où des musaraignes gonflées d'autosatisfaction s'empiffrent de baudruches moisies ! clamait Jim Stapleton.

— Qui est cet Asiatique ? demanda Jeremy à une femme trop fardée, à la robe généreusement échancrée et aux boucles anglaises, sosie de Mary Pickford.

— Le peintre Tsugouharu Foujita, cela signifie « Héritier de la Paix » Il a vendu un nu de Kiki de Montparnasse huit mille francs au Salon d'automne. Le monocle, c'est Samuel Rosenstock, alias Tristan Tzara. Et le pignouf en aubergine… je ne sais pas. Tout ce beau linge, c'est d'un smart !

— Monsieur Nelson ! Jean Cocteau et Marie Laurencin ne vont pas tarder ! Demi-tour ! C'est le moment de vous atteler au clavier, ordonna Muguette de Vermont, qui piétina les escarpins de Mary Pickford et tira sournoisement sur une de ses anglaises.

Sans un regard pour l'assistance, Jeremy s'assit et entama *Whose Baby Are You ?* de Jerome Kern, dont le rythme enlevé électrisa plusieurs couples de danseurs.

Jim Stapleton courut vers le pianiste, se pencha vers lui et lui cria à l'oreille :

— J'ai un truc important à te révéler, ça m'est revenu hier…

— Pas quand je joue, après ! lança Jeremy avec un geste énervé responsable d'un couac.

La soubrette, qui parlementait depuis un moment avec un personnage invisible, caché par un des battants de la porte, tangua non sans peine à travers le salon et saisit la manche de Jim Stapleton.

— Monsieur, y a un monsieur qui désire vous parler. Il est dans le couloir et vous interdit de disséquer… divulguer quoi que ce soit avant de l'avoir écouté.

— Il vous a donné son nom ?

Méfiant, Jim Stapleton tentait d'apercevoir l'énergumène, mais impossible de discerner qui que ce fût derrière les corps agités de soubresauts.

— Bon, je viens, je veux absolument avoir un entretien avec Tzara, parce que je me suis découvert une âme dadaïste. À tout à l'heure, promit-il à Jeremy qui l'avait déjà oublié.

Lorsqu'il se décida à s'accorder une pause, Jeremy distingua Jim Stapleton, galopant aux trousses de Tristan Tzara, tandis que la soubrette courait derrière lui. Afin d'éviter l'importun, Jeremy se retrancha derrière le piano où il fut la proie du fac-similé de Mary Pickford, un verre de vodka à la main.

— Vous alors, vous êtes sensass ! Quelle virtuosité ! Muguette m'a confié que vous êtes américain. Est-il exact que vos concitoyens soient hantés par le regret du passé ? C'est le propre des pays neufs. Nous, en France, nous nous figurons que vous êtes tous millionnaires, quelle naïveté ! Certains craignent la défrancisation, l'américanisation. Moi, je n'ai pas peur, je suis prête à pactiser avec vous !

Jeremy bredouilla quelques mots inintelligibles et rétrograda vers le couloir. Jim Stapleton avait disparu. Vite, aller fumer une cigarette. Mais Muguette l'attrapa au vol et le jeta en pâture à un spécialiste du rag, un homme courtaud en complet à rayures, aux cheveux enduits de pommade, qui le soûla de sous-dominantes, de septièmes et tierces mineures et de tonalités affranchies de la contrainte du diatonisme.

Quand il se délivra, ce fut pour être encerclé par un groupe de trois muses plutôt mûres portant des chapeaux ronds à plumes d'autruche et des lunettes. L'une d'elles s'enquit :

— Sur qui misez-vous pour le prix Goncourt ?

— Aucune idée, j'ignore qui est en lice. J'ai lu celui de l'année dernière, *Nêne*, d'Ernest Pérochon, c'est plutôt décevant, n'êtes-vous pas de mon avis ? Trop peuple.

— Et pas assez étoffé, je suis bien d'accord ! J'ai préféré de loin *Tant pis pour toi*, de Gérard d'Houville.

Saviez-vous que c'est une femme ? interrogea plumes d'autruche numéro deux.

— Et moi, j'ai adoré *Un drame dans le monde*, de Paul Bourget, martela plumes d'autruche numéro trois.

— Et vous ? demandèrent-elles en chœur à Jeremy.

— Je ne sais pas lire, mes parents étaient trop pauvres pour m'envoyer à l'école, lança-t-il en prenant le large.

Il heurta des invités glorifiant *Protée*, de Darius Milhaud, le *Nieuport-Delage*, l'avion le plus rapide du monde, exhibé au Salon de l'aéronautique, l'exposition Fragonard au musée des Arts décoratifs, la carte de priorité pour les mutilés.

— L'argent baisse, les prix montent, assena à Jeremy un homme à guêtres blanches avant qu'il ne parvînt à détaler dans le corridor et à se réfugier dans le patio par bonheur désert.

Mais il était écrit que, ce jour-là, il serait harcelé en tous lieux. Surgi de nulle part, un grand dadais vêtu d'un de ces imperméables qui rétrécissent à la première pluie, et passablement éméché, tint à lui conter la mésaventure survenue à son meilleur ami.

— On lui a fauché son fric dans le train. On a dû lui piquer ses dents avec parce que, à la descente, il n'en avait plus que trois dans la bouche !

Réprimant un hoquet, Jeremy écrasa sa cigarette avant de se ruer vers un salon où une cheminée de marbre accueillait une flambée réconfortante. Il se laissa choir dans un fauteuil à oreillettes, déterminé à demeurer sourd à toute conversation. Il aspirait au calme de sa chambre, son oasis. Rester anonyme, n'exister pour personne. Écarter tout ce qui n'était pas indispensable. Du chaos de sa vie avait éclos un fouillis matériel et mental qu'il était temps de déblayer. Il espérait en extraire une racine carrée qui serait sa liberté, et ne plus se consacrer qu'à la musique.

« Qu'est-ce que c'est que ça ? » Il s'efforça de ne pas s'inquiéter de sa petite voix intérieure, mais elle insista. « C'est une chaussure, et au-dessus de cette chaussure il y a un pantalon ! »

Il se leva avec répugnance et alla se pencher derrière un autre fauteuil en vis-à-vis. Il étouffa un juron.

En travers d'une carpette, allongé sur le ventre, gisait le corps de Jim Stapleton. L'arrière de son crâne paraissait gluant. Un tisonnier de fonte avait été abandonné à droite et, quand Jeremy s'inclina pour voir de plus près l'arme probable du crime, il discerna une carte postale représentant Simonetta Vespucci, et un serpent mécanique, simple jouet de fer-blanc. Il eut le réflexe de les fourrer tous deux dans sa poche tandis que, sans qu'il en eût conscience, il se faufilait le long du couloir jusqu'à la salle bondée où on le réclamait bruyamment.

Il avait à peine entamé *Radnor Fox Trot*[1] qu'un hurlement de femme paralysa l'assistance.

On se précipita vers le salon. Mary Pickford, commotionnée, était effondrée dans le fauteuil à oreillettes où l'homme à imperméable s'ingéniait à l'apaiser en l'obligeant à téter une bouteille de whisky.

— Un meurtre ! Chez moi ! Ma fête est fichue ! se lamentait Muguette de Vermont. Et Cocteau qui n'est pas venu !

— Il a eu raison, approuva Jeremy.

Elle tenta de s'évanouir dans ses bras, mais il fit un pas de côté, elle trébucha et faillit s'écrouler.

Tous partaient, Tristan Tzara, Foujita, les dames à chapeaux emplumés. On parlait d'alerter la police.

Jeremy choisit de s'éclipser. Mais, avant de s'en aller, il questionna la soubrette.

— À quoi ressemblait la personne qui s'est entretenue avec M. Stapleton ?

1. Composition d'Albert Newman.

— À un Écossais. Oui, un de ces Écossais d'Écosse, avec une jupe plissée à carreaux et des chaussettes longues, même que je me suis pensé que c'était une réclame de whisky… C'est vrai qu'ils n'ont pas de culotte ?

Jeremy n'attendit pas d'être payé, il remonta à vive allure l'avenue Jules-Janin jusqu'à la rue de la Pompe, obsédé par ce mystère : qu'avait donc voulu lui confier Jim Stapleton ?

Il stoppa net : s'enfuir, mauvais calcul. Des témoins affirmeraient peut-être qu'il s'était rendu dans le salon juste avant que le cadavre n'y soit découvert. La meilleure tactique consistait à revenir chez Muguette de Vernon et à patienter jusqu'à ce que les autorités surviennent. Sans doute subirait-il un interrogatoire. Il s'agissait de garder son sang-froid. Il déchira la carte postale et la jeta dans une bouche d'égout, ainsi que le serpent mécanique.

19

Lundi 21 novembre, soirée

Le seul instant où Sammy demeura attentif pendant la première partie du spectacle fut le numéro de Mathias et Agathe Cléré. Encore cela ne dura-t-il que le temps de vérifier si les costumes des jongleurs étaient vraiment ceux d'Arlequin et de Colombine. « Ben voilà, c'est prouvé, qu'est-ce qu'il m'embête avec ces deux-là, Jeremy ! Léa vendrait ces oripeaux tout emballés, y a pas de quoi fouetter un matou ! »

En lui défilaient les séquences survoltées d'une cavalcade à travers le Chinatown de New York. Des étals de poissons voltigeaient, des bols de riz valsaient, des Orientaux effarés s'écartaient devant le héros, Fascinax, dissimulé sous une cape et un chapeau à large bord. Sammy interprétait Georges Leicester, que poursuivait un troupeau de *cops* armés de matraques.

Les applaudissements prolongés et le retour de la lumière interrompirent le film. « Allez, zou, je me dégrouille de filocher ! »

Il piétina derrière les spectateurs en partance pour le bar. Quand il accéda à la sortie, ce fut pour danser le two-step face à une femme emmitouflée de châles.

— Excusez-moi, je suis en retard… Oh ! C'est vous ! Le jeune homme égaré dans ma loge. Vous partez déjà ?

— Ben… Je me lève tôt.

Clémentine Nozay esquissa un sourire gouailleur.

— Le mieux serait de ne pas vous coucher. Rendez-vous au pied de la porte Saint-Denis à vingt-trois heures trente, je vous convie dans ma mansarde !

Elle ne lui laissa pas le loisir de répliquer. Tel un papillon, elle s'envola vers le fond du hall.

Sans le « jeune homme » employé par Clémentine Nozay, Sammy serait rentré dare-dare chez les Lavergne. Mais qu'une vieille d'au moins vingt-cinq ans le qualifie de jeune homme, alors que, l'autre soir, elle l'avait traité de môme, cela faisait miroiter des éventualités érotiques, attirantes et inquiétantes.

Il errait sur les Boulevards, parfois sollicité par des ombres lui glissant à l'oreille des invites qui le dégoûtaient. C'était l'heure où des marlous esseulés marchaient, en quête de proies.

Rue Réaumur, il vit un cheval mort sur la chaussée, pesant lourdement sur l'asphalte. Les La Buire, les Chenard et Walker, les Peugeot l'évitaient, monstres pétaradants aux gros yeux jaunes.

Sous un lampadaire, une affiche annonçait une séance des Amis du Septième Art au cours de laquelle, le 7 décembre, seraient projetés des films en couleurs et au ralenti accompagnés du cinébruisseur. « J'irai, décida-t-il. Mais où ? Pas d'adresse ! »

Le nez pincé, il dépassa, devant le théâtre du Gymnase, une vespasienne conviviale à six places surmontée d'un candélabre et couverte de placards publicitaires vantant les mérites de *Saponite la bonne lessive* et ordonnant « Luttez contre la vie chère ! »

Une horloge pneumatique indiquait vingt-trois heures vingt. Un taxi s'arrêta près de lui à la demie pile, une tête pointa hors de la vitre arrière.

— Montez ! intima Clémentine Nozay.

Il s'assit à distance mais elle ne tarda guère à se blottir près de lui. Embarrassé, il se recroquevilla contre la portière.

— Quel pot de colle, ce Ludo, j'ai cru ne jamais parvenir à m'échapper. Il m'espionne, figure-toi ! J'ai payé Loulou afin qu'elle opère une diversion, elle a simulé un malaise à l'autre bout de la coulisse et les autres ont appelé Ludovic au secours, j'en ai profité pour piquer un sprint.

— Vous n'habitez pas ensemble ? demanda Sammy d'un ton désinvolte.

— Ah ça non, chacun chez soi et vive la liberté !

— Où va-t-on, madame ? demanda le chauffeur.

— 36, rue Montorgueuil, près du restaurant *L'Escargot.*

Le taxi stoppa devant l'église Saint-Eustache. Bloquant l'accès à la chaussée, de chancelants hommes de peine déchargeaient le contenu d'un camion de viande destinée aux Halles. Des relents fades agressaient les narines des rares passants. Un curé trottinait devant Sammy et Clémentine qui murmura :

— Youp-là ! Toucher du fer !

Elle posa sa main gantée sur les barreaux d'une grille.

— On y est. Inutile de réclamer le cordon, pas de concierge. En revanche, ne traînons pas au rez-de-chaussée. Il y a un fêlé qui surveille tout l'immeuble. Avant-guerre, il était serrurier. Maintenant, il accumule chez lui des caisses pleines de ressorts, de détentes, de vieux fusils rouillés, il garde aussi des outils qui servent à travailler l'acier. Il a peur qu'on le cambriole avant d'avoir eu le temps de réaliser son rêve : le casse du siècle.

Ils atteignaient le deuxième palier. Elle ouvrit la porte de gauche. Une matrone tout de noir vêtue arriva et, sans un mot, suspendit à une patère les châles de Clémentine et la veste élimée de Sammy. « C'est peut-être une morte vivante », songea celui-ci, ébahi par l'immense appartement de la vedette.

Leur déambulation d'une pièce à la suivante lui fit comprendre que Clémentine occupait l'étage entier. « Mince, on pourrait y loger plusieurs familles, et la bonne n'y dort même pas ! » se dit-il, assistant au départ de la domestique sans doute reléguée sous les toits.

— Enfin seuls, mon chou ! Ça te tente, une collation ? Suis-moi, la cuisine est par ici.

Les murs, surchargés de tableaux, de photos, d'articles de journaux sous verre et de miroirs, déclinaient toutes les nuances de jaune, de la paille au citron, en passant par le miel et le safran.

La cuisine était une pièce ocre, carrée, plus vaste que le logement de Jacob, dotée d'appareils ménagers dont Sammy ne devinait ni le fonctionnement ni l'utilité. Il resta planté devant une glacière électrique, miracle de la technique permettant d'obtenir du froid à volonté.

— C'est bath, hein ? remarqua Clémentine. Surtout l'été, quand il fait si chaud que le beurre et les suppositoires se liquéfient. Ça évite d'acheter des pains de glace. Je l'ai dégotée à New York, on trouve tout, là-bas.

Sammy se promit d'acquérir une de ces merveilles dès qu'il serait milliardaire et de l'offrir à Léa Lavergne. Et aussi à Jacob et Aglaé.

— Tu aimes le saumon fumé et les crevettes ? J'ajoute quelques olives et une tomate coupée en rondelles, des amandes et du stilton, un très bon fromage anglais.

— Ça cocotte.

— Goûte ce rosé du Béarn, tu m'en donneras des nouvelles !

— Non merci, pour moi du ratafia de grenouille !

Elle emplit d'eau une flûte à champagne.

— T'es pas un rigolo. T'as peut-être raison de vouloir garder les idées claires, tu t'emmêleras moins les ripatons dans les tapis !

Après avoir croqué une grosse meringue, ils s'enfermèrent chacun dans une somptueuse salle de bains. Celle de Sammy était couleur abricot, il y avait une vraie baignoire à pattes griffues, des serviettes moelleuses, un nécessaire de rasage.

— Sont-y en or, les robinets ? marmonna-t-il en les examinant de près.

Il n'avait jamais éprouvé d'enthousiasme à la perspective de livrer son corps à une abondante quantité d'eau. Il préférait se laver avec parcimonie, à l'aide d'un chiffon et de savon, n'insistant que sur la zone médiane de sa personne et, parfois, le bas. À son vif regret, il était toujours imberbe, aussi se contenta-t-il d'une toilette de chat, puis, après avoir roulé en boule sa chemise, qu'il dissimula derrière une panière à linge sale, il enfila un peignoir jaune canari par-dessus son pantalon. Il se déchaussa, enfouit ses chaussettes dans ses souliers et le tout sous l'évier et, après un bref coup de brosse à sa tignasse, regagna pieds nus la cuisine où il s'abîma dans la contemplation de la glacière.

— Où es-tu ? s'écria Clémentine. Rejoins-moi dans ma chambre !

Il s'égara dans un dédale de vestibules et de boudoirs avant de déboucher dans un espace doré de dimensions réduites dont le meuble principal était un imposant lit à colonnes aux draps de soie ambrés. Clémentine y était allongée, très menue dans un kimono rose dont l'échancrure laissait deviner une totale absence de vêtements.

Elle souleva les hanches afin de dénouer une ceinture et, d'un mouvement rapide, ôta le kimono, révélant une silhouette ferme au ventre plat, aux seins ronds. Elle lui tendit les bras mais, tétanisé, il ne bougeait pas. Il la fixait avec avidité, incapable d'admettre la réalité à laquelle il était confronté.

— Tu prends racine ? T'as déjà zyeuté une fille nue, non ?

Elle se redressa, agita ses cheveux courts et drus de vraie blonde, hilare.

— Quoi ? Tu ne vas quand même pas prétendre que je suis la première ?

Cramoisi, Sammy avait la gorge tellement sèche qu'il ne réussissait pas à déglutir, encore moins à parler. Finalement, il articula :

— Si.

— Mais enfin, tu n'es plus un bébé ! Quel âge as-tu ? Dix-sept ? Dix-huit ?

— Bientôt seize.

— La belle affaire ! J'ai eu mon premier amant à treize ans, alors tu ne me feras pas gober que toi, dans le milieu où tu vis sûrement, tu n'as jamais... Vire ce peignoir ridicule, il est deux tailles au-dessus de la tienne !

Non sans difficulté, il se libéra des plis et des manches dans lesquels il s'empêtrait et apparut à Clémentine, un nigaud au torse lisse et au pantalon retenu par une ficelle.

— Quel godiche ! Incroyable ! Approche que je touche.

Il s'avança en automate jusqu'au bord du lit. À genoux, elle s'étira sur la courtepointe, caressa son buste.

— C'est doux, susurra-t-elle.

Sans qu'il eût anticipé son geste, elle passa une main sur son pantalon. Il frissonna mais demeura immobile.

— T'as une fameuse envie, mon garçon ! Alors tu es puceau ? La bonne blague, il n'y a qu'à moi que ça arrive !

Il hocha le menton, presque fier de s'être réservé pour cette occasion. La pression des doigts de Clémentine s'accentuait. Il se dépêtra de son pantalon. Elle l'attira vers elle.

— Ne crains rien, c'est simple comme bonjour. En revanche, munis-toi de cette protection, je préfère. Je vais te guider.

— Je… Y a pas moyen de laisser mijoter un peu, que je vous… enfin, les prémices, quoi ?

— Trop tard, tu es prêt. Mais t'inquiète, on a la nuit devant nous, on remettra ça.

Au bout d'une heure, Sammy avait visité deux fois le paradis.

Clémentine se déclara éreintée. Ils coururent à la cuisine et se gavèrent de tartines beurrées et de saumon, aussi nus que des nouveau-nés. Puis ils revinrent au lit.

— C'est pas le tout, j'ai eu du plaisir, mais toi ? s'informa Sammy.

— Oh, moi… Les hommes ne sont pas très doués.

— Non, une minute, je veux apprendre. Je veux savoir comment fonctionnent les femmes. Où est-ce qu'il faut…

— Tu me prends pour un appareil électrique ? Tu veux une notice ? Je ne suis pas sûre que ça me botte, mais puisque tu insistes…

Elle tenta de lui expliquer.

— C'est rudement bien pensé ! s'exclama Sammy.

Elle applaudit, folle de gaieté.

— Oui, merci à notre créateur d'avoir inventé cet ingénieux système dont seuls les initiés ont la clé !

Quand il commença à mettre ses conseils en pratique, elle cessa de rire et se cramponna aux draps.

Le carillon de la cathédrale Notre-Dame sonna la demie de quatre heures. Plongé dans une méditation morose, Jeremy longeait le quai des Orfèvres. La ville dormait, seuls quelques lampadaires nimbés de bruine donnaient un semblant d'existence à l'île de la Cité. Il remonta le col de sa veste, bifurqua à gauche, franchit la Seine et aspira une longue goulée d'air. L'esprit focalisé sur les événements de la nuit, il n'accorda nulle attention au manège des camionneurs en train de laver leurs chevaux sur la berge. La voix doucereuse du commissaire de police l'obsédait :

— À bientôt, monsieur Nelson. Ne quittez Paris sous aucun prétexte.

La veille au soir, on l'avait transféré du commissariat de la rue de la Pompe à la préfecture de police pour interrogatoire. Non ! Ces insanités n'avaient rien à voir avec la réalité ! Il rivalisa d'arguments pour se convaincre qu'il vivait un mauvais rêve, il ne pouvait s'agir de lui, c'était une erreur, il allait se réveiller !

— Vous ne possédez aucune preuve, murmura-t-il.

Et cependant…

Le commissaire était un grand bonhomme sec au visage indéchiffrable, aux manières étudiées. Il le laissa attendre, referma son registre, fit pivoter son fauteuil, le jaugea, et lui désigna un siège.

— Vous connaissiez Jean Sapelle, monsieur Nelson ?

— Tout le monde le connaissait, il se faisait appeler Jim Stapleton. Il fréquentait les cafés de la Nouvelle Athènes. Je l'ai croisé, sans plus.

— D'après le témoignage de Mme de Vermont vous étiez amis lui et vous.

— C'est de ce mot galvaudé que l'on qualifie les relations superficielles dans les milieux artistiques.

— La soubrette de Mme de Vermont affirme vous avoir vu discuter avec lui. De quoi avez-vous parlé ?

— Il est sans le sou, il voulait me taper, j'ai mis le holà. Il a brusquement déserté, la bonne l'avait prévenu qu'on le demandait, un Écossais, selon elle.

— Parfaitement, parfaitement. L'ennui c'est que vous les avez rejoints peu de temps avant la découverte du corps sans vie de M. Jean Sapelle.

— J'avais besoin de silence. Je me suis replié dans un salon, il était vide, pas de Stapleton, pas de Highlander. Je me suis assis dans un fauteuil, j'ai soufflé un peu, puis je suis retourné au piano.

— Vous n'avez rien remarqué d'insolite ? Savez-vous que ce malheureux Jean Sapelle a eu le crâne défoncé ?

— Bien sûr. Quand nous avons entendu hurler Mary Pickford, nous…

— Marie qui ?

— L'avatar d'une actrice américaine, j'ignore son véritable nom. Quand elle a crié, je me suis précipité avec les autres. Avez-vous identifié l'arme du crime ?

— Et vous, monsieur Nelson ?

— Je suppose que c'est un objet pesant, il a causé de tels dégâts…

— Vous supposez bien.

— Avez-vous retrouvé l'Écossais ?

— Nous nous y employons, monsieur Nelson. Dites-moi, vous avez pris congé de Mme de Vermont avant l'arrivée de la police, puis vous y êtes revenu. Avez-vous eu des remords ?

— Je ne supporte pas la vue du sang, ni les bavardages déplacés, il me fallait une bouffée d'air.

— Parfait, parfait. Vous logez au 60, rue Notre-Dame-de-Lorette, chez Mlle Becker, propriétaire, et vous travaillez à La Dame Blanche, un restaurant de Pigalle tenu par M. et Mme Monnery, c'est bien ça ?

— Exact.

— Parfait. Je vais vous prier de vous tenir à notre disposition. On vous convoquera sûrement encore. Ne quittez Paris sous aucun prétexte.

— Je suis coincé jusqu'à quand ?

Le commissaire lui décocha un coup d'œil scrutateur et articula lentement :

— Jusqu'à ce que nous ayons résolu l'affaire, monsieur Nelson.

Vacillant tel un ivrogne, Jeremy reprit sa déambulation.

Sans qu'il en soit conscient, ses pas l'avaient mené au cœur du quartier Saint-Merri. Tels de sombres rochers, les immeubles de guingois émergeaient d'un halo laiteux, les rues sortaient de leur torpeur nocturne. Le claquement des volets répondait aux cahots métalliques des poubelles tirées sur les pavés. Soudain, un long sifflement retentit, suivi d'un halètement saccadé. Une locomotive empanachée déchira la brume, le passage de ses cinq wagons révéla un décor mouvant haut en couleur. Ce kaléidoscope lui donna le tournis, il s'assit sur une borne en pierre.

— C'est impossible, j'ai vu un train, chuchota-t-il à un vieillard qui ramassait un à un des haricots secs éparpillés parmi des détritus.

— D'où tu débarques, mon gars ? C'est *l'Arpajonnais* des Halles.

— Un train en plein Paris, réitéra Jeremy.

— *L'Arpajonnais*, j'te dis. Il a déchargé sa cargaison de primeurs et il regagne plan-plan la porte d'Orléans. T'es comme Cocotte, t'as besoin de sucre, ajouta-t-il en flattant la croupe d'une jument baie.

Le regard de Jeremy se posa sur Cocotte. Attelée à une carriole débordant de choux, elle attendait sagement l'heure du retour à l'écurie. Deux pièces de cuir recouvraient une partie de ses yeux, l'empêchant de voir sur les côtés.

— Elle a une maladie oculaire ? demanda-t-il au vieux.

— T'en tiens une sacrée couche, toi ! Faut te fortifier, mon gars. Ces trucs-là s'appellent des œillères, ça sert à fixer l'attention du cheval sur ce qui se passe devant lui, il a les yeux en face des trous, si tu préfères.

« Des œillères, pensa Jeremy, voilà qui affecte mon raisonnement. J'ai manqué de précautions, ça m'a mené où j'en suis. Je ne dois pas lâcher prise. Ces morts successives sont des assassinats et non une élucubration de mon esprit. Il faut que je réagisse en vitesse ! »

Le bourdonnement de ruche s'amenuisait à mesure qu'il s'enfonçait dans le dédale des ruelles. Il glissait vers un monde irréel peuplé de formes fugitives à peine entrevues, remplacées par d'autres qui disparaissaient à leur tour. Il contourna des clochards endormis à même le sol, se perdit, rebroussa chemin, croisa des filles embusquées sous l'entrée de lupanars miteux, heurta un marlou à la moustache frisotée au petit fer qui lui indiqua la voie.

En se dirigeant vers la place du Châtelet il s'efforça de remettre de l'ordre dans ses idées.

Des serpents liés à des décès qui semblaient naturels.

Une jeune beauté de la Renaissance.

Un écrivaillon parasite massacré à coups de tisonnier.

Un Écossais.

Sur le quai du métro, des bonnes sœurs à cornette encadraient un pensionnat de jeunes filles en uniforme : capeline, pull marin, jupe plissée.

En lui une étincelle s'embrasa. Il n'arrivait pas à le croire, c'en était presque comique.

« Qui sait ? La bonne de Muguette de Vermont n'avait peut-être pas les yeux en face des trous ? Un Écossais ou une Écossaise ? »

20

Mardi 22 novembre

Bien que les volets fussent fermés et le ciel pluvieux, Sammy devina que la matinée était bien entamée. Il tâta la place encore tiède de Clémentine, s'extirpa des draps, chercha la jeune femme dans les pièces en enfilade. Brusquement nez à nez avec la veuve sicilienne chargée d'épousseter les meubles, il porta vivement les mains à son bas-ventre. La femme émit un gloussement.

— Harnachez-vous et décampez. Madame est sortie et elle a dit que, quand elle rentrerait, elle ne souhaitait pas se cogner à vous.

Honteux, vexé, il regagna la chambre, harponna son pantalon.

— En voilà des manières ! Elle a pourtant rudement apprécié nos ébats. Elle est dingo ! Qui sait ce qui se passe dans la cervelle des femmes ? Si elle espère se débarrasser de moi en un éclair, elle se goure ! Où ai-je planqué ma limace et mes godillots ? Ah oui, la salle de bains !

Tandis qu'il traversait l'appartement, il butta contre un guéridon encombré d'un nombre impressionnant de cadres contenant des photos, véritable autel dressé à la gloire des idoles du caf'conc' et du music-hall. Dranem y côtoyait Damia, Ouvrard, Mistinguett, Chevalier, Mayol et, parée de fanfreluches, une Clémentine Nozay au minois charmant d'adolescente. Sur l'un des clichés, elle se tenait sagement au côté d'un athlète en frac, sur un autre elle le considérait d'un air extasié. Sur un troisième, il l'enlaçait.

— Ma parole, c'est Ludovic Maté dans toute sa splendeur ! Et ceux-là, c'est qui ?

Sammy examina attentivement un des sous-verre.

Derrière le couple enamouré de chanteurs à voix, un homme souriant en complet-veston brandissait une paire de patins à roulettes. Il avait une main posée sur l'épaule d'un quatrième couteau, aux traits occultés par le chapeau de Clémentine.

Sammy déchiffra une dédicace tracée d'une écriture anguleuse :

De nous deux, à Titine et Ludo, décembre 1913.

— Mince alors ! Le type aux patins, c'est Mathias Cléré ! Et l'autre ? Sa partenaire de l'époque ? J'embarque, ça peut toujours servir, décida-t-il, subtilisant le cliché.

Sammy dévalait les étages en sifflotant. Soudain, une haute silhouette tout en muscles lui barra la retraite, son estomac se contracta, Ludovic Maté le dominait de son gabarit d'athlète.

— Pouvez pas marcher droit ? grogna celui-ci, se retenant à la rampe.

Son regard tomba sur Sammy.

— Mais c'est le blanc-bec ! Qu'est-ce que tu fiches là ? Tu viens de chez Clémentine ?

— Ben oui, on m'a prié de…

Maté l'empoigna par les revers de son veston.

— On t'a prié de quoi ? Réponds ! Tu as couché chez elle ?

— Ben non, je… Je lui ai livré des fleurs de la part de mon patron.

— Ne me sers pas de craques, à cette heure elle roupille.

— Pas mon patron, et il m'attend pour bosser.

— Le nom de ton patron.

— Georges Leicester, lança Sammy.

— Un Angliche, hein ? Ou un Américain, du genre de celui qui fourre son grand nez partout, à ce qu'on m'a raconté, aboya Ludovic.

Il ricana.

— Je connais ma Clémentine, elle t'a convié à une dînette et tu n'as pas dit non. Écoute-moi bien, mon coco, si tu crois t'en tirer par une pirouette, tu te goures, tu n'as pas fini d'entendre parler de moi, je vais te tenir à l'œil !

— Lâchez-moi ! J'n'ai rien fait de mal.

— Bien sûr que non, Coco, que du bonheur, hein ? murmura-t-il d'un ton faussement bonhomme. Tu es de ceux qui ne donnent rien mais qui savent spéculer sur l'hospitalité d'autrui. Non mais tu t'es vu ? Tu as l'air d'un pied nickelé. Qu'est-ce que tu lui as fauché à la Clémentine ?

— Sûrement pas son innocence, mâchonna Sammy en tentant vainement de se dégager.

— Et par-dessus le marché tu l'insultes, sale petit agneau de lait ! Je vais te faire passer le goût du pain ! Il y a quoi dans ta musette ?

— Mes affaires.

Déterminé à s'esquiver, Sammy usa d'une ruse à la Chaplin. Il adressa un sourire à une personne invisible derrière Ludovic Maté et, profitant de son hésitation, lui décocha son soulier entre les jambes. Maté hurla avant de dégringoler lourdement les marches en brassant l'air.

— Mince, je l'ai ratatiné, constata Sammy en passant près de son corps affalé sur le premier palier.

Il fila dare-dare.

Quand Jeremy arriva dans la cour de son immeuble, rue Notre-Dame-de-Lorette, il aperçut, trop tard, Helga Becker le guettant, perchée sur une bicyclette.

— Enfin, vous daignez revenir ! Je me suis rongé les sangs, persuadée que vous aviez été percuté par une auto ! Quant aux Monnery, loin de me rassurer, ils m'ont tourneboulée en m'affirmant que vous jouiez pire qu'un débutant depuis quelques soirs, signe de gros ennuis ! Vous avez des valises sous les yeux, vous êtes fagoté comme l'as de pique et vous ne vous êtes pas rasé !

Horripilée par son silence, elle lui colla une lettre dans les mains et sauta à bas de sa monture pour entrer rageusement chez elle. Jeremy déchira l'enveloppe tout en se dirigeant vers le bistrot de la rue Saint-Georges. Il longea en l'effleurant du regard un énorme placard publicitaire qui proclamait :

J'AI CHAUD MALGRÉ LE FROID
GRÂCE À VALENTIN
LE ROI DES CAOUTCHOUCS !

Il s'attabla, commanda un café et un croissant, la lettre dépliée devant lui. La signature était celle de Victor, c'était la réponse à sa missive du 3 novembre.

Londres,

Cher monsieur Nelson,

J'ai bien reçu votre lettre me décrivant le médaillon de votre mère. Sachez, cher monsieur, que je prends votre quête au sérieux mais, hélas, concernant ce bijou je ne suis pas en mesure de vous fournir la moindre piste. Cependant j'ai récemment écrit à mon épouse, qui séjourne actuellement à Genève, pour lui faire part de vos recherches. Il se peut qu'elle ait connu votre demi-sœur Tasha avant la guerre car elle a fréquenté une académie de peinture pour jeunes femmes, à Paris, dans les années 1890. Il y a peu de chances qu'elle comble mes attentes, mais qui ne tente rien n'a rien. Dès qu'elle m'aura éclairé sur ce sujet, je vous préviendrai. Si vous quittez votre domicile de la rue Notre-Dame-de-Lorette, soyez assez aimable de me transmettre une adresse où vous joindre.

Croyez, cher monsieur Nelson à toute ma sympathie.

Victor Legris.

« Il me prend pour un âne et me tend des carottes », songea Jeremy en considérant l'oblitération de la poste impossible à déchiffrer.

Le patron se planta devant lui.

— Navré de vous importuner, mais votre copain, l'écrivain de génie, a une ardoise plus longue que le bras, pensez-vous qu'il va me régler un jour ?

Jeremy écarta les bras en signe d'impuissance et, pour échapper aux pupilles qui le mitraillaient, feuilleta un exemplaire du magazine théâtral *Comœdia* oublié sur une banquette. Il se figea à la lecture d'un article :

DEUX CONCERTS DE Mlle JEANNE ARTHUR

Mlle Jeanne Arthur donnera le vendredi 18 novembre et le samedi 19, à 8 h 45, salle Pleyel, deux grands concerts avec son homologue le pianiste Brailowsky. Le premier sera consacré à la musique romantique : Berlioz, Chopin, Liszt ; le second aux œuvres de Gabriel Fauré.

Elle était là, à Paris, et n'avait pas jugé bon de le prévenir ! Bouleversé, Jeremy décida de s'acharner à dénouer le mystère Stapleton afin de lever la suspicion qui pesait sur lui, ainsi, il affronterait Camille la tête haute. Ensuite il fuirait Paris, il tracerait un trait sur ces derniers mois. Il repoussa le magazine si brusquement qu'il manqua renverser sa tasse. Le patron ne le quittait pas des yeux.

Égaré, inapte à débrouiller ses idées, il paya puis, après réflexion, résolut de se rendre chez les Lavergne afin de savoir si Sammy avait du nouveau sur les costumes portés par Agathe et Mathias Cléré. Étaient-ils, ainsi que l'avait attesté Jules Dunières dimanche soir à *La Dame Blanche*, travestis en Arlequin et Colombine ?

La place de la Bastille sommeillait, engluée dans une vapeur d'où surgissaient des êtres insolites, avaleur de grenouilles ou cracheur de feu condamnés au chômage par l'absence de lumière.

Jeremy remontait le passage Thiéré, au bout duquel se dessinait l'angle du magasin *Lila, Farces et Attrapes*. La chaussée était déserte, luisante d'un crachin qui encaustiquait les pavés. Il frissonna, regrettant de n'avoir pas enfilé son pardessus. Le froid s'insinuait sous sa veste. Paris avait des allures de Londres en période de fog.

Il allait dépasser un réverbère lorsqu'une ombre massive se profila devant lui et lui barra la route. Il recula, partagé entre l'envie de déguerpir et celle de se protéger en attaquant le premier. Sans lui permettre de choisir, l'ombre bondit vers lui et le frappa violemment au visage du tranchant de la main. Jeremy trébucha, aveuglé par un liquide suintant de son arcade sourcilière. Il comprit que c'était son sang. Avant que son agresseur ne le roue de coups, il l'empoigna et, à son tour, lui martela la tête. Aucun des deux adversaires ne criait, leur combat s'accompagnait de leurs souffles rauques et du bruit de leurs poings. Jeremy éprouva soudain une vive douleur au coin de son œil gauche. Il chancela. Les immeubles tourbillonnaient autour de lui. L'ombre en profita pour lui assener un ultime uppercut et se fondre dans le brouillard.

Jeremy s'écroula sur le sol humide. Il eut le réflexe de détourner sa face. La gorge nouée, nauséeux, il replia ses jambes contre son ventre. Il étouffait, incapable d'aspirer une goulée d'air. Son cerveau engourdi nota qu'un objet grisâtre obstruait à demi une bouche d'égout où dévalait le ruisseau d'un caniveau. Il finit par distinguer une vieille serpillière roulée en boule. Son crâne tambourinait, une crampe douloureuse nouait son épaule gauche écrasée sous son buste. Il observa la progression saccadée d'une souris qui s'immobilisa à quelques centimètres de son nez avant de se volatiliser près d'un rectangle clair. Il tendit lentement la main et saisit une enveloppe entre deux doigts. La douleur explosa dans sa mâchoire. Il parvint à se redresser. Le sang avait séché sur sa joue, mais il avait du mal à accommoder. En titubant, il gagna le magasin de Léa.

Un quart d'heure s'écoula avant que Jeremy n'émergeât de sa torpeur et ne réalisât l'émoi dans lequel son état avait plongé la maison.

— Vous voilà bien arrangé ! gronda Léa. Ça va virer au mauve, dommage qu'on n'ait pas appliqué de la glace illico ! Chloé, va me préparer de la camomille et de la ouate !

Elle désinfecta la contusion de sa pommette, baigna sa paupière et lui infligea un pansement, ignorant ses gémissements.

— Vous allez m'arracher l'œil !

— Ça vous apprendra à servir de punching-ball !

— Il est poil-poil ! ricana Zoé.

— Tu ne devrais pas être à l'école ? rétorqua Jeremy.

— Y a pas classe, la maîtresse est malade.

— On vous a bien amoché, par le fait, constata Sammy. Qu'est-ce que vous serrez entre vos doigts ?

Il tira de l'enveloppe un morceau de papier sur lequel étaient collés sept mots formés de caractères découpés dans un quotidien :

QUI TEND UN FILET Y SERA PRIS.

L'Ecclésiastique, chap. XXVII

« Nom d'un chien, ça se corse ! » se dit Sammy.

— Qu'est-ce que c'est ? chuchota Jeremy.

— Oh, rien, une réclame.

— Restez tranquille, laissez-moi fignoler le nœud de ce bandeau, lui enjoignit Léa en nouant une rosette.

Sammy patienta jusqu'à ce que Jeremy prétexte l'envie de griller une cigarette dans la rue afin de se soustraire à la surveillance de Léa et des jumelles. Il lui lut alors la phrase sibylline.

— C'est un avertissement ?

— Cela m'en a l'air, grommela Jeremy qui songea à la maxime déposée chez la concierge d'Helga Becker à l'intention de *M. le pianiste* une quinzaine de jours plus tôt.

— Qu'en est-il des tenues de scène des Cléré ? demanda-t-il en empochant l'enveloppe.

Sammy lui montra la photo dérobée chez Clémentine Nozay.

— Où as-tu dégoté ce tirage ?

Gêné, Sammy hésitait à répondre. Il finit par conter qu'après avoir revu le spectacle de *La Tour de Babel*, et vérifié que les jongleurs étaient bien costumés en Arlequin et Colombine, il était monté chez Clémentine Nozay pour l'aider à porter des paquets. Elle l'avait invité à une collation, il avait un peu forcé sur le vin et s'était endormi. À son réveil, la chanteuse avait filé.

— J'ai exploré l'appartement et déniché ce cliché. Il m'a intrigué, alors je l'ai barboté.

— Ton hôtesse va remarquer sa disparition.

— Pas si bête, j'ai planqué le cadre vide derrière le rideau de la cheminée.

Il passa sous silence le plus important, d'une part qu'il était devenu un homme, d'autre part qu'il s'était colleté dans l'escalier avec Ludovic Maté.

Épuisé, Jeremy refusa d'avaler la moindre miette, sourd aux objurgations de Léa, mais accepta de s'allonger sur le lit conjugal, au premier étage. Avant d'avoir déduit deux conclusions quant à ce qui venait de se produire, il sombra. Léa le borda tendrement et ordonna à ses filles de le veiller à tour de rôle.

Sammy fila acheter les journaux. À son immense soulagement, il n'y pêcha aucune mention de la découverte d'un homme occis dans l'escalier d'un immeuble rue Montorgueil. Si sa conscience batifolait dans les verts pâturages de l'innocence, l'angoisse s'obstinait à peser sur lui. Il se jura de ne plus fouler les trottoirs des Boulevards avant un bail.

Une heure plus tard, Jeremy s'éveilla en sursaut, obsédé par le costume de Colombine d'Agathe Cléré, ex-Simonetta Vespucci. Affronter de nouveau ce toqué de Dunières s'avérait indispensable pour démêler le vrai du faux.

— Maman ! Il se lève ! cria Chloé, qui prenait très au sérieux sa mission de garde-malade.

En dépit des protestations de Sammy et de Léa, Jeremy regagna le rez-de-chaussée, défripa ses vêtements d'une main incertaine, rajusta son bandeau et endossa sa veste.

— Vous allez vous retrouver à l'hôpital, à force de ne pas écouter ceux qui se soucient de vous !

— Soyez tranquille, Léa, je suis plus solide que j'en ai l'air !

Sur le seuil, Jeremy pria tout bas Sammy de prévenir les Monnery que leur pianiste ne viendrait de nouveau pas ce soir.

Transpercé de froid, à demi aveugle, le visage masqué par un feutre, les mains enfouies au fond des poches, Jeremy atteignit la rue Pierre-Picard submergée d'une foule de chalands. Un vent glacé étrillait des vagues de galons verts, jaunes, bleus, des coupons de velours garance, des frisottis de dentelles crème ou mordorées.

Les détaillants en verve brassaient les étoffes :

— Les besogneux aussi peuvent s'offrir du beau linge ! Palpez-moi cette soie imitation d'Irlande et de Valenciennes, ça vous câline la peau ! Allez-y, mesdames ! Pétrissez tant que vous voudrez mais gaffe aux bas : attention fragile, qui les file les paye.

Coincée entre une avalanche de mousseline et l'étal d'un débitant de crêpe de Chine, l'échoppe de Jules Dunières ne provoquait guère l'engouement des clientes. Le négociant de faux cols tuait le temps en classant un lot de cartes postales acquis la veille auprès d'un biffin.

— Vous trouvez votre bonheur, monsieur Dunières ?

— Tiens, le jazzman ! Vous avez embrassé un réverbère ? Oui, maestro, je jubile, que du beau : Lawrence, Gainsborough, Van Dyck. J'attendais votre venue, l'assassin revient toujours sur les lieux de son crime.

— C'est vous qui me l'avez conseillé, je m'en serais dispensé !

— Mon œil. Vous trépignez d'impatience d'en savoir davantage. J'ai du nouveau à propos de la réputation de Simonetta Vespucci.

— L'originale ou Agathe Cléré ?

— L'épouse de Marco Vespucci, voyons ! J'ai découvert qu'elle a été célébrée de son vivant dans de nombreux poèmes. Laurent de Médicis en personne lui a dédié un sonnet, je vais vous le lire.

Jeremy poussa un soupir.

— Non merci, c'est Agathe Cléré qui m'importe. Avant-hier vous m'avez laissé entendre qu'elle avait adopté le châle bariolé, la coiffure et le collier de votre dulcinée.

— Simonetta Vespucci n'est pas ma dulcinée ! N'attribuez pas à autrui vos libidineuses pensées, je suis un amateur d'art, moi, monsieur, un érudit, autodidacte, soit, mais compétent, rétorqua Jules Dunières en caressant à rebrousse-poil ses sourcils broussailleux.

Il reprit d'un ton rogue :

— Puisque vous n'êtes pas fichu de suivre patiemment une démonstration de bout en bout, je me tais, bouche cousue, plus un mot.

— Je regrette, voilà, vous êtes content ?

D'un geste, Jules Dunières manifesta que ce mea culpa ne le concernait en aucune façon, il remballa ses cartes postales, boucla son échoppe et se dirigea d'un pas décidé vers un but plus digne de capter son intérêt. Jeremy le rattrapa à la hauteur d'un bougnat et, ravalant sa fierté, réitéra ses excuses :

— Pardonnez-moi. Ça vous tente un vin chaud ?

Attablé devant une futaille faisant office de table, Jeremy avait à peine touché à son verre. Il fixait sur Jules Dunières un regard qu'il espérait attentif, mais il laissait son esprit flotter à vide.

— … J'ai dégoté le nom exact de cette coiffure : *vespaio*, ainsi nommée pour sa ressemblance avec un nid de guêpes. Elle était décorée de perles surmontées d'un rubis. C'était la copie conforme de la parure d'Agathe Cléré. Quant au serpent qui se mord la queue, j'ai commis une petite erreur, il représente le symbole néoplatonicien de la mort et la jeune femme qui subit prématurément cette épreuve ultime atteint à la beauté éternelle.

Lorsque son interlocuteur cessa sa logorrhée pédagogique pour compulser un papier tiré de sa poche, Jeremy reprit pied.

— Avez-vous entendu parler d'un charmeur de serpents connu sous le nom de Sâr Nadji Gorem ? demanda-t-il

Le visage de Jules Dunières s'alluma de colère, une exclamation de rage jaillit de ses lèvres, il était à deux doigts de la crise d'apoplexie :

— Nom d'un chacal pouilleux ! Je vous ai répété maintes fois que mon univers est à une incommensurable distance de celui de ces bouffons ! Vous avez vraiment le don de doucher ma bonne volonté ! C'est votre coquart qui vous monte au cerveau ?

— Votre beau-frère Robert le fréquentait peut-être ?

— Qui ? Le Sâr trucmuche ? Je n'étais ni le confesseur ni le directeur de conscience de Robert. Mon beau-frère avait du talent, ça oui, mais il l'a dilapidé au profit d'une existence sans entraves en renonçant à une carrière qui l'eût mené à l'Opéra ou au Français.

— Monsieur Dunières, vous monnayez des faux cols en celluloïd alors que la peinture est votre passion. Ne croyez-vous donc pas en vous-même ?

— Moi, monsieur, je crois en tout, au père Noël, à la petite souris, aux lendemains qui chantent, à Dieu, au diable, sauf en moi-même. Je suis né du mauvais côté de la barrière. Ma mère posait pour les rapins de la Butte, Renoir, Lautrec, Willette et une foultitude d'autres. Ma sœur et moi sommes nés de pères inconnus, il fallait nous élever. C'est un euphémisme, parce qu'on est plutôt restés au ras du pavé. Ma mère est entrée en maison comme on entre en religion, alors les études : macache. Très jeune j'ai eu le goût de l'art pictural, je préférais musarder dans le Louvre que dans le maquis de Montmartre, mais faut pas rêver, les années vous laminent et on découvre trop tard qu'on a perdu sa vie à la gagner.

— Pourquoi la bonneterie ?

— Par vocation, aboya Jules Dunières qui se radoucit aussitôt. Monsieur Nelson, l'expression « l'occasion fait le larron » vous dit quelque chose ? Un ami m'a légué son stock, ç'aurait pu être des parapluies ou des passoires, faut bien manger ! Vous nourrissez un préjugé contre les faux cols ?

— Absolument pas.

— Voyez-vous, cette société m'amuse. L'homme aspire à la liberté, mais question mode, il a l'instinct grégaire. Il faut être sacrément aliéné pour porter ces carcans en celluloïd autour du cou. Que voulez-vous, le paraître l'emporte toujours sur l'être. Je constate, je ne me plains pas, le commerce marche, j'arrondis ma pelote. Et vous, pourquoi tapeur dans un gouffre à bouffe ? Je parie que c'est juste alimentaire, pour sacrifier à votre violon d'Ingres d'enquêteur non patenté.

— Il y a de ça, répondit Jeremy décidé à mettre un terme à cette conversation qui ne le menait nulle part. Ce carnet de croquis dont vous m'avez parlé, puis-je le voir ?

Jules Dunières lapa le fond de son verre et le considéra longuement.

— Si ça vous excite tant de consulter les archives de Robert, je suis d'accord. Vous venez ? proposa-t-il.

Le logement de Robert Escaudain était étriqué. Ils pénétrèrent dans ce qui avait dû être la salle à manger et qui offrait l'apparence d'une remise où s'entassaient mobilier, cartons et nombre de boîtes à chaussures bourrées de cartes postales. Ainsi, Jules Dunières profitait du départ définitif de son beau-frère pour accroître son jeu de familles. Une penderie vide tendait ses battants, révélant des cintres esseulés.

— J'ai distribué sa garde-robe aux nécessiteux, on n'a pas la même taille, expliqua-t-il.

La chambre à coucher évoqua à Jeremy le dépôt d'un brocanteur de Brooklyn, le vieux Goldie, qui l'avait employé l'été 1916 en qualité de vendeur polyvalent. Goldie écumait les gourbis des émigrés italiens, allemands, juifs de Russie et d'Europe centrale et rapportait chaque soir d'invraisemblables charretées de samovars cabossés, de valises en carton constellées d'étiquettes de voyage mais dépourvues de poignées, de houppelandes mitées, de coffres à bijoux emplis de clous rouillés et les empilait dans le moindre espace disponible. Jeremy avait vite renoncé à trier ce fatras où, rarement, se risquait un amateur. Les trouvailles étaient exceptionnelles, les extraire consistait en un exercice périlleux. Ce fut pour lui une période bénéfique car, en dépit d'un maigre salaire, doublé d'un régime à base de pommes de terre, de hareng et de bagels, il eut le loisir de composer une quinzaine de mélodies sur un harmonium asthmatique.

À l'instar du magasin de Goldie, le deux-pièces de Robert Escaudain regorgeait de moutons à cinq pattes. Hormis les cartes postales, le décorateur avait indubitablement une prédilection pour les carpettes superposées en millefeuilles. Souhaitait-il que l'une d'elles le propulse par-dessus les toits, loin de ce monde matérialiste ?

— Installez-vous à cette table, l'invita Jules Dunières. C'est là, vingt ans d'archives et de notes de travail. Amusez-vous, triez, épluchez, vous en tirerez peut-être quelque chose. Moi, je termine mon rangement, je libère les lieux, je vais louer, ça me fera une rente, bon vent les faux cols, en avant toute !

— Et ce carnet de croquis ? insista Jeremy.

— Farfouillez, farfouillez, si vous voyez ce que je veux dire.

Jules Dunières prit un livre sur l'une des piles branlantes envahissant le plancher et le lança dans une poubelle.

— Il ne jetait rien, le bougre. Ce sont les bouquins de son grand-père, vous parlez d'une sinécure, dit-il en soupesant deux tomes de l'annuaire du bureau des longitudes.

Jeremy se plongea dans les paperasses de Robert Escaudain. Il mit de côté les notes et survola le contenu des registres de comptes. Il allait déclarer forfait quand un carnet de rendez-vous de l'année en cours l'interpella. Au mois d'octobre, il lut à la date du jeudi 6 :

> *Demain chez les Cléré pour déco intérieure et fourniture peintures, 8, rue Jules-Chaplain, troisième étage, métro Vavin.*

C'était inespéré.

Il s'empressa de copier discrètement l'adresse, puis il saisit une liasse de programmes et les étudia un à un, vérifiant la distribution des spectacles, les dates, les lieux des représentations ainsi que les photos. Robert Escaudain avait probablement été un décorateur consciencieux, mais il vivait dans un désordre indescriptible. Dunières jacassait, jacassait, impossible de se concentrer. Jeremy repoussa sa chaise et se pencha vers un fauteuil couvert de carnets de croquis qu'il feuilleta sans conviction. La plupart étaient noircis de dessins plus proches du cubisme que des traditionnelles perspectives en vogue sur les scènes des music-halls populaires. Certaines aquarelles égalaient les créations de Léon Bakst pour les *Ballets russes*, ou celles de George Barbier pour *Shéhérazade.* Plusieurs d'entre elles retinrent son attention, elles figuraient une jeune femme blonde, pieds nus, vêtue d'une tunique transparente, peinte de face et de profil. Les suivantes ne laissaient aucun doute quant à l'identité du modèle, on y reconnaissait Agathe Cléré travestie en Simonetta Vespucci.

Jules Dunières, qui observait par-dessus son épaule, affirma :

— Magnifique ! Vous identifiez le modèle ? C'est la jongleuse sur patins. Il y a aussi des dessins à l'encre, c'est la raison pour laquelle je suis allé vous trouver à *La Dame Blanche* l'autre soir.

— Il serait peut-être temps de me les montrer, je dois aller travailler.

Jules Dunières extirpa un calepin de sa poche et le tendit à Jeremy.

— Ces dessins stylisés possèdent une facture similaire à celle de l'Anglais Aubrey Beardsley. Agathe Cléré est facilement identifiable, commenta Jules Dunières.

Il eut un sourire carnassier.

— Ils datent de 1913. Cette fille l'obsédait déjà. Elle est minuscule mais elle a du répondant, si vous voyez ce que je veux dire, ajouta-t-il en esquissant des deux mains une silhouette voluptueuse.

— Ont-ils eu une aventure ensemble ?

— Mon beau-frère appliquait ce credo à la lettre : « On ne vieillit pas à table. »

— Est-ce lui qui a suggéré à Agathe de s'habiller ainsi ?

— Qu'en pensez-vous, monsieur Nelson ? Toujours pressé de partir ? demanda Jules Dunières en lui remettant deux programmes de music-hall. Je vous ai gardé le meilleur pour la fin.

La couverture du premier, tiré sur papier glacé, affichait :

LA TOUR DE BABEL
Automne 1913

Jeremy tourna lentement les pages. Il découvrit une succession de photographies illustrant des noms d'artistes.

FERNAND BOULY ET SON ORCHESTRE

MISS YO MIGNON, chanteuse épileptique dans : *J'ai une Hispano-Suiza* et *Baisse le capot on voit le moteur*

FU CHUNG ET FI CHING, les compagnons du Tonkin : antipodistes

LES TROIS BIM BAM BOUM, les clowns lapins

LES SIMONETTI, jongleurs sur patins

ENTRACTE

VIRGINIE LAYON, chanteuse de la Butte

ALBIN MONCEY, le chéri de ces dames

À la lecture du nom Simonetti, Jeremy s'était figé. Il approcha le programme de ses yeux, mais la photo était décevante. Mathias Cléré, en pourpoint, collant et feutre à plumet, donnait la main à une Simonetta Vespucci au visage flou.

— On ne distingue pas ses traits, c'est Agathe Cléré ?

Jules Dunières haussa les épaules.

— Qui voulez-vous que ce soit ? Elle a bougé, et comme la direction est trop pingre pour tirer un autre cliché…

Déconcerté, Jeremy songea : « Ça ne correspond pas à celui que m'a remis Sammy. Sur le sien on distingue nettement deux hommes ! Et pourtant la date est la même, 1913. »

Il éplucha le second programme qui ne comportait aucune photo :

LE DORYPHORE
5, RUE PARMENTIER

De l'audace, encore de l'audace avec LES 4 ATLAS
Du charme, de la jeunesse avec MARIFLEUR KELLY
CRAQUETTE ET SES CANICHES
LES KIRSANOFF, danseurs du Don
ENTRACTE
C'était le bon temps avec VIRGINIE LAYON
Le duo SIMONETTI, baladins Renaissance
Voyage chez les Thugs avec JEAN PHILIPPOT
ALBIN MONCEY, une voix troublante

— Monsieur Dunières, vous m'avez assuré ne pas connaître le Sâr Nadji Gorem, mais il est annoncé en toutes lettres, là, sous les Simonetti !

Jules Dunières examina Jeremy avec une feinte indulgence.

— Mon pauvre ami, avez-vous consulté un oculiste ? Votre coquart a probablement affecté vos nerfs optiques. Regardez-y à deux fois. Ce spectacle minable n'affiche pas plus de Sâr trucmuche que d'étoiles de l'Opéra ! Moi je lis Jean Philippot, et ça m'étonnerait que ce paillasse ait séjourné parmi les membres d'une secte hindoue sanguinaire !

— Désolé, je suis fatigué, j'ai commis un lapsus, murmura Jeremy. Je peux vous emprunter les programmes ?

— C'est cadeau.

Dans la pièce voisine, un carillon Westminster égrena six coups.

— Ce n'est pas tout ça, ma belote ! s'exclama Jules Dunières en refoulant Jeremy vers la sortie. Dites donc, monsieur Nelson, la dame germanique qui me coupait sans cesse la parole à *La Dame Blanche*, est-elle célibataire ? Parce qu'elle a du chien, si vous voyez ce que je veux dire !

Les oreilles agressées par les boniments des marchands de tissus, Jeremy se raccrochait à ce qu'il venait d'apprendre, notamment que les Simonetti et Jean Philippot avaient fait partie de la même distribution. Il jugea opportun de retourner chez Hélène Villedieu.

— Demain, j'irai demain.

Pour l'instant, il n'avait qu'une idée en tête : rallier la rue Notre-Dame-de-Lorette, manger un quignon de pain et du fromage, et dormir.

21

Mercredi 23 novembre

La porte palière était entrebâillée. Surpris par le silence, Jeremy entra sans frapper et traversa la chambre aux poufs. Son bandeau sur l'œil réduisait son champ de vision. Un jour grisâtre, filtré par une fenêtre occultée d'un rideau, éclairait chichement la deuxième pièce, le mobilier nimbé d'une lueur clignotante accentuait sa sensation de flou. Il tourna la tête à gauche et distingua un renflement insolite au ras du plancher. Il tâtonna prudemment vers un matelas à deux places posé au sol et devina une forme en chien de fusil. Il s'accroupit, palpa le contour d'une épaule. Jaillie d'un amas de couvertures, une main lui agrippa le poignet, son univers se remit en place, il se dégagea d'un coup sec.

— Allons, mon vieux, du calme, je ne voulais pas être indiscret, la porte était ouverte, on se connaît, je suis Jeremy Nelson.

— Je n'y vois rien ! Laissez-moi tranquille !

Jeremy alla tirer le rideau. Stupéfait, il découvrit le visage violacé de Paul Badesse. Son regard était fixe et hagard, comme s'il était face à un revenant. L'homme se redressa, ses lèvres tuméfiées esquissèrent un rictus.

— Qu'est-ce que vous avez à l'œil ? demanda-t-il d'une voix rauque.

Jeremy s'aperçut que son bandeau avait glissé.

— Je me suis cogné, dit-il, et vous ?

Paul Badesse effleura son nez et sa mâchoire gonflés.

— J'ai dérapé dans l'escalier. Ah la vache ! J'en ai encore la tremblote, à un cheveu près je dégringolais jusqu'en bas !

— Vous mentez mal, monsieur Badesse, je crois qu'on vous a rossé.

— C'est la vérité, j'vous dis ! La minuterie est cramée et le taulier ne veut rien entendre, les locataires il s'en balance !

— Vous n'avez rien de cassé ?

— J'ai eu le bon réflexe, je me suis fait aussi mou qu'un serpent, j'ai dévalé à plat ventre, c'est ma caboche qui a morflé.

« Des salades », pensa Jeremy.

— C'est une bonne histoire, monsieur Badesse, un autre que moi vous accorderait le bon Dieu sans confession, seulement je suis sûr que vous savez où se situe le passage Thiéré.

Cette phrase était une affirmation et non une question.

— Vous êtes toqué ! Vous n'avez qu'à demander à Hélène et au docteur !

— Quel docteur ?

— Le Dr Poirier, il est à la retraite, il loge au quatrième, Hélène a insisté. Bon, je vous ai baratiné. Lundi matin, Hélène a ouvert la porte sans se méfier, elle a cru que c'était le facteur qui nous délivrait un colis. Elle s'est trouvée devant deux hirondelles qui l'ont sommée de se rendre au poste parce que la voisine du dessous se plaint de moi, tapage nocturne qu'elle prétend. Je t'en ficherai du tapage nocturne, je ne fais que ramper ! Hélène s'est exécutée.

— Je gage que c'étaient de faux agents de police, dit Jeremy d'un ton sarcastique.

— Croyez-moi ou pas, je m'en tape. La suite vous intéresse ? Un des flics a escorté Hélène, le second m'a toisé de sa hauteur et il m'a traité de crapaud, d'asticot et de vermine anarchiste. Puis il a arraché sa moustache et ôté sa casquette. Ça m'a fait un choc, mais j'ai eu le temps de voir que c'était un de ces jeunots à rouflaquettes qui glandent sur la Maub'. Après, il m'a cravaché avec sa pèlerine roulée en boule. « Ennemi du genre humain, sale rat de planqué », qu'il gueulait. Sûr que j'étais un contempteur de nos braves poilus. Il m'a laissé plus mort que vif. Quand Hélène, plantée rue de Bièvre par son complice, a déboulé chez nous, elle a filé quérir le Dr Poirier. Moi, je ne voulais pas, les docteurs je les évite, dès qu'il y en a un qui se pointe à l'horizon on sent que la fin approche. Des blouses blanches, j'en ai trop vu pendant la guerre. Eh oui, je l'ai faite, tous ceux qui n'ont pas eu le bol de rester à l'arrière l'ont faite ! On m'a bombardé brancardier, je ramassais les agonisants et les blessés. J'ai assisté à tant d'horreurs que j'ai considéré mon sort comme une bénédiction, c'est depuis ce temps-là que j'ai renoncé à la station verticale.

— Vous avez porté plainte ?

— Vous rigolez ? C'n'est pas dans mes mœurs, j'emmerde la société. Mais je suis convaincu d'une chose, la locataire du dessous a signé un contrat avec ces deux petites frappes, et ça m'étonnerait qu'elle les rétribue en nature ! Cette Marthe Bourdon est une langue de vipère qui déblatère sur son prochain du matin au soir, bla-bla-bla, bla-bla-bla ! Tous les mastroquets du coin pourront en témoigner.

— Donc, vous n'avez pas quitté votre domicile depuis lundi.

— Cuisinez le Dr Poirier, il confirmera. Lundi il a passé deux heures à me recoudre le bras, vous voulez vérifier ?

— Non merci, sans façon. Et hier ?

— Hier il est revenu me panser.

Jeremy réfléchissait à toute allure. Ce récit à la limite du vraisemblable n'innocentait pas Paul Badesse. Lui et Hélène Villedieu étaient liés de près à Jean Philippot dont l'élevage de reptiles se situait dans la rue adjacente.

— Vous savez, mon jeune ami, votre paupière est quasiment violette. Je parie que vous n'avez pas tenté le truc qui consiste à y appliquer un bifteck cru, nasilla Paul Badesse d'un air enjoué.

— L'arnica est plus économique, lança Hélène Villedieu qui arrivait, chargée de victuailles.

Elle fit signe à Jeremy de la suivre dans un cabinet de toilette et lui tamponna la paupière de sa lotion magique.

— Vous trouverez des gouttes en pharmacie, ça soulage l'inflammation. Instillez-en matin et soir, et laissez tomber ce bandeau, vous ressemblez à un pirate.

Jeremy s'éclaircit la gorge :

— Si votre voisine du dessous a vraiment mandaté des voyous, vous devriez la poursuivre en justice.

— Je ne peux rien prouver, c'est une sournoise. Je n'ai pas l'habitude d'étaler mes misères en public, mais cette vieille guenon ignore dans quel guêpier elle s'est fourrée ! Une vache noire donne du lait blanc, il ne faut pas se fier aux apparences.

Elle se vissa l'index au front.

— Ses moindres faits et gestes sont inscrits dans mon livre de comptes. Dans une guerre de harcèlement la victoire appartient à ceux qui ne payent pas de mine, conclut-elle en lui dédiant un sourire carnassier.

Une voix railleuse s'éleva du plancher :

— Ne te fatigue pas, Hélène, monsieur a de belles mirettes qui n'y voient goutte !

Elle l'accompagna à la porte et, comme il prenait congé, murmura :

— Je n'ai pas osé vous le dire l'autre jour, mais je dois vous l'avouer : quand vous m'avez montré la carte postale de cette jeune fille à demi nue, j'ai tout de suite remarqué un air de famille entre elle et la jongleuse de *La Tour de Babel*, Agathe Cléré.

Réfugié dans un bistrot de la place Maubert, Jeremy grignota un croissant en consultant le calepin où il avait recopié l'adresse des Cléré. Ces deux-là étaient au centre du mystère, il était temps d'avoir une conversation avec eux. Il doutait que cette démarche puisse le mettre sur les rails, mais il avait besoin de tout tenter pour se sortir du pétrin. Restait à se forger un prétexte valable afin de justifier sa visite. Un coup d'œil sur une colonne Morris qui affichait *La Charrette fantôme*[1] au cinéma Le Marivaux activa son imagination.

Il se dirigea vers une bouche de métro.

Le carrefour Vavin était paralysé par un énorme embouteillage. À droite, à gauche, le boulevard du Montparnasse s'asphyxiait sous un flux d'automobiles et de véhicules divers, au milieu desquels Jeremy se faufila sans peine. N'avait-il pas vécu à New York, où la circulation encombrait en permanence les artères ?

Il longea le café *La Rotonde*, encore vide, à l'exception de quelques bohèmes dégustant un crème dans un gros verre à vin. C'était le soir qui était propice aux rencontres, dans tous les cafés du ?quartier affectionnés par les peintres, les écrivains, les musiciens. Jeremy savait que le jazz y régnait en maître, et se promit d'explorer les établissements où, la nuit, se trémoussaient les fêtards au rythme frénétique des cuivres et des percussions.

1. Film suédois (1920) de Victor Sjöström, d'après un roman de Selma Lagerlöf.

Il ne croisa qu'un groupe de Juifs à papillotes et chapeaux bordés de fourrure, et deux Américains arrimés l'un à l'autre et braillant à tue-tête *Ô Susanna !*

Les Cléré logeaient rue Jules-Chaplain, une courte voie à l'abri du tohu-bohu. Au troisième étage d'un immeuble cossu, il toqua sans conviction à la porte centrale. Un léger bruit lui indiqua qu'il y avait quelqu'un. On lui ouvrit, un quadragénaire de haute taille à cheveux un peu longs et à moustache effilée se découpait dans le chambranle.

— Qu'y a-t-il pour votre service ?

La voix était chaude, teintée d'un accent du Sud-Ouest.

— Excusez le chambard, nous rafraîchissons le décor, dit l'homme en riant.

Il essuya ses mains sur sa blouse.

— Vous êtes Mathias Cléré ? Je suis navré de vous importuner, j'aimerais vous poser des questions sur trois personnes récemment décédées. Il s'agit de Denver Southern, Robert Escaudain et Muriel Watrin. Elles étaient employées à *La Tour de Babel* où vous vous produisez.

Jeremy avait préféré éviter de mentionner Jim Stapleton afin de ne pas compliquer son interrogatoire.

— Qui êtes-vous ? Un policier ?

Le ton affable de Mathias Cléré s'était refroidi.

— Tout va bien, mon chéri ? modula une femme invisible.

— Je suis metteur en scène de cinéma en quête d'interprètes, débita Jeremy d'un ton naturel. Je compte réaliser un feuilleton à la sauce Louis Feuillade : poursuites, rebondissements, mystères, sur le thème de la disparition de ces artistes. Renaud Lemerle m'a donné votre adresse.

Ses propos furent soupesés, avant que Mathias Cléré ne l'invitât à entrer, apparemment flatté à la pensée qu'un avenir cinématographique lui fût peut-être réservé. Agathe Cléré l'observait avec curiosité. Elle était aussi menue que son époux était élancé, Jules Dunières avait raison, une ravissante brunette d'un mètre cinquante. Le portrait de Simonetta Vespucci se superposa à ses formes sensuelles. Sa minceur, la rondeur de ses hanches, ses seins se drapèrent d'un châle à rayures qui évinça, le temps d'un soupir, une robe de lainage et un tablier à carreaux. Une réflexion d'Hélène Villedieu lui revint : « Une vache noire donne du lait blanc, il ne faut pas se fier aux apparences. »

L'appartement comportait deux grandes pièces et une cuisine en enfilade. Protégés d'une bâche, les meubles empilés évoquaient un chameau plus long que haut. Deux lits de camp repliés flanquaient l'animal. Le sol était jonché de journaux auréolés de cercles blancs imprimés par les pots de peinture. Pinceaux, brosses, cuvettes en émail disputaient la place à un escabeau et un tabouret à vis.

— Je n'ai pu m'empêcher d'entendre. Vous tournez des films ? demanda Agathe Cléré, au comble de l'excitation.

— Oui, mais…

— Je n'arrête pas de prédire à Mathias qu'un jour ou l'autre on nous soumettra des propositions ! Méliès honorait les métiers comme le nôtre. En a-t-il fait jongler, des objets et même des têtes dans ses bandes à truquages ! Depuis des années, le cinéma français a boudé l'art forain, mais vous avez vu juste, nous avons mérité une place sur l'écran.

— Je n'ai pas encore… protesta Jeremy, interrompu par Mathias Cléré.

— Ma chérie, ce monsieur n'est *a priori* pas ici pour nous engager, mais obtenir des informations sur Robert Escaudain, Muriel Watrin et un pianiste intérimaire dont le nom m'échappe. C'est bien d'eux dont il est question ?

Ils étaient à présent au centre de la chambre la moins encombrée où une fenêtre dispensait la vue désolante d'un mur fissuré fouetté par la bruine.

— Nous n'avons même pas un siège à vous offrir.

Jeremy eut un geste de dénégation.

— Nous ne sommes guère en mesure de vous éclairer, je le crains, assura Mathias Cléré. Nous côtoyions juste Robert lorsqu'un nouveau spectacle se montait et qu'il en concevait les décors. Nous croisions parfois la petite Watrin dans les coulisses, elle dansait avec les Mimi Girls mais elle a déménagé au Châtelet. Quant au décès du pianiste, vous êtes le premier à nous l'apprendre, il a brièvement remplacé Palermo. De quoi est-il mort ?

— Crise cardiaque.

— Tout de même, trois artistes fauchés en si peu de temps, c'est lamentable, constata Agathe Cléré.

— Comment vous est venue l'idée de tirer un scénario de cette lugubre série ? demanda Mathias.

— Oh, un scénario, c'est vite dit, il est en cours d'écriture, mais j'ai un titre provisoire : *Au cœur du crime.*

— Ça sonne bien, approuva Mathias. Le public raffole des drames criminels.

— Une trame criminelle ? s'étonna Agathe Cléré, les yeux écarquillés.

Mathias se mit à rire.

— Monsieur… Excusez-moi, je n'ai pas saisi votre nom.

— Jeremy Nelson.

— M. Nelson est un créateur, ma douce, il transpose des faits divers en une avalanche d'homicides.

— Mais pourquoi monter en épingle des décès qui n'ont pas retenu l'attention des autorités ?

— L'imagination, chérie, l'imagination, tout est là, n'est-ce pas, monsieur Nelson ? dit Mathias en se tapotant la tempe.

— Oui, c'est un curieux processus, monsieur Cléré. Ce qui m'a inspiré, c'est le sujet de la carte postale posée sur les genoux de Robert Escaudain. De fil en aiguille, j'ai brodé une histoire d'amour et de meurtres qui transcende le temps.

— Ça finit comment ? demanda Agathe.

— Ça dépend. Rassurez-vous, je vais trouver. Je dois avouer humblement que l'article de ce journal a mis ma fantaisie en émoi.

Il leur tendit la coupure qu'il avait découpée dans *Le Petit Journal* :

> UNE MORT RENAISSANCE
>
> Découvert sans vie par sa concierge dans son logement du 5 de la rue Pierre-Picart, Robert Escaudain, décorateur du fameux music-hall de la rue Bergère, *La Tour de Babel*, semblait dormir paisiblement au fond de son fauteuil. Bien en vue sur ses genoux enveloppés d'un plaid reposait une carte postale représentant le portrait d'une jeune femme blonde aux seins nus, le cou paré d'une chaîne en or entrelacée d'un serpent. Il s'agit de Simonetta Vespucci, noble Italienne de la Renaissance. M. Jules Dunières, le beau-frère de Robert Escaudain, domicilié à la même adresse, a sur-le-champ alerté les autorités. Le légiste a conclu à une embolie foudroyante. S'il existe une vie au-delà de la vie, souhaitons à M. Robert Escaudain de retrouver sa belle Florentine dans un décor à sa mesure.

Les yeux de Mathias s'étrécirent tandis qu'il lisait les caractères imprimés par-dessus l'épaule de sa femme. Jeremy fut stupéfait de le voir sourire.

— Ça alors ! s'exclama Agathe. C'est la description de mon ancien costume de scène ! Monsieur, j'ose espérer que vous n'envisagez pas que nous ayons trempé d'une façon ou d'une autre…

Jeremy prit un air ahuri.

— Pas du tout, j'ignorais…

— Mais non, chérie, M. Nelson ne nourrit aucune arrière-pensée, n'est-ce pas ?

Mathias Cléré, paupières plissées, guettait sa réaction. Son expression débonnaire s'était muée en un masque presque inquiétant. Jeremy eut tout à coup la tête vide, une vague d'anxiété déferla sur lui, il resta muet. Agathe Cléré s'était emparée d'un pinceau et l'essuyait soigneusement à l'aide d'un chiffon.

— Robert Escaudain est mort d'un arrêt cardiaque, nous n'y sommes pour rien, insista Mathias en articulant avec soin.

Il y eut un silence gêné. Chacun hésitait à entrer dans le vif du sujet. Jeremy sortit de sa torpeur.

— Si j'osais vous demander… la toilette de madame votre épouse était vraiment identique à celle de la Florentine ?

— À peu de chose près, mais cela n'a rien de singulier, répondit Mathias Cléré avec un petit rire.

Jeremy soupçonnait que le couple savait quelque chose qu'il voulait taire. Le hasard était-il responsable de cette similitude de costume ? Ou était-ce encore une de ces coïncidences étranges qui s'additionnaient sur sa route ?

Brusquement, Mathias Cléré ôta sa blouse, la jeta à terre et l'agrippa par le bras.

— Je crois que nous nous devons des éclaircissements. Vous savez quoi ? Je vous invite à boire un coup, nous serons mieux dans un bistrot pour bavarder.

Agathe Cléré se débarrassa prestement de son tablier, et, dix minutes plus tard, ils étaient assis autour d'une table de marbre sur laquelle le patron, un bonhomme mal rasé à double menton, déposa des bolées d'un cidre brut dont ils lui diraient des nouvelles.

— Reprenons votre intrigue de film, monsieur Nelson. Je suppose que le music-hall y occupe une place de choix. Si je vous suis bien, il y aurait trois personnages assassinés au cours de divers numéros ? interrogea Mathias Cléré.

— Pas vraiment. Chaque individu serait occis l'un après l'autre à plusieurs jours, voire plusieurs semaines, d'intervalle.

— Pour quel mobile ? s'enquit Agathe.

— Je n'y ai pas encore réfléchi. Vengeance ou folie, je me tâte.

Mathias Cléré avala la moitié de sa bolée.

— Et, en quelque sorte, une carte postale abandonnée sur les lieux des crimes serait la signature de l'assassin ?

— Vous êtes très fort, monsieur Cléré.

Mathias et Agathe échangèrent un coup d'œil amusé.

— Cela a déjà été fait. Maurice Leblanc a utilisé ce procédé, son héros, Arsène Lupin, dépose parfois sa carte de visite après avoir commis ses larcins.

— Fantômas aussi, renchérit Agathe.

— Je sais, rien de nouveau sous le soleil, répondit Jeremy.

Il sentit qu'il fallait jouer serré, cela en valait la chandelle, il enchaîna :

— Au fait, qu'en est-il de votre costume Renaissance, madame Cléré ? Je brûle de savoir.

— Cela s'explique de façon fort simple. Il y a quelques années, Robert Escaudain nous a présenté son beau-frère, un certain Jules Dunières, je suis cliente chez lui, il vend de la bonneterie pour hommes au marché Saint-Pierre, il m'accorde des rabais. M. Dunières m'a félicitée pour notre talent. Il m'a appris…

Elle se tourna vers Mathias.

— Il a affirmé à Agathe qu'elle était le sosie d'une Florentine dont le portrait est conservé au musée Condé, à Chantilly. Ce Jules Dunières collectionnait les cartes postales artistiques, mais ne possédait pas celle-ci, toutefois il nous serait facile de nous la procurer sur place.

Bien qu'il fût sidéré, Jeremy s'efforçait de demeurer impassible. Soit Jules Dunières l'avait manipulé en lui cachant ces détails, soit les Cléré mentaient. En tout cas, les deux versions ne concordaient pas.

Mathias Cléré reprit la parole :

— Nous avons suivi son conseil, et nous avons décidé de nous faire tailler des costumes de cette époque. Agathe s'est muée en Simonetta, et moi en seigneur de la cour des Médicis. Imaginez l'originalité de notre tandem, juché sur des patins à roulettes et lançant des balles et des bouteilles !

— Quand avez-vous pris cette apparence ?

— Nous nous sommes connus dans un cabaret en 1913, j'étais jongleur, Agathe poussait la chansonnette. Nous nous sommes mariés. Il y a eu la guerre, j'ai été mobilisé. Au printemps 1919, quand je suis rentré dans mes foyers, j'ai eu l'idée de monter un duo avec Agathe. L'élève s'est révélée aussi douée que le maître. En 1920, nous sommes devenus les Simonetti.

Ils se contemplèrent avec tendresse.

Jeremy avait du mal à raisonner, un détail le tracassait. Les programmes de 1913 confiés par Jules Dunières, aussi bien celui de *La Tour de Babel* que celui du *Doryphore*, affichaient un numéro de jongleurs sur patins intitulés *Les Simonetti*. Or, selon le couple, ce numéro avait été créé en 1920. De plus, la photo que Sammy avait chipée chez Clémentine Nozay contredisait leur histoire. À moins qu'Agathe n'eût adopté, le temps d'un cliché, en 1913, l'aspect d'un homme, suite à un pari ou à une plaisanterie. Le tirage publié dans le programme de *La Tour de Babel* posait également problème. La Simonetta au visage flou qui donnait la main à Mathias Cléré était aussi grande que lui. Quelque chose clochait.

Un guitariste basané écorcha une mélodie hawaïenne et se planta devant eux, un béret à la main. Il fut fermement éconduit par le patron.

— Je vous ai vus vous produire en Arlequin et Colombine, dit Jeremy d'une voix frémissante. Excellente trouvaille, la *Commedia dell'arte* !

Mathias Cléré caressa le pourtour de son bol.

— Quand était-ce ?

— Cet automne.

— Oui, nous avons modifié notre tenue en septembre, nous étions fatigués de ces atours Renaissance, une conversion s'imposait. Nous avons profité d'une période de répétitions générales pour nous renouveler. Mais en quoi cette bagatelle enrichirait-elle votre intrigue ?

— Cela me permettrait de construire un synopsis plus tonique. Je possède peu de précisions concernant Muriel Watrin et le pianiste. J'aimerais introduire un jazzman dans mon récit, il faut vivre avec son temps.

— Un jazzman, vraiment ? s'exclama Agathe Cléré. En ce cas, vous devez absolument écumer ce quartier. La nuit, quand les bands se déchaînent, les hurlements succèdent aux plaintes. Vous croisez d'innombrables nationalités, ici le music-hall est dans la rue.

— J'ai prévu d'explorer Montparnasse *by night*. Au fait, savez-vous où habite Ludovic Maté ? J'ai déjà questionné un type en fauteuil roulant à la billetterie du théâtre, il n'en sait rien.

Agathe tendit imperceptiblement le bras pour saisir la main de son époux. Ils échangèrent un bref regard où Jeremy crut lire du soulagement.

— Maté ? Cet escogriffe ? Non. Nous l'évitons au maximum, c'est un violent, répondit Mathias d'un ton sarcastique. Vous voulez l'engager ?

— Si vous prétendez qu'il est violent, je m'en abstiendrai. Le plus laborieux sera de récolter des données sur les serpents.

— Les serpents ? s'écria Agathe. Pourquoi, les serpents ?

— Le cas Muriel Watrin, voyons.

Mathias Cléré claqua des doigts.

— Ah oui, je me souviens, les journaux ont fait leurs choux gras de cet incident. La gamine s'est écroulée au Châtelet dans la « Grotte aux serpents », de là à avancer cette ineptie de reptiles venimeux chez Phileas Fogg, il n'y a qu'un pas !

— Que je franchis allègrement pour les besoins de mon scénario. Remarquez, le journaliste ne s'est pas mouillé, le titre de sa rubrique se terminait par un point d'interrogation, vous aurez mal lu, observa Jeremy.

— Euh… excusez-moi, monsieur Nelson, mais où voulez-vous en venir ? intervint Agathe Cléré.

— Bien que l'on n'ait pas encore établi les circonstances exactes de la mort de cette danseuse, j'ai l'intention d'exploiter ce mystère. Voulez-vous boire autre chose ?

— Merci, dit Mathias, nous avons du travail.

— Moi aussi. Je suis très heureux de vous connaître, je suis sûre que notre collaboration sera fructueuse.

— Nous y comptons bien, monsieur Nelson, approuva Mathias. Je suppose que l'on peut vous joindre par téléphone ?

Jeremy avait prévu la demande, il s'empressa de noter le numéro des studios Ermolieff, à Montreuil.

— J'y suis le matin, entre neuf heures et midi. N'hésitez pas à me solliciter, je me ferai un plaisir de vous accueillir.

Il insista pour régler les consommations. Quand il se leva pour gagner le boulevard, il surprit l'expression glacée de Mathias Cléré dans le miroir qui courait au-dessus du comptoir.

22

Jeudi 24 novembre

Jeremy avait peu dormi. Ses cogitations l'entraînaient tantôt vers la rue Pierre-Picart, tantôt vers la rue Jules-Chaplain, tantôt vers la rue Maître-Albert. Qui était coupable, et pourquoi ? Jules Dunières ? Les Cléré ? Hélène Villedieu ? Paul Badesse ? D'autres noms se dessinaient en lettres rouges sur les murs opaques du labyrinthe où il errait pendant ses courtes somnolences. Renaud Lemerle. Clémentine Nozay. Ludovic Maté. Ah oui, celui-là, il était indispensable de le coincer pour un interrogatoire serré. Il allait suivre le conseil de Mathias Cléré et obtenir son adresse grâce à Félicien Mézel.

Après avoir enfoui coques de cacahuètes, mégots et papiers de bonbons sous le siège 23 où béait une déchirure du tapis rouge, Germaine Ceyssac entama sa périlleuse descente du paradis. Elle regrettait de n'avoir pas avalé sa cuillerée quotidienne de sirop de Quintonine au petit déjeuner, elle se sentait aussi lourde qu'une baleine asthénique et aussi agressive qu'une corneille s'évertuant à protéger sa couvée.

— Non mais tu parles d'un métier, nettoyer les salissures des fêtards, ces gros malpropres et leur marmaille qui viennent s'empiffrer en regardant des danseuses se démener du croupion ! grommelait-elle. Et puis quel nom idiot, *La Tour de Babel*, c'est là que le bon Dieu a mélangé les langues des hommes, vu toutes les méchancetés qu'ils avaient commises sur la terre, et après plus personne ne s'est compris, alors y a eu des frontières, des guerres pour récupérer des territoires, de nouvelles frontières pour de nouveaux pays, et encore des guerres, on n'en finira jamais ! À l'école les gosses perdent leur temps à tâcher de se plomber la cervelle avec des dates de traités de paix, et dès qu'ils sont en âge faut les envoyer au casse-pipe pour la *Der des Der*. Quelle satanée tour, c'te Babel-là !

À quatre pattes, un seau près d'elle, elle entreprit rageusement de frotter d'une serpillière le carrelage maculé d'empreintes.

— Bonjour, madame, dit Jeremy.

— Gare les pieds, je viens de laver !

— Vous êtes la femme de ménage ?

— Ça ne se voit pas ? Pourtant j'ai la touche et le fourbi adéquats !

— Excusez-moi, dit-il en souriant.

— Ça vous amuse ? Vous croyez que c'est drôle de se lever chaque matin à cinq heures pour aller décrasser les cochoncetés des autres ?

— Je cherche Félicien Mézel.

— Ah celui-là ! On dirait que ça le réjouit de me saloper mon carrelage mouillé avec son engin crotté, une chance qu'il soit incapable d'accéder aux étages !

— Vous n'avez pas l'air de l'aimer.

— Lui ? C'est une peau de vache avec le petit personnel. Il se conduit comme s'il était le bon Dieu en congé. Rien qu'à la façon dont il vous reluque, on a l'impression d'être pas assez doué pour cirer ses chaussures.

— Il arrive quand ?

— Il devrait être là depuis belle lurette. Tenez, il n'y a pas si longtemps, il m'a fait des embrouilles parce que, un après-midi, sur le coup de quinze heures, j'avais laissé passer des artistes après la fermeture de la caisse, qui rouvre ensuite à seize heures trente. Le lendemain, ça n'a pas manqué, il m'est tombé sur le paletot. Non mais, je vous demande un peu, est-ce qu'on me paye pour la surveillance ? Heureusement, le pianiste a pris ma défense, il est attentionné, celui-là, toujours un mot gentil, j'en dirais pas autant de la gourgandine qui se tortille avec une plume où je pense.

— Qui ?

— La poule du directeur. Ôtez-vous de mon soleil !

— Il est français, le pianiste ?

— Lui et M. Escaudain, ils se causent en américain quand ils ont un coup dans le nez, ils sont rigolos. Le pianiste il remplace parfois M. Palermo, il a la peau cuivrée, il est beau garçon, je crois bien qu'il vient d'une île où il fait chaud. Ce n'est pas comme ici, on gèle. Bon, je me carapate avant que Mézel ne déboule en grinçant des roues, il serait fichu de me flanquer au chômage !

— Je peux intervenir en votre faveur, si vous voulez. Quand se sont produits vos démêlés avec M. Mézel ?

— Le jour de l'anniversaire d'Oscar, le 21 septembre. Oscar, c'est mon mari, il est vierge, je suis bélier, c'est un tempéré, je suis soupe au lait, ça fait la balance. Vous croyez aux signes, vous ?

— Euh, oui.

— La poule du patron aussi, mais elle, elle en tient une couche ! Si vous avez le malheur de prononcer le mot « corde » en sa présence, elle va brûler dix cierges à l'église orthodoxe, paraît qu'elle est grecque d'origine, mais je m'égare. Bref, moi, les mômes et les voisins on avait préparé une fête avec un gâteau, des bougies, et on s'était cotisés pour le cadeau d'Oscar, alors j'étais pressée de rentrer parce que le cadeau c'est moi qui le ramenais. J'avais la tête ailleurs, vous saisissez ? Je n'allais pas jouer les chiens de garde, et puis M. Escaudain et les autres, c'est des familiers. Le lendemain, Mézel m'a sauté sur le râble, qu'est-ce que j'ai pris, il m'a assaisonnée, la rosse ! D'ailleurs je me demande comment il a su… Ce doit être la dinde de l'oiseau qui a cafté.

— L'oiseau ?

— Ben, il s'appelle Lemerle !

Elle attrapa son seau en bougonnant et se dirigea vers un cagibi au fond du hall.

— Quand vous maniez la serpillière toute la sainte journée, je vous assure que vous avez le temps de réfléchir. Vous vous demandez pourquoi y a des vaniteux qui font des épates. Je vais vous dire, il y a une chose qui pend au nez de chacun, riches ou pauvres : on ira tous au trou, oui monsieur, c'est une certitude !

Jeremy se gratta le menton. Cette anecdote lui dévoilait un lien entre les trois morts suspectes. Le 21 septembre : un peu plus d'un mois avant la grande culbute de Denver, lui, Muriel Watrin et Robert Escaudain s'étaient retrouvés à *La Tour de Babel*. Puis était survenu le décès d'Escaudain et, peu après, celui de Muriel Watrin. Pour quelles raisons avaient-ils débarqué au music-hall au milieu de l'après-midi ? Il était persuadé que s'il résolvait cette énigme, il tiendrait la solution.

Il fit demi-tour, évita de futurs spectateurs groupés autour de la caisse toujours inoccupée. Renaud Lemerle, les joues marbrées, le chapeau de travers, s'efforçait de les inciter à patienter.

Avisant Jeremy, il se planta devant lui. Il semblait bouleversé.

— C'est une catastrophe ! Je viens de recevoir un coup de téléphone anonyme. Un type m'a dit : « File chez Mézel, il est dans de sales draps. » Je suis terriblement inquiet, Félicien est la ponctualité même, jamais de retard, jamais d'absence. J'ai en lui une telle confiance qu'il a le double de la clé du coffre contenant la monnaie, les billets, la recette de la semaine quoi !

— Mettez un écriteau indiquant que la caisse est momentanément fermée et filez chez lui.

— Mon Dieu ! S'il avait eu un malaise, un accident, c'est un mutilé de guerre après tout, un handicapé. Consentiriez-vous à m'accompagner ? Il habite à dix minutes. Juste au cas où il serait tombé. S'il est blessé, la vue du sang m'effraie, chuchota Renaud Lemerle.

— Vous êtes bien pessimiste. Bon, je viens, accepta Jeremy à contrecœur devant l'expression anxieuse du directeur.

« *I'm fed up*. Je veux me délivrer de cette sale affaire ! Je suis trop faible, une proie facile. Terminé ! » pensa-t-il en suivant Renaud Lemerle le long de la rue Bergère.

« Mais, bougre d'idiot, tu sais bien que ça t'arrange, parce que tu espères obtenir de ce caissier l'adresse de Ludovic Maté, ce n'est donc pas la dernière fois, hypocrite ! » commenta sa voix intérieure.

Ils zigzaguèrent dans le fleuve automobile qui s'écoulait sur les Boulevards. Après avoir escaladé un escalier de quelques marches encastré entre un arbre et un réverbère, ils franchirent, au numéro 9 de la rue Notre-Dame-de-Bonne-Nouvelle, le porche d'un immeuble.

— C'est là, souffla Renaud Lemerle, désignant la première porte à gauche dans la cour.

Jeremy frappa à plusieurs reprises, de plus en plus fort.

— Monsieur Mézel ? cria-t-il, la bouche contre la serrure.

— Mézel, vous êtes là, mon vieux ? brailla à son tour Renaud Lemerle.

Il secoua la poignée, la porte s'ouvrit sans difficulté. L'appartement, où l'on pénétrait de plain-pied, sentait le renfermé. Une demi-clarté permettait de s'orienter dans une pièce monacale où les meubles étaient rangés contre les murs pour libérer le maximum de place.

Jeremy marcha d'un pas prudent jusqu'à la fenêtre et tira le double rideau. Les yeux blessés par la lumière, il recensa une table couverte d'une toile cirée, une armoire, deux chaises, un buffet.

— Vite, venez ! glapit Renaud Lemerle depuis la chambre contiguë.

Dans le fauteuil roulant, face au lit à une place, le corps déjeté de Félicien Mézel, les paupières closes, penchait vers la droite. Un foulard blanc était étroitement noué autour de sa bouche.

— Il est mort ? s'écria Jeremy.

— Non, il respire. On lui a assené un grand coup sur la cafetière, il faut l'allonger.

— Mince, la fenêtre ! Elle est ouverte, pas étonnant qu'on gèle !

Jeremy attrapa l'infirme sous les aisselles, Renaud Lemerle lui enserra les jambes et ils s'échinèrent à gagner le lit.

— Doucement, attention, vous allez le heurter, ne le lâchez surtout pas, là, tout doux, attendez, je tapote l'oreiller.

Ils pivotèrent afin de coucher Félicien Mézel dans le bon sens. Jeremy dénoua le bâillon, Renaud alla imbiber d'eau un mouchoir dont il tamponna le visage et le crâne tuméfiés.

— Un cordial, ça le ranimerait, suggéra Jeremy.

— Le quinquina est dans la cuisine, j'y vais, répondit Renaud Lemerle, qui ne put s'empêcher de fermer la croisée.

À peine était-il sorti que Jeremy aperçut une carte postale sous la table de chevet. Il la ramassa. C'était le portrait de Simonetta Vespucci. Au dos étaient tracés à l'encre rouge ces vers de Ronsard :

La Raison contre l'Amour
Ne peut chose qui vaille[1].

1. *Sonnets pour Hélène*, 1578.

D'un geste instinctif, il l'empocha.

Renaud Lemerle réapparut et versa quelques gouttes d'un liquide foncé dans une flûte à champagne dont il glissa le bord entre les lèvres de l'infirme, tandis que Jeremy soulevait sa nuque. Félicien Mézel cracha, s'étrangla, toussa et grogna :

— Quel goût infect ! Vous voulez m'empoisonner ?

— Mais non, mon vieux, drôle d'idée ! On s'inquiétait pour vous, quelqu'un vous a agressé et laissé pour mort, bâillonné dans votre fauteuil. Je vais alerter un médecin et la police.

— Surtout pas de médecin ! ordonna Félicien Mézel. Quant aux flics, moins je les approche, mieux je me porte. Prévenez le concierge, mais surtout pas un mot devant lui sur ce qui s'est passé, il serait capable d'ameuter tout le quartier !

— Et la clé ? questionna Renaud Lemerle d'une voix oppressée.

— Quelle clé ?

— Celle de la caisse qui contient la recette du théâtre !

— Sous le coussin du fauteuil roulant.

Renaud Lemerle se précipita.

— Elle y est ?

— Je l'ai ! clama Renaud Lemerle, manifestement soulagé.

— Vous rappelez-vous ce qui est arrivé ? demanda Jeremy.

— Oui, parfaitement. Ce matin, aux aurores, on a toqué à ma porte. Sans méfiance, j'ai entrouvert, on a repoussé mon fauteuil, on m'a flanqué un énorme gnon sur la citrouille, fourré un mouchoir dans la bouche et réexpédié dans la chambre.

— Avez-vous vu votre ou vos assaillants ?

— Ils étaient deux, ils avaient une loupiote, mais ils se sont arrangés pour que je reste dans le noir. J'ai entendu une voix de femme et une voix d'homme. J'ai tenté d'arracher le bâillon pour appeler au secours, ça m'a valu une pluie de coups qui m'a envoyé dans le cirage. Qu'est-ce qu'on m'a chapardé ?

— Il n'y a que vous qui soyez apte à résoudre cette énigme, répliqua Renaud Lemerle.

— Mes livres à enluminures, c'est mon bien le plus précieux, dans l'armoire, deuxième étagère, sous la pile de linge à gauche.

Il se tourna vers Renaud Lemerle.

— Allez chercher Savinien, c'est le concierge. Dites-lui juste que j'ai trébuché, je ne veux pas qu'il sache que je me suis fait rosser.

Tandis que Renaud Lemerle s'exécutait à regret en lançant un regard d'envie à Jeremy, celui-ci dénicha six in-douze reliés et un petit volume habillé de velours rose. Tous renfermaient des miniatures, de superbes peintures rehaussées d'or sur vélin. Félicien Mézel les consulta avec fébrilité avant de s'écrier :

— Il manque le plus beau, le manuscrit des *Heures à l'usage de Clermont-Ferrand*, il date du XVe siècle, il est orné de treize grandes et cinq petites images au pinceau, la reliure est « à la fanfare ». Vérifiez encore !

— Je vous certifie qu'il n'y a plus rien, que des taies d'oreillers, des draps et des couvertures, affirma Jeremy. Vous voyez bien qu'il faut avertir les autorités !

— Pour qu'on m'accuse de recel ? Merci bien ! Ces manuscrits m'ont été offerts par mon grand-père, qui était typographe. Mais je les ai reçus de la main à la main et je ne possède aucun document qui en authentifie la propriété.

— Mais comment ces cambrioleurs savaient-ils que vous dissimuliez ces merveilles chez vous ?

Jeremy était intrigué. Tout en formulant cette question, il examinait le manteau de la cheminée où, à côté d'un catalogue de la Samaritaine proposant des échantillons de tissus, s'empilaient des romans de Balzac, Hugo,

Zola, Dickens et des tomes dépareillés du *Manuel du libraire et de l'amateur de livres*[1].

— Je n'en ai pas la moindre idée. Mais je vois tellement de gens à la caisse de *La Tour de Babel* ! On s'embarque souvent dans des conversations qui n'ont aucun rapport avec le music-hall. J'ai discuté littérature, poésie, peinture et enluminures avec des passionnés. Ah ! Savinien ! Ce n'est pas trop tôt !

— Ben qu'est-ce qui vous arrive, mon bon monsieur Mézel ? Fallait tirer le cordon ! Bonjour, monsieur, dit le concierge à Jeremy. Vous comprenez, on a installé un système comme chez les bourgeois, quand m'sieu Mézel tire le cordon, y a une clochette qui tinte chez moi et j'accours.

— Il n'a pu l'atteindre, dit Jeremy.

— Et c'est dommage, parce que je suis aux petits soins, moi. J'astique et je frotte, figurez-vous ! Ma fille lui prépare ses repas, lave les assiettes et les vêtements. Je l'aide pour sa toilette, je l'habille. Sans nous, il ne se débrouillerait pas ! Je m'en vais de ce pas quérir un docteur, faut s'assurer qu'il n'y a rien de cassé.

— Inutile, Savinien, les massages et les baumes de votre fille feront l'affaire. Révisez plutôt le frein de mon fauteuil, ordonna Félicien Mézel.

Renaud Lemerle admirait les ouvrages enjolivés de lettrines avec convoitise, ils n'auraient pas déparé sa pièce aux trésors. Il se promit d'en soumettre un bon prix à son employé quand ils seraient en tête-à-tête. Peut-être un troc contre quelques jours de congé ?

Troublé, Jeremy décida de ne pas mentionner la carte postale de Simonetta Vespucci en présence de Renaud Lemerle. Une autre énigme le taraudait.

— Monsieur Mézel, pardonnez ma curiosité, comment vous rendez-vous à *La Tour de Babel* ?

1. De Jacques-Charles Brunet, paru en 1842.

— Je me dépatouille en fauteuil roulant !

— Mais il y a des escaliers sur votre trajet !

— Je les contourne. En général, je bifurque à droite rue de la Lune, de nouveau à droite, et je me retrouve dans la rue Poissonnière qui débouche rue Bergère, sinon je traverse la chaussée à mes risques et périls. Satisfait ?

— Décidément, monsieur Nelson, vous manquez de tact, constata Renaud Lemerle. Et vous, Mézel, reposez-vous, mon vieux, quelqu'un vous remplacera à la caisse.

— Ne vous inquiétez pas, la fille de Savinien va me soigner aux petits oignons, d'ici deux jours je serai à mon poste.

Sur le seuil, Renaud Lemerle chuchota au concierge, qui demeura de marbre :

— Votre fille m'intéresse, j'ai besoin d'une masseuse experte pour mes lombaires.

23

Vendredi 25 novembre

Des coups précipités à la porte libérèrent Jeremy du cauchemar où, tiré à hue et à dia par un homme à quatre pattes et un infirme en fauteuil roulant, il avançait inexorablement vers la gueule béante d'un énorme python.

Emmitouflé dans une couverture, il fit entrer Jacob en proie à une émotion qui l'empêchait de s'exprimer.

— Assieds-toi, récupère ton souffle, on dirait une carpe redoutant le couperet du poissonnier. Café ?

Jacob opina et, après un gros effort, réussit à émettre :

— Aglaé.

— Quoi, Aglaé ? Il lui est arrivé quelque chose ? Malade ? Un accident ?

Jacob ingurgita deux gorgées du breuvage tiède trop amer, puis, avec une grimace, articula :

— Elle veut rompre. J'ai été trop rapide en besogne.

— Elle est… Elle attend un bébé ?

Choqué, Jacob reposa brutalement sa tasse.

— Non ! Pour qui me prends-tu ? C'est juste que… hier, tout à trac, je lui ai demandé de m'épouser.

— Et alors ?

À son tour Jeremy s'était servi du café.

— Elle et moi n'avons pas du tout la même conception de la cérémonie. Après la mairie, elle veut la synagogue, le rabbin, une toilette d'apparat, plein d'invités, ses amies blanchisseuses, couturières, modistes, des montagnes de friandises, une grande cérémonie. Des dettes pour cinq ans, oui ! Je n'ai pas un fifrelin, aucun parent pour casquer à ma place. J'ai proposé un repas intime dans un premier temps, avec Sammy, toi, les Lavergne, et le reste dans le futur, mais elle s'est muée en fontaine, et a prédit qu'on aurait une flopée d'enfants avant de se jurer fidélité sous le dais nuptial.

— Elle n'a peut-être pas tort, mâchonna Jeremy.

— Dis, tu es mon seul véritable ami. Accepterais-tu d'essayer de la convaincre ?

— Moi ? Elle va m'envoyer bouler !

— Tu vas au contraire l'impressionner. Je lui ai souvent parlé de toi, de tes talents musicaux, de tes succès…

— Tu lui as confié que moi aussi je suis sans le sou ?

— Allez, aide-moi, ça ne te prendra pas trop de temps, la rue Saint-Sabin est à deux minutes de la rue de Charonne.

« Tu es vraiment une poire, tu cèdes à tout le monde, et tu as le chic pour te fourrer dans des guêpiers invraisemblables », se dit Jeremy en adressant un salut à la marchande, une jeune femme accorte au nez retroussé.

La mercerie était coincée entre deux immeubles de cinq étages. Aglaé avait tiré le meilleur parti de la petitesse des lieux, qu'elle avait dotés de deux meubles à tiroirs devant lesquels un comptoir exposait les articles et supportait une caisse enregistreuse étincelante. Des suspensions éclairaient cette obscure caverne d'Ali Baba où des cartes de boutons, des pochettes d'aiguilles, des boîtes d'agrafes et des bobines de coton et de soie de toutes les couleurs étaient soigneusement rangées dans des casiers munis d'étiquettes indiquant leur contenu d'une belle écriture à l'encre rouge.

Aglaé était accaparée par une cliente à collet de jersey taupe hésitant entre deux canevas à broder représentant l'alphabet et les chiffres de un à vingt.

— Si j'achète les deux, vous me consentez une ristourne ? susurra-t-elle.

— Ici, on ne marchande pas, répondit Aglaé d'un ton ferme.

La cliente insistait tant que Jeremy s'en mêla.

— Puisque la dame vous répond non… Mais je vois que vous êtes dans le besoin, je peux vous dépanner d'une pièce de cinq sous ?

Vexée, l'intruse redressa le menton et s'en alla dignement.

Aglaé pouffa.

— C'est vous, le fameux pianiste américain ? Ben vous avez la manière de vous adresser aux crampons !

— Vous avez une bien jolie boutique, observa-t-il.

— Je l'ai héritée de mes parents. Le bail est faible, j'ai entièrement réglé le décorateur et les fournisseurs, mais maintenant il s'agit de ne pas commettre de folies.

— Telles qu'une fête grandiose qui vous mettrait tous les deux sur la paille.

— Ah ! Jacob s'est plaint de mon doux rêve ! s'exclama-t-elle, les narines pincées. Il me traite d'extravagante.

— Et il n'a pas tout à fait tort, si je puis me permettre. Ce garçon vous aime à la folie, ayez confiance en lui et patientez un peu, contentez-vous dans l'immédiat d'un mariage civil, économisez et, l'été prochain, vous célébrerez dignement vos noces devant un rabbin, sans trop de tralala.

— Mais s'il nous vient un rejeton !

— Vous êtes jeunes tous les deux, vous avez le temps. Arrangez-vous pour que cela ne se produise pas pour l'instant.

— Oh ! Ben vous…

Elle porta les mains à son visage pour qu'il ne la voie pas rougir.

Jeremy admirait sans vraiment l'examiner une écharpe à rayures déployée sur un cintre.

— Original, ce motif.

— Oui, je l'ai choisi sur catalogue.

L'écharpe avait provoqué une réminiscence, une échappée dans un ciel chargé de nuages. Élargir la déchirure, associer à ce sentiment de déjà-vu une image plus précise. Jeremy rembobina les fils des dernières heures, jusqu'à ce qu'il accompagne Renaud Lemerle chez Félicien Mézel.

Il claqua des doigts.

— Quel âne je suis ! Excusez-moi, je viens de me souvenir d'un rendez-vous. Je file, prenez la bonne décision, jeta-t-il en se ruant dehors.

La pluie ralentissait la circulation. À l'approche des Boulevards, les automobiles s'enlisaient sur la chaussée engorgée. Jeremy piaffait dans le taxi dont le compteur affichait une somme rondelette. N'y tenant plus, il tendit un billet au chauffeur et ouvrit la portière au milieu du boulevard Poissonnière.

— Gardez la monnaie !

Injures et klaxons rythmèrent sa traversée. Quand il aborda la rue Notre-Dame-de-Bonne-Nouvelle, la pluie cessa. Il escalada l'escalier, franchit l'entrée du numéro 9 et il s'apprêtait à frapper quand une intuition l'attira vers l'une des fenêtres du logement de Félicien Mézel. Des rideaux bonne femme, pincés par des embrasses, y ménageaient une échancrure.

Jeremy alluma une cigarette et piétina. Il revécut les moments au cours desquels il avait inspecté les livres de Félicien Mézel empilés sur le manteau d'une cheminée. Le catalogue de la Samaritaine était bourré d'échantillons de tissus et l'un d'eux, sans qu'il sût dire pourquoi, avait brièvement retenu son attention. C'était un de ces détails insignifiants qu'on remarque, comme ça, par hasard, sans y attacher la moindre importance. Ils ne s'effacent pas, ils s'accumulent dans un coin du cerveau. Les jours se succèdent. On oublie. Il faut parfois attendre longtemps pour qu'un déclic les réveille. À présent, cela lui revenait : l'écharpe, dans la mercerie d'Aglaé ! Le motif et la couleur de son étoffe étaient similaires tant à l'échantillon de tissu du catalogue de Mézel qu'à ceux du châle de Simonetta Vespucci peint par Piero di Cosimo.

Rassuré de constater qu'aucun locataire des étages n'était penché à sa croisée, il écrasa son mégot et colla son visage au carreau. La chance lui sourit, un minuscule jour lui permit de distinguer vaguement l'intérieur de la pièce. Personne sur le lit, personne dans le fauteuil roulant. Son pouls s'accéléra. Une silhouette se profilait dans l'encadrement de la porte. Il se rabattit contre un volet. Il avait eu le temps d'entrevoir Félicien Mézel, debout, droit sur ses jambes. Il compta jusqu'à dix et regarda de nouveau. Le paralytique avait revêtu un pardessus. Assis dans son fauteuil, il en actionna les manivelles et roula hors de la chambre, prêt à sortir.

Jeremy se hâta de quitter son poste d'observation et de regagner la rue où il s'embusqua à l'abri d'une voiture de livraison.

La porte cochère livra le passage à Félicien Mézel. Il manœuvra son engin vers la gauche, en direction d'un kiosque à journaux. Jeremy découvrit subitement qu'il avait changé d'itinéraire, il hésita. C'est alors qu'une femme le dépassa en le bousculant, sa courte taille, sa démarche lui évoquèrent Agathe Cléré. Soudain, la femme pressa l'allure en direction du fauteuil, le saisit par le dossier en lui imposant un demi-tour brutal et le poussa en direction de l'escalier. Jeremy comprit le danger, il atteignit le haut des marches. La femme allait propulser le fauteuil. En contrebas, un gamin jouait à la balle au mur. Sans réfléchir, Jeremy se rua, doubla *in extremis* Félicien Mézel cramponné à ses manivelles, empoigna le gamin et roula avec lui sur le trottoir. Déjà les roues du fauteuil cahotaient sur les plus hautes marches. L'engin prit de la vitesse, rebondit violemment, acheva sa course sur le boulevard, où il tamponna une Chevrolet. Les cris des passants firent écho au hurlement du gamin.

Jeremy se redressa. Pendant un laps de temps interminable, les objets, les passants se dissipèrent autour de lui, tels les fragments d'un rêve qui s'effiloche. Il fut catapulté sur la grande roue de Coney Island où lui souriait l'oncle Sean. Tandis qu'il fixait l'univers réconfortant de ses souvenirs, la douleur afflua à ses doigts écorchés, les contours et les couleurs floues se diluèrent, tout se remit en place. Il leva la tête, la petite femme avait disparu.

Un attroupement s'agglutinait sur la chaussée. Le gamin pleurait toujours. Jeremy se fraya un chemin à coups de coude. Félicien Mézel gisait dans le caniveau.

— Trop tard, monsieur Nelson, souffla-t-il.

Sa voix semblait venir du fond d'un puits.

24

Lundi 28 novembre

L'Hôtel-Dieu s'élevait à l'ombre de Notre-Dame. À l'accueil, Jeremy parlementa avec un guichetier qui lui indiqua le service de traumatologie. En longeant une cour intérieure et des galeries à l'allure florentine, il ne put s'empêcher de penser à Simonetta Vespucci qui avait guidé ses pas jusqu'à cet hôpital.

Félicien Mézel somnolait dans le dernier lit de la salle, à gauche. Sa tête semblait avoir rapetissé, de nouvelles rides creusaient ses joues. Il fixait le plafond. Quand il décela la présence de Jeremy, il peina à orienter son menton vers lui.

— Je me doutais que vous viendriez, monsieur Nelson. C'est bien ma veine, hein ? Ce jour-là je me suis dirigé vers le kiosque à journaux en haut de l'escalier, je voulais lire les dépositions des témoins à décharge du procès Landru. Hélas, Barbe-Bleue a perdu son sens de l'humour, moi aussi. Redressez-moi un peu, je vous prie, je suis ankylosé.

Après plusieurs tentatives, Jeremy le rehaussa et glissa un oreiller supplémentaire sous la nuque de Mézel.

— C'est elle qui m'a poussé, n'est-ce pas ?

— De qui parlez-vous ?

— D'Agathe Cléré. Vous étiez là, je le sais.

— Je n'ai rien vu, dit Jeremy, tout s'est déroulé si vite.

— Ben voyons !

— Je ne peux rien confirmer.

Félicien Mézel ricana.

— Je suis sûr que si. Ce n'est pas grave, je l'ai dénoncée à la police et je vous ai cité comme témoin oculaire.

— Je nierai tout en bloc.

— Asseyez-vous, j'en ai pour un moment à vous relater mon parcours, marmotta Félicien Mézel en butant sur les mots.

Il ferma les yeux, exhala un soupir épuisé avant que ses pupilles ne se rivent de nouveau au plafond tandis que sa main se crispait sur le drap.

— Sachez que je n'ai jamais envisagé de vous supprimer, monsieur Nelson. J'espérais juste vous inoculer le virus de la peur, et ainsi vous décourager de poursuivre vos investigations. C'est ma faute. J'ai deviné trop tard que mon messager n'avait pas remis la carte postale au bon destinataire, le jour où vous avez remplacé Denver Southern au *Chapelier Fou*.

— Quand vous êtes-vous aperçu de cette erreur ?

— J'ai vu sortir Denver du *Chapelier Fou*, Poil de Carotte était déjà à l'intérieur. J'ai foncé à sa suite mais le mal était fait, je l'ai vu vous remettre l'enveloppe. J'étais déboussolé, mon plan risquait de capoter. Par chance, Denver ne s'est pas absenté très longtemps et vous êtes sorti à votre tour. Je vous ai filé jusqu'à ce restaurant de Pigalle, *La Dame Blanche*. J'ai facilement obtenu votre adresse, ensuite j'ai cavalé rue Mouffetard. Je me suis vraiment inquiété lorsque vous êtes venu à *La Tour de Babel*. Vos questions insidieuses prouvaient que vous aviez établi une relation entre la mort de Denver Southern et celle de Robert Escaudain. J'ai soif.

Jeremy s'empara d'une carafe sur une table de nuit et emplit à demi d'eau un verre sale. Il passa le bras autour des épaules de Félicien Mézel qui recracha une partie du liquide et se laissa retomber.

— Le bas de soie dans les W-C de mon immeuble, c'était vous ?

— Quel bas de soie ? Non, j'ignore l'existence d'un bas de soie ! En revanche, le proverbe africain, oui. Vous avez commis une bévue la première fois que nous nous sommes rencontrés, monsieur Nelson. Vous m'avez affirmé que Denver Southern vous avait annoncé la mort de Robert Escaudain, alors que depuis deux semaines votre copain pinçait de la lyre avec les anges. Après votre départ, j'ai fabriqué à toute vitesse un avertissement et, avant de me rendre aux obsèques de Robert Escaudain, j'ai galopé rue Notre-Dame-de-Lorette le glisser sous la porte de votre concierge. Ah, vous m'avez donné du fil à retordre !

— La peau de serpent à *La Dame Blanche* ?

— J'étais attablé au comptoir, la serveuse a déposé l'enveloppe rose sur la table de votre ami.

Jeremy se pencha vers le lit, soucieux de ne pas perdre une miette des paroles de Félicien Mézel.

— Et la volée que j'ai subie, passage Thiéré ?

Félicien Mézel sourit faiblement.

— J'ai cogné en douceur. Votre coquart s'estompe, à ce que je constate. Vous ne m'avez pas raté non plus, j'ai été obligé de me teinter les pommettes avec une crème chipée dans la loge de Clémentine Nozay.

— Pourquoi tous ces meurtres ? Denver Southern, Robert Escaudain, Muriel Watrin, Jim Stapleton ? Et cette mise en scène alambiquée, sauf pour le pauvre Stapleton dont la mort a été beaucoup plus triviale que les trois précédentes ?

— N'avez-vous pas recueilli des éléments d'information qui vous ont guidé vers la bonne voie ? chuchota Félicien Mézel.

— Il y a quelques semaines, Denver Southern, Robert Escaudain et Muriel Watrin sont venus de façon intempestive à *La Tour de Babel*, un après-midi après la fin de votre service. Est-ce cela qui les a condamnés ?

Les traits inertes de Félicien Mézel s'animèrent.

— Vous brûlez, monsieur Nelson ! Vous êtes plus obstiné qu'un mulet du Poitou, plus brillant que l'étoile Véga. Vous êtes un champion du jeu des points à relier entre eux !

— C'est un divertissement d'enfant ! Il suffit de suivre l'ordre des numéros pour former un dessin.

— À condition de pouvoir lire la succession chronologique des chiffres attribués à ces points. J'étais persuadé les avoir cryptés, félicitations, en récompense je vous concède le droit de me poser des questions.

— Narrez-moi la genèse de cette histoire.

— Avant la guerre, j'avais monté un numéro de jongleurs sur patins à roulettes, mon partenaire était Mathias Cléré. Nous avions du succès. Nous nous produisions à Paris et en province. La guerre a mis fin à nos grands projets. Le tocsin a sonné le 1er août 1914. Nous avons été mobilisés le 4, un mardi, ça ne s'oublie pas. Nous nous sommes perdus de vue. Comme tant d'autres j'ai été trimballé à droite, à gauche, j'ai survécu. En avril 17, la chance m'a lâché à la bataille du Chemin des Dames. J'ai repris mes esprits à l'hôpital. Deux balles dans le dos. J'ai entendu le chirurgien dire à l'infirmière que mes jambes étaient fichues et mes repères se sont évanouis. Je me suis réveillé dans un hôpital-dépôt. J'y suis resté jusqu'en septembre, ensuite on m'a transféré dans une maison de convalescence aux environs de Paris. Je ne parvenais pas à accepter la perspective d'être privé de l'usage de mes jambes. J'étais sans nouvelles de Mathias. J'apprenais à manœuvrer un fauteuil roulant. J'ai demandé à être affecté au secrétariat, ça m'empêchait de m'apitoyer sur mon sort. J'ai bénéficié d'une chambre individuelle au rez-de-chaussée. Je pouvais jouir d'un peu d'intimité. Un jour, j'ai ressenti des picotements dans les mollets, j'ai cru que c'était une sensation fantôme. Peu à peu, j'ai recouvré une certaine sensibilité, j'étais capable de bouger mes doigts de pieds.

Jeremy s'efforçait de dissimuler la compassion que lui inspirait ce récit.

— Je n'ai rien dit aux infirmières ni au médecin. Je ne voulais pas qu'on me réexpédie au front et je redoutais que l'on me prenne pour un de ces soldats atteints de chocs post-traumatiques soupçonnés d'être des simulateurs. J'avais entendu parler des traitements inhumains auxquels on les soumettait, quand on ne les menaçait pas du conseil de guerre. J'ai tenu le coup, mes jambes se fortifiaient.

— Vous avez du caractère.

— Sans conteste. D'autant qu'en prime, la guerre m'a dérobé mon unique amour.

— Agathe Cléré !

Jeremy crut que le rire allait étouffer son interlocuteur, qui refusa le verre d'eau aussitôt tendu et se calma progressivement. Quand il eut maîtrisé ses nerfs, Félicien Mézel articula avec jubilation :

— Mathias Cléré.

Il savoura l'effarement de Jeremy et poursuivit :

— Mathias lui-même, mon partenaire avant la guerre, lui costumé en seigneur italien, moi en dame de la Renaissance.

— Alors c'est vous la Simonetta au visage flou dans le programme 1913 de *La Tour de Babel* ! Et l'homme aux traits masqués par un chapeau sur la photo, chez Clémentine Nozay…

— Ah, elle en possédait une ?

— Vous la lui avez dédicacée.

Jeremy extirpa son calepin de sa poche et lut : *De nous deux, à Titine et Ludo, décembre 1913.*

— Si vous le dites. Je l'avoue sans modestie aucune, Mathias et moi nous formions un duo épatant. L'idée de nos costumes m'avait été fournie par Robert Escaudain. Lui et son beau-frère collectionnaient et appariaient les cartes postales de peintures célèbres pour composer des familles. Le personnage de Simonetta Vespucci me plaisait particulièrement. En écumant les librairies, je suis tombé sur un tableau de cette beauté, moins célèbre que celui de Botticelli, et je me suis ingénié à calquer son apparence. J'ai commandé le châle à une couturière, j'ai obtenu d'un bijoutier et d'un perruquier qu'ils confectionnent des ornements et une coiffure semblables à ceux du modèle de Piero di Cosimo. Mathias était revêtu d'un pourpoint, de collants et chaussé de poulaines. Nous étions les Simonetti. Je me nommais Luciana, Mathias, Angelo. Jusqu'en 1917, je lui ai écrit lettre sur lettre, elles sont restées sans réponse. J'ai fait partie des réformés N° 1 et j'ai été démobilisé en janvier 1919. J'étais libre mais, empêtré dans mon mensonge, j'ai persisté à feindre la paraplégie.

Livide, le visage agité de tics, Félicien Mézel haletait. Il récupéra assez de souffle pour continuer.

— Renaud Lemerle, bon bougre, a eu pitié de moi, il m'a embauché à la billetterie de *La Tour de Babel.* Dans un monde où travailler, dénicher un toit, supporter le poids du passé et l'incertitude de l'avenir est si difficile, je n'ai pas eu la force d'âme de renoncer aux avantages que me procurait cette position d'invalide. J'ai réservé la verticalité aux heures où, à l'abri dans mon logement, j'étais sûr de n'être surpris par personne. Grâce à l'Amicale des anciens combattants du spectacle, j'ai emménagé en rez-de-chaussée au 9, rue Notre-Dame-de-Bonne-Nouvelle. Vous connaissez les lieux.

Une veine palpitait sur la tempe de Mézel.

— Peu de temps après, j'ai appris que Mathias était vivant. Il avait fait la guerre à l'arrière. Une de ses admiratrices, qui nourrissait d'excellentes relations avec le rédacteur d'un journal influent, lui avait facilité le moyen d'éviter de monter au front. Il avait été incorporé dans une section de secrétaires d'état-major assignés au gouvernement militaire de Paris. Il s'est bien gardé de me prévenir ou de s'enquérir de mon état.

— Mais ses tendances…

— Il a toujours été attiré tant par les femmes que par les hommes. Il a fait surface au début de l'été 1919. Il avait ressuscité Angelo Simonetti, roi du patinage et de la jonglerie. Il s'est montré très distant quand il m'a vu cloué dans mon fauteuil à la billetterie de *La Tour de Babel*. Il n'était là que pour imposer son nouveau numéro à Renaud Lemerle. Et qui, selon vous, avait-il choisi pour partenaire ?

— Agathe Cléré ?

— Ex-Mlle Agathe Doucet, une fade divette de caf'conc rencontrée lors d'une de nos tournées. Elle était depuis longtemps sa maîtresse, mais je l'ignorais. Cette petite intrigante s'était collée à ses basques dès 1913. Il lui avait enseigné mes tours, il l'avait travestie en Simonetta Vespucci avec qui elle offrait une légère ressemblance. Il est allé jusqu'à l'épouser en secret au début de la guerre ! À partir de leur engagement par Renaud Lemerle, ma vie est devenue un enfer, il me fallait endurer les ovations qu'ils recueillaient à chacun de leurs passages, moi qui étais supposé n'être qu'une loque ! J'ai adopté un profil bas. Mais je ruminais ma vengeance. Le déclencheur a été cet après-midi de septembre après la fermeture des locations. À cette heure, hormis Renaud Lemerle qui s'attarde parfois dans son bureau, le théâtre est désert, personne ne met les pieds dans la salle. N'y tenant plus, j'avais quitté la billetterie afin de grimper sur scène pour m'imprégner de l'atmosphère. C'est alors que trois indésirables se sont succédé dans les coulisses, côté jardin. À la faveur de quelques lumignons de la rampe, j'ai identifié le pianiste américain qui remplaçait Palermo, Robert Escaudain et Muriel Watrin. Je me suis replié côté cour, mais mon fauteuil roulant était resté en évidence devant les sièges du premier rang. Dès lors je n'ai eu qu'une obsession : ces trois gêneurs, m'avaient-ils vu planté sur mes jambes ? Impossible de courir le risque d'être démasqué, de perdre mon travail, mon appartement ou de subir un chantage de leur part. J'ai passé des nuits blanches à me retourner la cervelle pour apaiser mes angoisses, j'ai échafaudé des plans plus retors les uns que les autres. Finalement, la solution m'est apparue, lumineuse, sans faille, j'allais faire d'une pierre deux coups : supprimer les fauteurs de troubles tout en assouvissant ma vengeance.

— Vous êtes cinglé, murmura Jeremy.

— Qui ne l'est pas dans ce monde de fous ?

— Pourquoi se trouvaient-ils ensemble au théâtre en dehors des heures ouvrables ?

— Je l'ai appris plus tard de Renaud Lemerle, ils venaient réclamer une augmentation. Ils n'ont pas eu un sou. Une fois ma décision arrêtée, j'ai élaboré une série de crimes parfaits.

— Vous avez surtout imaginé un délire digne de Fantômas !

Félicien Mézel considéra Jeremy d'un air chafouin.

— J'ai consacré beaucoup de temps à la lecture, c'est long, une convalescence. Il faut constater que la préoccupation des philanthropes de mon établissement de santé n'était pas de promouvoir la littérature classique. Je me suis donc plongé, avec délice, je dois l'avouer, dans les feuilletons rocambolesques, les mystères abracadabrants, les mélodrames et les romans policiers. Instructifs, les romans policiers, monsieur Nelson.

— Ah oui ?

— J'ai organisé un *modus operandi* susceptible de désigner les Cléré comme suspects idéals. Pour ce faire, j'avais besoin de cartes postales de la Simonetta Vespucci peinte par Piero di Cosimo. Je les ai commandées au musée Condé de Chantilly.

— Où vous êtes-vous procuré les serpents ?

— Je suis allé voler des vipères une nuit dans la soupente de Jean Philippot, alias le Sâr Nadji Gorem, rue de Bièvre, où Hélène Villedieu les nourrissait. J'avais fait sa connaissance avant-guerre.

— Vous n'avez pas craint d'être mordu en manipulant ces reptiles ?

— J'avais pris soin de les abrutir.

— Avec quoi ?

— De l'éther.

— Ce ne sont pas les serpents qui ont envoyé vos victimes *ad patres* ?

— Non. J'ai été la main qui frappe.

— Donc, quand vous avez introduit ces vipères chez vos futures victimes, elles étaient vivantes ?

— À peine.

— Comment avez-vous procédé pour que la mort de ces malheureux semble naturelle ?

— J'avais quartier libre à partir de quinze heures, après la fermeture de ma caisse qu'une collègue rouvre à seize heures trente. Les recettes de la journée bouclées, je rentrais chez moi changer d'apparence et je filais Denver, son contrat à *La Tour de Babel* courait jusqu'au 20 octobre, il me fallait agir rapidement. J'ai découvert qu'il hébergeait un locataire, Jim Stapleton, un écrivain sans envergure au pseudonyme américain qui vivait à ses crochets. C'est alors que j'ai eu l'idée de me servir de ce type pour atteindre mon but. Ce Stapleton était tellement imbu de son talent qu'il a trouvé tout naturel que je m'intéresse à lui. Mes projets le concernant étaient périlleux, mais ils en valaient la chandelle. Je l'ai abordé au zinc d'un bistrot de la rue Mouffetard, je lui ai payé un bock et des œufs durs, j'ai feint de me passionner pour son œuvre littéraire, il était en confiance, on est devenus copains. Le 23 octobre, je suis passé à l'acte. J'ai fait délivrer une carte postale de Simonetta à Denver, au *Chapelier Fou*. Malheureusement, je n'avais pas prévu qu'il se ferait remplacer.

— Le hasard nuit à la perfection, vous voyez bien.

— Je n'ai pas tenu compte de ce fâcheux contretemps. Stapleton faisait le pied de grue dans notre bistrot habituel. J'avais enrichi d'un soporifique une bouteille de bourbon, j'ai proposé à Stapleton de la siffler chez Denver. Il a accepté avec enthousiasme. Il a ingurgité deux verres et il s'est effondré. J'ai disposé la bouteille à demi pleine, bien en vue, près de la lampe à pétrole, et je me suis installé sur le plancher derrière le canapé. J'ai guetté le retour de Denver. Là, je courais le risque qu'il dorme ailleurs, mais il a fini par rentrer. Il a d'emblée avisé la bouteille. Les ressorts du canapé ont gémi. Je l'ai entendu boire au goulot. Quand j'ai eu la certitude qu'il dormait profondément, j'ai retroussé sa manche, je lui ai placé un garrot et je lui ai fait une injection intraveineuse de bulles d'air. Il est mort sans souffrir. Je lui ai ôté ses souliers, je l'ai allongé sur un des lits, j'ai remonté les couvertures, j'ai déposé un serpent engourdi sous le canapé et je suis parti.

— On peut tuer de cette façon ? Ça ne laisse pas de traces ?

— Aurais-je opéré de la sorte si je n'avais pas été sûr de moi ? J'ai suffisamment vu pratiquer les infirmiers et les bonnes sœurs pour savoir qu'il faut toujours purger une seringue avant de piquer le patient, sinon c'est fatal.

— Et pour Escaudain, le même processus ?

— Aucun problème. Chaque soir, avant de regagner son logement de la rue Pierre-Picart, il faisait une pause dans son poste de secours contre la soif, un troquet près du métro Blanche. Je me suis fait passer pour un représentant en spiritueux.

— Il aurait pu vous reconnaître.

— Je m'étais grimé. Il suffit de peu de chose, une moustache, des cheveux gris, une démarche assurée, un costume d'une coupe différente et le tour est joué… Quand il a vu ma petite valise emplie de fioles multicolores, il a chaviré. Je l'ai invité à goûter discrètement mes échantillons, en lui garantissant que je lui accorderais des prix avantageux. Il m'a pressé de l'accompagner chez lui pour échapper à l'éventuelle surveillance d'un des sbires de la Tour pointue[1]. Ah ! Il m'a aplani bien des obstacles ! On a pris rendez-vous. Le lendemain je me suis pointé à son domicile avec un éventail d'alcools fins additionnés d'une dose de soporifique. Au bout d'une demi-heure, il ronflait. Je n'ai eu qu'à pratiquer mon intraveineuse. J'ai remballé mon attirail, j'ai posé un plaid sur ses genoux, y ai placé la carte postale de Simonetta et j'ai dissimulé le serpent groggy sous un meuble.

— Et Muriel Watrin ?

— Facile à séduire, cette petite. Elle n'a pas résisté aux hommages d'un admirateur qui la comblait de cadeaux et de fleurs. Je lui expédiais quotidiennement un cœur en pâte d'amandes avec un mot doux lui recommandant de le croquer avant d'entamer sa danse dans la « Grotte aux serpents ».

— Et elle sacrifiait à cette prescription ridicule ?

— Bien sûr, elle l'observait scrupuleusement, son attitude irrationnelle l'incitait à éviter les chats noirs, les échelles, les tablées de treize, les miroirs brisés… Je l'avais convaincue que le cœur de pâte d'amandes lui ouvrirait les portes du succès. J'ai attendu patiemment qu'elle prenne le pli de ce rituel et le jour où j'ai décidé que le jeu avait assez duré, j'ai injecté une bonne petite dose de cyanure dans ce porte-chance.

1. La préfecture de police, quai des Orfèvres.

— C'était jouer à pile ou face, elle aurait pu ne pas s'exécuter et votre plan tombait à l'eau.

— Les superstitions sont aussi tenaces que du lierre sur un mur… Les préjugés excluent tout jugement sensé.

Le sourire de Félicien Mézel s'affaissa.

— Je suis parvenu à mes fins… Mais c'est hélas la fin.

— Et Jim Stapleton, pourquoi l'avoir estourbi ?

— Deux jours après mon intervention chez Denver Southern, je suis allé au bistrot de la rue Mouffetard pour me renseigner sur son résultat. Ce pilier de bar éclusait godet sur godet en contant à qui voulait l'entendre que son hôte avait claboté. J'ai appris avec satisfaction les conclusions du médecin : embolie pulmonaire. Au cours de la conversation, Stapleton m'a prié de l'accompagner à *La Tour de Babel* pour y récupérer les affaires de Denver. Je l'en ai dissuadé en arguant que tant que l'enquête ne serait pas classée il avait intérêt à rester en retrait, sinon il risquait de se faire coffrer. Néanmoins j'étais soucieux. Je l'ai persuadé de patienter, je devais m'absenter quelque temps mais, parole d'homme, je le seconderais dès mon retour. J'ai été jusqu'à lui payer l'hôtel, à la condition expresse qu'il n'entreprenne rien sans ma présence et qu'il travaille car j'avais hâte de le lire. Jamais je n'avais passé autant de pommade à mon prochain ! Il s'est montré très reconnaissant et nous nous sommes fixé rendez-vous fin novembre. Le 12 novembre, j'en avais fini avec Robert Escaudain et Muriel Watrin. Je me suis demandé comment j'allais me débarrasser de Stapleton. Le dimanche 20, j'ai filé le retrouver dans son hôtel. Il m'a annoncé triomphalement qu'il avait rédigé cinq pages supplémentaires. Je l'ai félicité et je lui ai dit que je venais m'acquitter de ma promesse. Voulait-il aller le lendemain à *La Tour de Babel* ? Après-demain, a-t-il répondu, demain je suis convié à une réception chez la comtesse de Vermont, il y aura Tristan Tzara ! Il s'est alors lancé dans une logorrhée sur le dadaïsme, je n'y ai rien compris. Je me suis tâté, cela valait-il la peine de m'alarmer des actes d'un tel piqué ? Mais quand ce vautour a ajouté qu'il comptait bien s'approprier le costume de scène de Denver, frac, bottines et melon, j'ai changé d'avis. Je n'ai eu aucune difficulté à situer le domicile de la comtesse de Vermont.

— Vous m'y avez vu au piano ?

— Cessez de m'interrompre à tout bout de champ ! piailla Félicien Mézel en se redressant sur son lit. Fichez-moi la paix !

— Calmez-vous, je vous écoute.

— Je me suis mis en quête d'un accoutrement excentrique. J'ai délesté la garde-robe du music-hall d'une tenue d'Écossais. Inutile de vous relater la suite puisque le destin nous avait une nouvelle fois réunis.

— Quel est l'auteur du coup de fil qui a tant affolé Renaud Lemerle ? Je n'ai pas remarqué de téléphone chez vous.

Félicien Mézel considéra Jeremy avec commisération.

— Pauvre Lemerle, il était obsédé par la clé de son coffre, il s'inquiète de moi comme d'une guigne.

— Répondez !

— Vous n'êtes guère doué pour les fouilles en règle, monsieur Nelson, l'appareil est dans l'entrée, près de la penderie, je l'avais caché sous un peignoir.

— Vous auriez dû éviter de simuler cette agression à votre domicile et ne pas affirmer avoir perçu une voix féminine. Renaud Lemerle a probablement ébruité vos propos. Agathe Cléré a déchiffré la menace.

Les traits empreints d'une expression mauvaise, Félicien Mézel murmura :

— Je voulais juste pourrir la vie de ces deux salopards. Je ne m'attendais pas à une telle violence, mais finalement je suis satisfait. On va les accuser de tentative d'homicide sur ma personne, ils seront incapables de produire un mobile crédible, on prendra Agathe pour une détraquée. Je les ai détruits, je suis soulagé.

Mézel continua d'une voix lasse :

— Ils ont commencé à se faire du mouron lorsque les journaux ont révélé qu'on avait trouvé une carte postale de Simonetta Vespucci près du corps de Robert Escaudain. J'aurais aimé voir leurs têtes. Ils se sont empressés de renouveler leurs costumes de scène. Arlequin et Colombine, c'est d'une platitude !

— Je dévoilerai la vérité.

— Laissez-moi rire ! Il y a un bémol, monsieur Nelson. On ne vous croira pas. Jules Dunières et ses connaissances picturales n'ont jamais eu le moindre contact avec Hélène Villedieu et ses vipères aspics.

— Vous êtes le vecteur et je le démontrerai.

— Allons, allons, ne me tenez pas la dragée haute. Aucune personne douée de bon sens n'attribuerait la responsabilité de ces assassinats à un infirme. Je ne vais pas faire de vieux os, monsieur Nelson, je suis fichu. Si tribunal divin il y a, j'alléguerai que la barbarie des hommes m'a mué en prédateur, mais que je ne regrette rien car, somme toute, j'ai eu de bons moments. Partez maintenant.

Jeremy se leva et gagna la sortie sans un adieu.

25

Vendredi 2 décembre

Jeremy cheminait lentement.

Un point d'interrogation menaçant se dessinait en lui. Pour quelle raison le mandait-on à la Tour pointue ? Allait-il être inquiété en tant que pion sur l'échiquier de Félicien Mézel ? Impliqué dans une série d'assassinats ? Jugé et condamné à une peine de prison ? Renvoyé aux États-Unis ?

Les hypothèses s'additionnaient tandis qu'il déambulait vers la place des Vosges, quadrilatère brumeux où des lumières incertaines clignotaient derrière les fenêtres des maisons de pierre et de brique couronnées d'ardoise. Sous les arcades, des écoliers en cape et béret s'accordaient une ultime bagarre avant la classe. Seul un rémouleur et des assemblées de pigeons stationnaient dans le square sur lequel veillait une majestueuse statue équestre de Louis XIII.

Jeremy se sentit rassuré d'atteindre la rue Saint-Antoine, où boulangeries, étalages de chaussures, magasins de confection, petites voitures des marchandes de quatre-saisons adoucirent un instant ses craintes pendant qu'il longeait les vieux immeubles peints de couleurs vives.

Il s'engagea sous la voûte du tunnel que formait le passage Saint-Pierre, ponctué des deux drapeaux d'une école communale et d'un lavoir, que seules les devantures de marchands de bonbons contribuaient à muer en décor apaisant. Il hésita. Emplir ses poches de provisions de bouche au cas où on le retiendrait derrière des barreaux ?

Mais, avant qu'il eût franchi le seuil d'une des échoppes, ses pieds l'entraînèrent passage Charlemagne puis rue des Jardins-Saint-Paul, encombrée d'une brocante aussi laide que crasseuse. Aux persiennes, aux gouttières, aux loquets de portes, aux espagnolettes étaient suspendus des casseroles, des chaudrons, des pantalons, des chapeaux, des chemises que surveillaient jalousement des vieux en blouse ou des femmes entourées de tribus vagissantes aux chaussettes tirebouchonnées, aux narines ornées de chandelles.

Il s'empressa de fuir et accosta la rue du Figuier où la brocante se poursuivait, tout aussi peu reluisante, mais plus aérée. Un homme en houppelande cuisait des crêpes sur un fourneau alimenté par une bonbonne de gaz. Jeremy se laissa tenter et, les doigts poisseux de confiture, abandonna le journal qui enveloppait la pâte trop cuite dans un caniveau devant l'hôtel de Sens. Au moins, s'il croupissait dans une geôle, ce serait le ventre plein.

Il aspira l'air humide des bords de Seine. Il n'avait plus qu'à suivre le fleuve jusqu'à l'île de la Cité.

— C'est un plaisir de vous revoir, monsieur Nelson, prenez place.

— Bonjour, monsieur le commissaire, tout le plaisir est pour moi. Vous avez du nouveau ?

— De l'inédit. Nous avons la conviction que vous seul serez en mesure de nous aider à démêler ce rébus. Il semble, monsieur Nelson, que, parmi vos relations, certaines attirent la malchance.

Le commissaire s'interrompit, guettant un sursaut indigné de son interlocuteur, mais Jeremy gardait les yeux fixés sur un point imprécis du bureau. Le commissaire dit d'un ton doucereux :

— Vous connaissez M. Mézel ?

— À peine. Il gère la billetterie de *La Tour de Babel.* J'ai appris par le directeur, M. Lemerle, qu'il avait été victime d'un grave accident.

— Monsieur Nelson, je suis désolé, M. Félicien Mézel est décédé.

Jeremy demeura silencieux, ne trouvant pas la moindre formule de sympathie à prononcer.

Le commissaire saisit une enveloppe.

— Il nous avait fait parvenir une lettre de dénonciation. Naturellement, nous avons voulu vérifier ses assertions. Nous avons interrogé la personne incriminée. Elle a nié toute implication.

Jeremy ne réagit pas.

— Les révélations que contient cette lettre sont surprenantes. M. Mézel affirme avoir été délibérément poussé dans un escalier, l'après-midi du 25 novembre, par une femme, Agathe Cléré. Ce nom vous évoque quelque chose ?

— C'est une artiste. Elle et son époux se produisent à *La Tour de Babel*, c'est annoncé sur les affiches.

— Vous n'avez jamais vu leur performance ? Ils sont jongleurs sur patins, je crois.

— Le music-hall fait relâche en matinée, le soir, je travaille.

— Oui, oui, à *La Dame Blanche*, nous savons. Nous savons également que M. Mézel vous a cité dans sa lettre.

— À quel propos ?

— En tant que témoin oculaire, il paraîtrait que vous avez vu Mme Agathe Cléré le culbuter dans un escalier. Savez-vous où il logeait ?

— Au 9, rue Notre-Dame-de-Bonne-Nouvelle. J'ai accompagné M. Lemerle chez lui il y a deux semaines.

Effectivement si l'on tourne à gauche en sortant de son domicile, on butte sur un escalier.

— Cela corrobore la déposition de M. Lemerle.

Jeremy hocha la tête, les mots s'échappèrent de ses lèvres en un flot précipité :

— M. Mézel a même satisfait ma curiosité, il m'a expliqué comment il évitait ces marches afin de rallier facilement en fauteuil *La Tour de Babel*, rue Bergère. En ce qui concerne ma présence le jour de son accident, je vous assure, monsieur le commissaire, il a dû confondre les dates ou bien fabuler !

Le commissaire reposa l'enveloppe et feuilleta un dossier.

— C'est juste. M. Lemerle a mentionné sa visite en votre compagnie le 24 novembre : « … mon employé, M. Mézel avait eu un malaise, j'ai prié M. Nelson, de passage au théâtre, de me prêter main-forte. »

Le commissaire se carra dans son fauteuil.

— Le concierge de M. Mézel a confirmé votre venue le 24. Il note ses activités journalières dans un registre, c'est un méticuleux. Il a ajouté que le comportement de ce locataire laissait souvent à désirer, il passait de l'exubérance à la mélancolie, et parfois le traitait en larbin, mais au fond, c'était un bon bougre auquel sa fille et lui étaient très dévoués.

— M. Mézel devait les rétribuer grassement.

Le commissaire eut un sourire matois.

— Allons, allons, monsieur Nelson, vous nourrissez de mauvaises pensées, la compassion ne se monnaye pas, c'est bien connu. Quoi qu'il en soit, le concierge est dans le vrai. M. Mézel souffrait de paranoïa dépressive. Il était persuadé que le monde entier s'était ligué contre lui. Ces faits nous ont été certifiés après examen de son dossier médical.

— Où voulez-vous en venir ?

— Il est possible qu'il ait inventé cette agression dans le but de régler des comptes.

— Et mon rôle dans ce scénario ?

— Il s'est servi de vous, il se serait servi du premier venu. Vous êtes le pigeon tombé à point, voilà tout.

Jeremy se dit que le commissaire n'avait jamais été si près de la vérité. Il adopta une expression neutre et demanda :

— Si l'affaire est classée, pourquoi m'avoir convoqué ?

— La routine, monsieur Nelson. L'Administration, les formulaires, les rapports, les statistiques. On n'y coupe pas en ce monde actuel, encore moins dans notre métier. Au fait, que savez-vous de l'Écosse ?

Le commissaire assenait ces questions décousues d'un air patelin, comme s'il s'adressait à un enfant. Complètement dérouté, Jeremy dut prendre sur lui pour contrôler le débit de sa voix :

— L'Écosse appartient à l'empire de Sa Majesté, capitale Édimbourg, mais...

— Y avez-vous séjourné ?

— Je ne vois pas en quoi... Non, je me suis contenté d'explorer Londres et de subir Brighton.

— C'est tout ? demanda le commissaire.

Le visage soudain plus grave, il tapotait un crayon sur le rebord de son sous-main.

— Quand j'étais gamin j'ai dévoré des romans de Walter Scott, *Ivanhoé*, *Quentin Durward*, *Rob Roy*...

Le ton de Jeremy monta d'un cran.

— Je sais que la spécialité culinaire de cette région est la panse de brebis farcie, et j'apprécie ses whiskies, cela vous va, monsieur le commissaire ?

— J'ai là la déposition de la soubrette de la comtesse de Vermont. Son témoignage semble vous mettre hors de cause concernant l'assassinat de M. Sapelle, alias Stapleton. Selon elle, l'auteur de ce meurtre serait un Écossais. Il s'est présenté à la réception et s'est enquis de la victime, vous étiez au courant ?

— J'interprétais une mélodie. Quand je joue je ne prête guère attention aux allées et venues.

Jeremy demeurait parfaitement immobile, fasciné par les soubresauts du crayon.

— La soubrette était allée chercher des amuse-gueules à l'office, enchaîna le commissaire, elle a remarqué que cet Écossais pénétrait dans le salon, de concert avec M. Sapelle. Lorsqu'elle est repassée, une dizaine de minutes plus tard, le salon était désert. C'est alors que vous avez quitté le piano pour vous y rendre.

— C'est exact. J'y ai découvert le corps de ce malheureux Stapleton étendu au sol. Je m'en suis expliqué !

— Nous avons comparé vos empreintes avec celles relevées sur le tisonnier, elles ne correspondent pas.

— Je suis lavé de tout soupçon ?

Le commissaire hocha la tête presque à regret.

— Qu'en est-il de cet Écossais ? demanda Jeremy.

— Ou de cette Écossaise… Confiance, nous lui mettrons la main au collet. Vous qui coudoyiez fortuitement M. Sapelle-Stapleton, savez-vous s'il fréquentait l'univers du music-hall ?

— Aucune idée. À mon avis, son terrain de chasse aux philanthropes se cantonnait aux troquets de la Nouvelle Athènes… Alors, je suis libre de mes mouvements ?

Le commissaire observait pensivement Jeremy de l'autre côté de la table.

— Vous l'êtes, monsieur Nelson, nos plus plates excuses. Avouez que vos accointances avec les protagonistes de deux affaires différentes avaient de quoi intriguer nos enquêteurs. Vous connaissez le chemin ?

— Merci, monsieur le commissaire. Je crois que je parviendrai à sortir de ce labyrinthe.

Jeremy s'égara dans des couloirs où veillaient des plantons le lorgnant avec méfiance. Il se dit que, dans un tel lieu, on se sentait toujours coupable.

Il se dirigea vers la cathédrale. Les cloches carillonnaient comme pour fêter son retour à l'air libre.

Dans le square de l'Archevêché, un vent d'est soulevait des tourbillons. Une poussière dans l'œil, Jeremy s'assit un instant près d'une vieille clocharde, il pleurait.

— Un chagrin d'amour, mon prince ?

Il bondit sur ses pieds.

— T'aurais pas une clope ?

Il tâta les poches de son pardessus et palpa un rectangle rigide. Il extirpa une carte postale pliée en deux. C'était le portrait de Simonetta Vespucci chapardé sous la table de chevet de Félicien Mézel. Il libéra son étui et offrit une cigarette à la vieille avant de s'en allumer une et de s'éloigner vers le pont Saint-Louis.

« Agathe Cléré s'en tire à bon compte, à moins qu'elle n'ait une conscience ? songea-t-il. À quoi bon remuer cette boue ? Ça ne ressuscitera pas Denver Southern, Robert Escaudain, Muriel Watrin et Jim Stapleton. La morale est sauve, l'assassin a rejoint ses victimes. »

Il contempla les vers de Ronsard tracés à l'encre rouge au dos de la carte postale :

La Raison contre l'Amour
Ne peut chose qui vaille.

Pour ajouter à son humeur morose, Camille n'avait rien tenté pour le revoir alors qu'elle était à Paris.

Saisi d'une peur superstitieuse, il frémit tandis qu'il réduisait la carte postale en morceaux au-dessus d'une poubelle.

26

Mardi 6 décembre

La salle des Agriculteurs, située au 8, rue d'Athènes, bruissait de la conversation des mélomanes agglutinés devant le contrôle. Ils étaient nombreux à être venus, ce mardi 6 décembre, séduits par ce Concert Salade concocté par le pianiste-compositeur Jean Wiéner qui, modestement, ne se produirait pas, préférant s'effacer devant les artistes qu'il avait conviés.

Jeremy prit sa place dans la file d'attente. Quelques jours auparavant, il avait reçu une enveloppe contenant un billet de faveur, assorti d'un prospectus alléchant. : en première partie, Billy Arnold's Novelty Jazz Band, un groupe de six Américains blancs découverts en Angleterre l'année précédente par Jean Cocteau et Darius Milhaud. Leurs noms avaient été entourés au crayon vert. Après l'entracte s'ensuivaient des fragments du *Sacre du printemps*, d'Igor Stravinsky, joués sur un nouveau type de piano mécanique : le Pleyela. Une sonate de Darius Milhaud clôturait la séance.

Qui lui avait envoyé cette invitation ? Une relation de travail ? Il avait prévenu les Monnery qu'un cas de force majeure l'empêcherait d'assurer la soirée à *La Dame Blanche*. De toute façon, n'allait-il pas abandonner cet emploi très prochainement ?

La file d'attente s'ébranla. Devant lui, une femme chuchota à son compagnon :

— Regarde, c'est Albert Roussel !

— Le compositeur ? Où ?

— Dans le hall, tu le vois ? Le type dégarni avec la moustache et la barbiche.

— Ah oui ! Mais dis donc, à son côté, le dandy, c'est Maurice Ravel, non ?

Jeremy se pencha discrètement et entrevit la silhouette de celui qu'il considérait comme son maître. Il mourait d'envie d'approcher cet homme élégant, dont la qualité et surtout la nouveauté de l'écriture l'enchantaient. Il n'osa pas. Il lui avait fallu des années avant d'être capable d'interpréter correctement *Ma Mère l'Oye*, *Pavane pour une infante défunte*, et récemment *Le Tombeau de Couperin*. La musique parfaite de Ravel avait le don de stimuler sa propre créativité.

La salle se remplissait. Jeremy rejoignit sa place en bordure de l'allée centrale et examina ce petit théâtre aménagé à l'italienne. Les fresques qui flanquaient le rideau le firent sourire : à gauche, un paysan fauchant du blé, à droite un berger gardant ses moutons. Avant que les lumières ne s'éteignent, il remarqua que le siège mitoyen au sien était resté vide.

La scène fut investie par les musiciens. Guidés par la ligne mélodique du piano, accompagnés de l'ouragan rythmique des batteries, chacun d'eux se mua tour à tour en homme orchestre, embouchant aussi bien clarinette, trombone, saxo, trompette que grattant banjo ou violon.

Jeremy frissonna. Quel privilège d'assister à la première apparition d'un ensemble de jazz américain programmé dans un concert officiel à Paris !

Soudain, excédé par ces airs d'origine afro-américaine, qu'il estimait probablement tenir de la cacophonie, Albert Roussel venait de quitter la salle sans discrétion.

Le band ignora cette sortie tapageuse et attaqua une étrange rhapsodie chinoise.

C'est alors que Jeremy devina qu'on s'asseyait près de lui. Il regarda brièvement du coin de l'œil et le souffle lui fit défaut. Elle !

La clarinette émit un lamento aigu, comme pour souligner son émoi. Et, tandis que lui parvenaient à travers un brouillard les échos d'une flûte à eau, une main effleura la sienne, la serra, ne cessa de la serrer, et Jeremy, agrippé à cette main, perdit toute notion d'espace et de temps.

Les lumières de l'entracte le ramenèrent au présent, il se tourna lentement vers Camille. « C'est bon de vous revoir », fut tout ce qu'il trouva à lui dire. Elle murmura : « Oui. »

Son sourire, son attitude désinvolte, son indifférence à son tourment le contrarièrent. Il était agacé par sa maîtrise d'elle-même. Il éprouvait encore la brûlure de sa déception à la lecture de l'article annonçant sa prestation à Gaveau.

— Ce billet de faveur, c'était vous ? Pourquoi ne pas m'avoir écrit ?

— J'ai craint de vous indisposer. Je me suis absentée si longtemps… Je cherchais à vous échapper, à vous, à lui.

— Vous êtes une femme libre.

— Oui, je ne dépends que de mon humeur, sauf quand mes sentiments interfèrent avec mes projets. Je suis très indépendante.

— Même de votre conjoint ?

— Ce n'est pas ce que vous…

Ils s'interrompirent pour laisser passer Maurice Ravel, qui se dirigea vers un groupe d'amis.

— Vous êtes à Paris depuis presque un mois. Pourquoi ne pas m'avoir proposé un rendez-vous ?

— Je suis désolée d'avoir agi si bêtement. J'aurais dû me jeter à l'eau mais, après votre visite à ma grand-mère, j'ai manqué de courage. Vous l'avez effrayée avec vos questions. Elle vous a vraiment chassé à coups de balai ?

Il hocha la tête, ébauchant une grimace.

— Grand-mère Euphrosine est imprévisible et plutôt soupe au lait. J'ignore les détails de sa diatribe, mais je me doute de ce que vous en avez déduit. La réalité est différente. J'héberge Arthur depuis sa sortie de l'hôpital. C'est mon jeune frère. Il avait besoin de voler de ses propres ailes, loin de la sollicitude apitoyée de nos parents. Le résultat a été fâcheux pour moi, il me tient pour sa propriété. Puis, vous avez surgi dans ma vie. Je vous ai aimé sur-le-champ. Si j'ai prolongé cette tournée, c'était par plaisir bien sûr, mais j'avais surtout peur de devenir votre prisonnière.

Jeremy se sentit léger. Son frère !

— Quand j'ai lu le libellé de l'enveloppe, *M. et Mme Arthur*... Camille, pardonnez-moi.

— Mes prénoms sont Daphné, Jeanne, Euphrosine, c'est un peu longuet. Camille, c'est... J'admire énormément Camille Saint-Saëns. Au fond, tu n'as aucune confiance en toi.

L'audience regagnait les places.

Quand son épaule s'appuya contre la sienne, Jeremy se laissa aller. Le bonheur de ces retrouvailles, de ce tutoiement, amplifia sa perception de la musique. Il ressentit physiquement les accents du *Sacre du printemps*[1]. Quand la sonate pour piano et instruments à vent, de Darius Milhaud, embrasa le public, ses doigts se mêlèrent étroitement à ceux de Camille.

Ils s'arrachèrent à la tiédeur du théâtre pour affronter la rue. Il la suivait, les jambes molles, la tête bourdonnante.

Tandis qu'il dérivait dans un monde onirique, l'orage avait crevé, transformant les caniveaux en rivières.

1. Transcrits et enregistrés par Igor Stravinsky sur le rouleau perforé du piano mécanique Pleyela.

Il avançait en somnambule, il entendait des interpellations à travers un mur de coton :

— Mes chaussures prennent l'eau !

— Je n'ai pas apprécié l'esclandre de Roussel.

— Zut, j'ai oublié mon parapluie !

Les spectateurs s'égaillaient, Jeremy rattrapa Camille.

— Je bénis le hasard qui a préludé à notre rencontre, dit-il.

— On pourrait plutôt appeler cela un destin sur mesure.

Il s'arrêta, éberlué. Elle se rapprocha de lui, les cheveux plaqués au visage.

— Mon père était en relations avec Robert Bradford, le directeur du Rodéo, tu te souviens de lui ? Tu désirais qu'il te donne un coup de pouce.

— Ah oui ? Le fameux Bob Bradford ? L'homme invisible.

— Il a soudainement disparu il y a six mois. C'était juste avant ma tournée de récitals en Italie.

— Je sais, Florence, Milan, Bari... Tu veux rentrer ? Je te raccompagne, il y a un métro non loin.

— J'ai la permission de minuit, je vais faire un tour avec toi.

Ils cheminèrent côte à côte sans se toucher jusqu'au square de l'église de la Trinité.

— Que fait ton père ? demanda-t-il.

— Il est dramaturge. Il signe ses œuvres Émile Courlac. Son véritable patronyme est Joseph Pignot, il me semble te l'avoir appris quand nous avons fait connaissance, en juin dernier.

Elle avait cueilli une petite branche de buis et la faisait courir sur les lattes d'une palissade.

Jeremy esquissa un geste vague. Elle haussa les épaules.

— Tu as oublié, constata-t-elle en effeuillant la branche dans un caniveau. Je voulais m'affranchir de l'aide financière de mes parents, j'étais en quête d'un travail à la hauteur de mes compétences. Robert Bradford m'a fourni un emploi dans son cinéma : souligner au piano l'atmosphère des films qu'on projetait au Rodéo. Tapeur, quoi.

— Ton père et Bradford se fréquentaient ?

— Ils se sont connus à un vin d'honneur offert par le directeur du théâtre de Belleville. Papa et lui avaient un goût commun pour les feuilletons policiers.

— La prochaine fois que je serai confronté à ce genre d'histoire je m'adresserai à ton père.

— Quelle histoire ?

— La nôtre. Camille, je n'ai rien oublié, je veux que tu saches, je suis heureux, tellement heureux, tu m'aimes.

— Tu crois ça ?

Ils se regardèrent en silence. Puis elle tendit les mains, lui prit délicatement la tête, l'attira à elle et l'embrassa à pleine bouche.

27

Lundi 12 décembre

Sitôt ses filles envolées vers l'école, Léa courut à l'étage et rallia la boutique, serrant contre son cœur le roman de Charles Dickens, *Les Grandes Espérances*, qui la passionnait depuis une semaine. Elle s'assit derrière le comptoir et tourna avidement les pages, pressée de lire la suite des aventures de Pip, le jeune héros plongé dans un univers hostile. Mais son personnage préféré était Miss Havisham, qu'elle plaignait d'avoir été abandonnée par son promis le jour de ses noces et dont elle comprenait la folie.

Lire était devenu synonyme de dévorer. Léa se nourrissait plus volontiers de mots que de mets. Cuisiner était une telle perte de temps que, si elle avait vécu seule, elle se fût contentée de café et de tartines beurrées.

Quelqu'un pénétra dans la boutique sans la distraire de son roman. Un toussotement fut nécessaire pour qu'elle daignât dresser le front. Confuse, elle se leva aussitôt, dominée par la haute stature de Jeremy.

— Je vais quitter Paris… commença-t-il

— Définitivement ?

La question avait fusé comme un cri, et les traits crispés de Léa exprimaient une véritable frayeur. Jeremy sourit, conscient de l'émoi qu'il provoquait en elle. Il fit mine de ne se rendre compte de rien.

— Non, voyons, c'est l'affaire d'un mois ou deux. Je transporte mes pénates à Londres où réside ma famille.

— Vous avez retrouvé votre père ?

— Hélas, j'ai à présent la certitude de sa mort lors du torpillage du *Lusitania*, en 1915. Mais je suis doté de deux sœurs, nettement plus âgées que moi, dont l'une a épousé un libraire nommé Victor Legris.

— Un libraire ?

Les yeux de Léa brillaient.

— Consentirait-il à me procurer des éditions défraîchies ?

— Uniquement en anglais.

Elle lâcha un « ah ! » déçu.

— Je parle le russe, le yiddish, mais pas cette langue. Vos sœurs, exercent-elles un métier ?

— Tasha Legris est peintre, surtout portraitiste, elle remporte un joli succès. Ruhléa est secrétaire à mi-temps à l'université où son fils, Marcus, étudie la médecine, à Genève. Son mari est mort à la guerre.

Léa le considéra avec fierté.

— Votre parentèle est cosmopolite, la mienne aussi. J'ai un lointain cousin à Bratislava et une tante par alliance à Viterbe. Vous reviendrez dire au revoir à Hector et aux jumelles ?

— Je n'aurai pas le temps. Je pars demain, je me suis décidé sur un coup de tête.

— Oh ! Attendez une minute.

Elle se hâta de grimper à l'étage, se recoiffa des doigts devant une glace dans le couloir, bouleversa le contenu d'une commode dans la chambre conjugale jusqu'à ce qu'elle s'empare d'un objet habillé de papier de soie. Elle redescendit.

— Un porte-bonheur, c'était à ma mère.

Il éplucha de son emballage une petite boîte laquée noire ornée d'oiseaux flamboyants.

— C'est très beau, je…

— Prenez, ordonna-t-elle, les mains posées sur les siennes. Ainsi, vous penserez à moi.

— Je n'ai besoin de rien pour penser à vous.

Elle rougit, se haussa sur les pointes, effleura sa joue de ses lèvres. Il lui caressa le bras. Réséda miaula, réclamant sa part de câlins, et n'obtint qu'un grattouillis sous le menton.

À travers la devanture, Léa contempla Jeremy qui s'éloignait dans la rue de Charonne. Il souleva le couvercle de la boîte et y plaça quelque chose. Elle ne distingua pas Musidora, l'araignée factice donnée avant l'été par Jacob à Jeremy, qui la gardait dans sa poche en permanence.

Jacob s'évertuait à ressemeler des godillots qui avaient sûrement arpenté la France de long en large.

En apercevant Jeremy, il recracha les clous en bouquet dans un coin de sa bouche.

— Toi ? Un problème ?

— Non, si ce n'est que je gagne demain la capitale anglaise.

— Zut ! Tu seras absent longtemps ?

— Mystère. Ce n'est pas tous les jours qu'on hérite d'une famille, nous allons avoir des tas de choses à nous dire, alors ça peut durer jusqu'au printemps, les parcs londoniens sont superbes quand les jonquilles fleurissent.

Furieux, Jacob bondit si violemment sur ses pieds qu'il en renversa son tabouret, ses clous et sa paire de chaussures.

— Tu ne peux pas nous faire ça ! Aglaé a accepté de m'épouser à la mairie, grâce à ta force de persuasion ! Nous avons publié les bans, la cérémonie aura lieu dans trois semaines !

— Je suis sincèrement navré. J'assisterai au mariage religieux.

— Mais qui sera mon témoin ?

— Demande à Sammy, ou à Hector Lavergne, ils seront ravis.

En dépit de la sympathie que lui inspirait Jacob, Jeremy ressentit un profond soulagement à l'idée que tant de kilomètres allaient le séparer d'Aglaé et de son promis. Mariages, enterrements et autres événements graves avaient sur ses nerfs un effet corrosif.

Il étreignit son ami et l'assura d'un retour proche, ce qui était incertain.

— Ça me va comme des guêtres à un lapin, grommela Sammy, qu'Helga Becker avait forcé à s'affubler d'un tricot de marin et d'un pantalon à pont de sa taille exacte. Ces vêtements lui avaient été légués par un cousin, dont le plus jeune fils, mousse sur la Baltique, s'était noyé à quinze ans.

— On va me prendre pour un personnage de Pierre Loti !

— Peu importe. Au moins, vous ne flotterez plus dans une tenue trop grande. Reste à couper vos cheveux.

Elle fit claquer les lames d'une paire de ciseaux.

— Ah non ! s'exclama Sammy qui se réfugia derrière une chaise.

Jeremy arriva juste à temps. Il réussit à convaincre sa logeuse d'accorder un sursis aux boucles emmêlées de son ami.

— S'il veut vivre ici pendant votre séjour en Angleterre, qu'il ait l'air un peu plus civilisé, dit-elle.

— Un bon shampoing, des coups de brosse réguliers, vous jugerez ensuite, conseilla Jeremy.

Helga Becker retroussa les lèvres, présentant ainsi une nette ressemblance avec son loulou de Poméranie.

— Bon, je capitule, provisoirement. Pourvu que ce garçon n'ait pas de totos… Mais, au moins, rangez ce fatras de journaux et d'affiches, ce n'est pas le marché aux puces ici, c'est un logis respectable !

— Fatras ? Mes collections ? Ne vous avisez pas d'y toucher ! Tu seras là bientôt ? souffla Sammy à Jeremy.

— Ne t'inquiète pas, elle va succomber à ton charme. Je t'écrirai la date à laquelle je relouerai cette piaule, afin que tu aies le temps d'en dégoter une autre.

Il savait qu'il s'installerait ailleurs, mais il préféra le cacher à Sammy. Rasséréné, celui-ci sifflota en continuant de déballer ses affaires, tandis que Jeremy empaquetait les siennes.

— Ne sifflez pas sous ce toit, jeune homme, ordonna Helga Becker. On voit où ça mène, le mauvais genre, même sous une belle apparence qui trompe son monde. Prenez Henri Désiré Landru – Désiré, lui, le Barbe-Bleue de Gambais ! –, il a nié jusqu'au bout ses crimes, cela ne l'a pas empêché d'être condamné à la guillotine, le 30 novembre. J'ai crié victoire en lisant dans *Le Matin* la chronique de l'écrivain Colette ; quelle femme !

— Parfait. Puisque c'est ça, je vais roucouler !

Sammy entonna, faux, le premier couplet de la chanson de Boucot qui jouissait d'un vif succès :

Si je crois me le rappeler
La première qu'il ait fait brûler
C'était une nommée Margot
Une femme de derrière les fagots…

— Je vous interdis de vous gargariser de cette nullité !

La douzième qu'il fit rôtir
Elle habitait rue des Martyrs…

poursuivit-il avec une expression de défi.

— Ce n'est pas douze femmes, c'est dix, plus un jeune homme disparu, s'égosilla Helga Becker. Ce monstre les séduisait, les tuait et incinérait leur corps dans le calorifère de sa maison !

— Un enfant de chœur comparé à Gilles de Rais.

— Qui est-ce ?

— Vous aimeriez que je vous raconte son histoire ?

Helga Becker posa ses ciseaux et s'approcha de Sammy.

— Vous la connaissez ?

— Calez-vous dans un fauteuil, y en a pour un bail. On le surnommait l'ogre de Tiffauges…

« Gagné », pensa Jeremy.

ÉPILOGUE

Ce dimanche 8 janvier 1922, le soleil avait refusé de se lever sur Londres. Phares allumés bien qu'il fût presque midi, le cab roulait le long de la Tamise. Seules des sirènes plaintives révélaient l'existence du fleuve. Peu importait que ses anciennes et pittoresques rives aient été récemment remplacées par des quais spacieux et modernes, puisqu'ils étaient invisibles.

Le taxi aborda Cheyne Walk, la rue la plus aristocratique de Chelsea, où, sous les arbres plantés devant des immeubles à cheminées de brique, rôdaient les fantômes de Thomas More, d'Érasme, d'Holbein.

— Oscar Wilde a vécu dans les environs, chuchota Camille à l'oreille de Jeremy.

Le cab s'enquilla dans Cheyne Row et freina à temps pour ne pas emboutir une Morris-Cowley flambant neuve stationnée devant une villa.

— Ce bolide est le jouet de mon oncle, dit Camille en réglant la course.

Un pas vif répondit au coup de sonnette, la porte à vitrail de la bâtisse stylée, aux murs envahis de vigne vierge, s'ouvrit sur une dame alerte à chignon blanc et tablier noir.

— Bonsoir, madame Pichon. Je vous présente le frère cadet de Mme Legris, M. Jeremy Nelson. Madame Edmée Pichon est française. Elle est originaire de Cherbourg, expliqua Camille.

— Mon mari était cuisinier dans un restaurant réputé de Bond Street, avant que la guerre ne me prive de lui. Ce sont d'anciens clients qui m'ont recommandée à M. et Mme Legris il y a deux ans.

— Et, depuis, vous veillez sur nos destinées, déclara Victor, apparu derrière elle, vêtu d'une chemise dépourvue de cravate, d'un gilet et d'un pantalon de cheviotte. Que deviendrions-nous sans vous ? Mais entrez, nous allons tous attraper la mort !

Il embrassa sa nièce et décocha une bourrade à Jeremy.

— Je ne sais comment vous vous êtes débrouillés, mais pour un happy end, c'est réussi !

— Nous en sommes aux prémices, dit Jeremy. Au fait, bravo pour vos lettres dignes de Machiavel, vous m'avez berné en beauté !

Victor les conduisit dans une véranda chauffée où trois personnes étaient installées dans des fauteuils de rotin. Tasha courut vers Jeremy et fit les présentations :

— Djina, ma mère, Kenji, son époux.

Kenji Mori sourit, les yeux mi-clos, tel un félin paterne. Il était toujours aussi élégant et sa canne à pommeau, bien astiquée, était appuyée contre une table basse encombrée de verres. Djina observait fixement Jeremy, qui lisait sur son visage une nette ressemblance avec celui de Tasha.

— Vous êtes Djina Kherson ? bredouilla-t-il.

— Oui, j'ai été mariée à votre père, autrefois.

— Pouvons-nous voir la montre musicale ? demanda Kenji.

Jeremy la posa sur la table. Djina se pencha.

— Mon Dieu ! C'est le fameux cadeau de Victor pour tes cinquante ans ! s'exclama-t-elle.

— Oui, répondit Kenji. Elle appartenait à son père. Ma fille Iris me l'a subtilisée et l'a offerte à Doucia, l'amie de Tasha. C'est une montre globe-trotter !

— Je l'ai fait réparer, annonça Jeremy. Mais que signifient les initiales *E. L. de D. 1859* ? C'est un mystère pour moi.

— E, Edmond, le prénom de mon père, D, Daphné, celui de ma mère, L, Legris. Je suppose que 1859 marque une date anniversaire ou une commémoration, dit Victor.

Il appuya sur un petit bouton, la mélodie de *London Bridge Is Falling Down* s'égrena.

Djina pressait son cœur à deux mains. Kenji la surveillait discrètement avec inquiétude. Tassés par l'âge, fragiles, ils s'apparentaient à des figurines de Saxe.

— Un vermouth cassis ? lança Victor pour détendre l'atmosphère. Préférez-vous un sherry ?

Jeremy n'osa répliquer qu'il aurait volontiers bu un whisky. Il contemplait le portrait en pied d'une jeune fille à robe tubulaire de taffetas prune serrée contre un jeune homme souriant.

— Qui est-ce ? demanda-t-il.

— Marcus, le fils de ta tante, ma sœur Ruhléa, et Alice, notre fille, à Victor et moi, répondit Tasha.

— Mes neveux !

— Tu rencontreras plus tard Ruhléa et Marcus, il doit passer des examens à Genève. Alice et son époux Horatio Godwin viendront ce week-end.

Kenji soupira.

— Horatio est végétarien, comme ma fille, Iris. Le repas de noces se composait d'une flopée de légumes et, pour couronner le tout, il nous a fallu nous pourlécher d'une pièce montée aux carottes ! Ah combien je regrette le tournedos grillé au poivre de chez *Foyot*, rue de Tournon ! dit-il d'un air rêveur. Et *Ledoyen*, ses truites à la sauce verte, et *Brébant*, et…

Djina l'interrompit doucement :

— Tu sais bien que les épices te sont interdites.

Elle se tourna vers Jeremy et lui saisit la main.

— En octobre 1899, Pinkus a écrit à Tasha qu'il avait un fils de trois ans. Elle a piqué un coup de sang, il nous avait abandonnées moi et mes filles, alors elle s'est juré d'expulser de sa vie ce frère de trente-trois ans son cadet. Un mois plus tard, Pinkus est venu à Paris pour régler notre divorce, mais nul n'a évoqué votre existence. Tasha s'est confiée à nous après son départ. Victor et moi avons consacré des années à remuer ciel et terre pour vous trouver. Bien que Pinkus nous ait caché le nom de votre mère, Tasha la soupçonnait d'être une amie d'enfance expatriée aux États-Unis, Doucia Mendelssohn.

— Si ce n'est que l'officier des douanes d'Ellis Island a jugé bon de transformer Mendelssohn en Nelson, précisa Jeremy.

Il vida son verre en réprimant une grimace, tant le breuvage était amer.

— J'avais quatre ans quand mes parents se sont séparés.

— Comment aurions-nous pu nous en douter ? Pinkus semblait si fier de vous, vous étiez, selon lui, un superbe enfant aux cheveux châtains, doté des mêmes défauts que Tasha, à la fois entêté, volontaire, sentimental et solitaire.

— Il n'a pas changé, confirma Camille en glissant son bras sous le sien.

Après s'être versé une deuxième rasade, Victor enchaîna :

— Pinkus avait ouvert une salle de cinématographe sur Broadway, il envisageait d'en acquérir une seconde, puis de diversifier ses activités. Il se passionnait pour la projection d'œuvres étrangères. Il possédait un écran argenté conçu par George Eastman. J'en bavais d'envie. J'étais photographe amateur et, depuis la projection des premiers films Lumière en 1895, je sentais que ma véritable vocation était le cinéma. Je m'étais lié avec Georges Méliès, qui m'avait initié à son art. Lorsque Pinkus a décidé d'étendre son bizness à l'Europe, j'ai pris une part dans ses investissements. Pinkus et moi sommes devenus propriétaires d'une modeste maison de distribution de films, à Londres. Quand Kenji, Djina, Tasha et moi avons projeté d'émigrer ici en 1900, notre première intention était de louer un local dans le quartier de Sloane Square, où j'avais vécu enfant – mon père était libraire – et d'y établir un commerce de livres anciens tenu par Djina et Kenji. Les prix étant trop élevés, nous nous sommes rabattus sur Charing Cross Road. Tasha et moi avons eu un coup de cœur pour cette villa, elle possède un jardin, il fait trop froid pour que je vous y emmène maintenant. Votre sœur a continué à peindre tout en veillant à l'éducation de notre fille. Avec mon accord, Pinkus a acheté un ancien garage sur le Strand et l'a converti en salle de projection.

— L'avez-vous revu ?

— Il nous a rendu visite en 1903 et en 1905. Son caractère était plus sombre, à peine s'il s'adressait à Tasha et Djina. Il avait cessé de vouloir emménager près de nous et désirait liquider ses affaires en Grande-Bretagne. J'ai offert de lui racheter sa part, ce qui a été fait. En dépit de nos objurgations, il ne pipait mot au sujet de sa famille ou de son associé à New York. Il a regagné les États-Unis fin 1905.

Jeremy songea que, si sa mère avait poursuivi ses relations avec Tasha, elle eût joui d'une vie meilleure et plus longue. Peut-être lui-même eût-il évité quelques années de vache enragée.

Victor semblait lire ses pensées.

— Lors des deux déplacements de votre père à Londres, nous l'avons pressé de vous permettre de séjourner chez nous. Pinkus a si bien éludé notre requête que nous avons craint votre mort. En 1908, harcelé par ma femme et ma belle-mère, j'ai effectué un voyage à New York. J'en garde le souvenir de traversées néfastes à ma digestion. Votre père était absent, et personne n'a été en mesure de me fournir le moindre renseignement concernant votre mère et vous. Son ex-associé, Sean O'Flaherty, s'était volatilisé.

Jeremy refusa un autre verre.

— J'ai laissé au portier de son immeuble une supplique à laquelle il n'a pas répondu, si bien que je me suis résigné à suspendre mes recherches.

— Le dîner est servi, claironna Mme Pichon.

Ils passèrent dans une étroite salle à manger assiégée par une table ovale et des chaises.

— Il a fallu attendre 1915 pour qu'un câble nous avertisse que Pinkus comptait embarquer sur le *Lusitania.* Le paquebot n'a jamais rallié Liverpool. Après d'infructueuses démarches à Queenstown, au sud de l'Irlande, où avaient été conduits les rescapés, nous avons renoncé à l'espoir de le retrouver. Son nom avait bien été enregistré sur la liste des passagers.

— Quant à vous, Jeremy, vous êtes demeuré dans nos cœurs comme une présence absente, déplora Djina.

Ils dégustèrent en silence la salade aux noix apportée par Mme Pichon, puis Kenji entreprit de découper le gigot.

— Voilà un jeu d'adresse dont je ne me lasserai pas de sitôt, dit-il à Jeremy.

— J'ai déniché votre ancienne librairie, rue des Saints-Pères.

— Elle a été vendue à un antiquaire avant le début des hostilités. Victor et moi l'avions confiée aux soins de notre associé, Joseph Pignot. Malheureusement, mon cher beau-fils, trop absorbé par la rédaction de feuilletons abracadabrants qui, je ne sais par quel miracle, récoltent tous les suffrages, a déclaré forfait.

Il cligna de l'œil en direction de Victor et ajouta :

— En voici encore un qui a étouffé sans remords son amour de la bibliophilie, il préfère les images qui bougent.

— Grand-père ne digère pas la défection de ses collaborateurs, dit Camille.

Tasha intervint avant que la discussion ne dégénère :

— L'argent de la vente a permis à Iris et Joseph d'investir dans une villa près de la place de la Nation. Iris écrit des contes pour enfants et je les illustre.

— Une vie de patachon en compagnie de belle-maman Euphrosine qui mène son monde tambour battant. Quant à leur fille, ici présente, je ne vous apprendrai rien à son sujet, monsieur Nelson, acheva Kenji d'un air narquois.

Camille étreignit la main de Jeremy qui mit sur le compte du chagrin le silence entourant l'existence d'Arthur.

Mme Pichon allégea l'ambiance oppressée avec sa tarte aux pommes nappée de crème fouettée. Jeremy dut engloutir la généreuse portion dont le gratifia Victor, mais déclina fermement une tasse de chocolat chaud.

Ils dédaignèrent un café sans arôme dans un double salon aux murs tapissés de photographies de fêtes foraines, de rues animées, d'enfants au travail ou de petits métiers.

— Que diriez-vous de vous installez chez nous ? Il y a de la place à l'étage, proposa Victor.

— C'est très généreux, mais nous sommes jaloux de notre indépendance. Nous avons loué une chambre confortable près de Victoria Station, répondit Jeremy.

— Il est vrai que désormais vous pouvez vivre sur un grand pied, dit Victor d'un ton désinvolte.

Mortifié, Jeremy se sentit rougir.

— Oncle Victor, s'écria Camille, j'ai déjà eu du mal à tenir ma langue, ne le faites pas languir !

— Eh bien, mon garçon, une des chansons que vous m'avez envoyées, *Full Eden Moon*, a remporté un succès non négligeable auprès d'une maison de disques. Mes contacts dans le monde du spectacle et votre talent réunis vont vous propulser sous les feux de la rampe.

Effaré, Jeremy se tourna vers Camille.

— Je n'ai rien… C'est toi ?

Elle lui lança un regard de défi.

— Oui. Tu doutes trop de tes capacités. J'ai pris les devants. Si on veut qu'un rêve se réalise, il faut y croire.

— Ah, les rêves, commenta Kenji, ironique. Vous rappelez-vous, Victor, le premier mystère que vous avez solutionné pendant l'Exposition universelle ?

— S'il se le rappelle ! C'est grâce à cette enquête que nous nous sommes rencontrés ! s'exclama Tasha.

Victor pensa avec nostalgie aux énigmes criminelles qu'il avait résolues avec la collaboration de Joseph Pignot. Il en oubliait les maladresses ayant maintes fois mis sa vie en danger, au grand dam de Kenji et de Tasha, qui lui avaient souvent évité le pire.

Jeremy ne fit pas allusion aux aventures plutôt mouvementées qu'il avait vécues à Paris en l'espace de quelques mois.

Il avisa un demi-queue sur lequel étaient disposés des cadres contenant des photos de famille.

— Vous en jouez ?

— C'est à notre fille. Vous pourrez l'utiliser quand bon vous semblera. J'aimerais entendre une démonstration de votre talent, dit Victor, guère attiré par le jazz, ce tohu-bohu prisé des insomniaques.

— Honneur aux dames, répliqua Jeremy en invitant Camille à s'asseoir devant l'instrument.

Elle souleva le couvercle et s'adressa à l'assistance.

— Vous le savez peut-être, Camille Saint-Saëns est mort le 16 décembre à Alger. Il a été inhumé une semaine plus tard au cimetière du Montparnasse, Jeremy m'a accompagnée à la cérémonie, c'était très émouvant. J'avais une profonde admiration pour lui, pour son œuvre. En mémoire de ce grand compositeur, voici sa *Valse langoureuse*, acheva-t-elle.

Ils furent charmés par son interprétation d'une sensibilité et d'une dextérité remarquables.

— Joue-nous autre chose.

— Gabriel Fauré, suggéra Jeremy.

Camille hocha la tête.

— Une transcription pour piano solo de la *Pavane en fa dièse.*

Dès les premières notes, ils se laissèrent griser par la légèreté, l'harmonie, la douceur de la mélodie. Jeremy se détendit. C'était si bon de partager cette jubilation !

Lorsque Camille leva ses mains du clavier, ils restèrent un moment silencieux.

— C'est magnifique, murmura Djina. Tu as fait des progrès immenses.

Kenji toussota.

— Vous n'y couperez pas, jeune homme, c'est à vous !

Jeremy régla le tabouret au plus bas, positionna ses doigts au-dessus des touches sur lesquelles ils s'abattirent soudain pour ne plus s'arrêter le temps d'un shimmy endiablé.

Abasourdi, Victor finit par émettre de sincères félicitations. Il appréciait la virtuosité, même si elle était liée à un genre dont il ne raffolait pas. Kenji, habituellement avare de compliments, décréta que ce couple irait loin dans la vie. Alors Jeremy, comblé, entonna :

Dans la vie faut pas s'en faire
Moi je n'm'en fais pas
Toutes ces petites misères
Seront passagères
Tout ça s'arrangera[1]...

1. Chanson tirée de l'opérette *Dédé*, d'Albert Willemetz et Henri Christiné, créée par Maurice Chevalier en novembre 1921 aux Bouffes-Parisiens.

Du même auteur
aux Éditions 10/18

Sang dessus dessous, n° 4637
Le pas du renard, n° 5213
▶ La femme au serpent

Dans la série « Les enquêtes de Victor Legris »

Mystère rue des Saints-Pères, n° 3505
La disparue du Père-Lachaise, n° 3506
Le carrefour des Écrasés, n° 3580
Le secret des Enfants-Rouges, n° 3682
Le léopard des Batignolles, n° 3808
Le talisman de la Villette, n° 3941
Rendez-vous passage d'Enfer, n° 4100
La momie de la Butte-aux-Cailles, n° 4186
Le petit homme de l'Opéra, n° 4345
Les souliers bruns du quai Voltaire, n° 4449
Minuit, impasse du Cadran, n° 4582
Le dragon du Trocadéro, n° 4782

Imprimé en France par CPI

N° d'impression : 140022
Dépôt légal : juin 2017
X06378/01